SCIENCE FICTION

Herausgegeben
von Wolfgang Jeschke

PHYLLIS GOTLIEB

DIE GEISSEL DES LICHTS

Ein klassischer Science Fiction-Roman

Deutsche Erstveröffentlichung

WILHELM HEYNE VERLAG
MÜNCHEN

HEYNE-BUCH Nr. 3794
im Wilhelm Heyne Verlag, München

Titel der amerikanischen Originalausgabe
SUNBURST
Deutsche Übersetzung von Walter Brumm
Das Umschlagbild schuf Linda Garnell/Young Artists
Die Textillustrationen zeichnete Giuseppe Festino

Redaktion: Wolfgang Jeschke

Printed in Germany 1981
Umschlaggestaltung: Atelier Heinrichs & Schütz, München
Gesamtherstellung: Mohndruck Graphische Betriebe GmbH, Gütersloh

ISBN 3-453-30696-1

1

Es war Shandy Johnsons dreizehnter Geburtstag, und sie hatte sich zur Feier des Tages ein Vanilleeis und eine Lakritzenstange gegönnt. Indem sie ihre Zunge abwechselnd mit dem einen weißte und mit der anderen schwärzte, erreichte sie die Kreuzung Zehnte und Hauptstraße, als ein Junge, der den Lichtmast an der Ecke gestützt hatte, sie mit einem langgezogenen leisen Pfiff bedachte.

Sie war erschrocken; zuerst blickte sie zurück, um zu sehen, ob er jemand anders meine. Niemand war in der Nähe. Dann schaute sie ins Fenster von Fitchs Kneipe, um sich zu vergewissern, ob sie sich während der letzten Minuten womöglich in etwas Reiches und Fremdes verwandelt habe; sie hatte nicht. Sie war noch immer ein lang aufgeschossenes Mädchen, ziemlich blaß, mit einem unproportioniert schmächtigen und kleinen Rumpf auf langen Storchenbeinen, die in Blue Jeans wie Ofenrohren mit Gelenken steckten. Mit der hohen Stirn und dem spitzen Kinn sah ihr Gesicht wie ein auf dem dünnen Ende ruhenden Ei aus. Ihr langes schwarzes Haar war wellig, aber spröde und glanzlos; sie hatte es mit einem Schnürsenkel zu einem Pferdeschwanz gebunden.

Sie rümpfte die Nase und warf dem jungen Mann einen schnellen, unfreundlichen Blick zu.

Sie war versucht zu glauben, daß er aus dem Lager entkommen war – wenn das möglich gewesen wäre. Er hatte einen großen runden Kopf, der stiernackig zwischen den Schultern saß, dicke Arme und einen mächtigen Rumpf auf kurzen, schwächlich wirkenden Beinen. Er war ein so extremer Typ, daß sie sich fragte, ob er vielleicht aus einem Zoo entwichen sei. Er hatte einen breiten, langlippigen Schimpansenmund, aber das Beste von allem waren die phantastischen schwarzen Augenbrauen, die seine Augen überschatteten und über dem Nasenrücken zusammengewachsen waren. Ihm fehlte nur noch Telepathie.

Er beantwortete ihren Blick mit einem unschuldigen Grinsen, aber sie stopfte sich die Reste von Eiswaffel und Lakritzenstange in den Mund, wischte sich die Hände an der Hose und ging in Fitchs Kneipe.

»He, Fitso, wer ist der Affe da draußen?«

Fitch stellte das Glas weg, das er abgetrocknet hatte, und beugte sich über die Theke, um besser zu sehen. Er fuhr mit einem Ruck zurück. »Verflixt, das ist der Lagerschnüffler!«

»Jason Hemmer?« Also war er Telepath. Sie ließ ihre Zähne blitzen. »Dachte mir gleich, daß er nicht koscher aussieht.«

Er musterte sie neugierig. »Wie kommt es, daß du ihn nicht kennst?«

»Ich bleibe für mich.« Sie bewunderte ihre vom Lakritzensaft gefärbte Zunge im Spiegel. »Und ich habe meine Spione.«

Fitch nahm das nächste Glas, um es abzutrocknen, aber seine Hände zitterten. »Verdufte lieber hinten raus.«

»Ich glaube nicht, daß er was von dir will, Fitso.«

»Wenn er deine Gedanken gelesen hat, braucht er nichts anderes mehr. Paß auf, Shandy...« Er spitzte die dicken rosigen Lippen, wühlte in der Geldschublade und warf ihr einen zerknautschten Schein zu. »Steig in den nächsten Bus und verschwinde. Du kannst drüben auf der Ostseite untertauchen.«

»Ich? Das habe ich nicht nötig! Wie du sagst, wenn er meine Gedanken gelesen hat...«

»Sei still!« Er zupfte nervös an seinen geblümten Hosenträgern und ließ sie zurückschnellen, dann fügte er durch die Zähne hinzu: »Und verzieh dich jetzt!«

Er kehrte ihr den Rücken, und sie starrte stirnrunzelnd seinen kahlen Hinterkopf an und stopfte die Banknote in die enge Seitentasche. Dann blickte sie wieder aus dem Fenster. Der Affentyp schickte sich an, seinen Platz zu verlassen, und sie lief zur Hintertür hinaus, ohne abzuwarten, ob der Lichtmast umfiel oder nicht.

Sie zwängte sich zwischen Abfalltonnen durch, rannte die Zufahrt hinunter, kam auf die Zehnte Straße hinaus und verlangsamte ihren Lauf zu einem gemächlichen Trab. Einmal blickte sie über die Schulter und sah, daß Hemmer noch nicht um die Ecke gekommen war und wahrscheinlich noch mit Fitch redete. Bestimmt fühlte er, wo sie war, aber seine telepathische Reichweite war gering; wenn sie das Tempo beibehielt, konnte sie ihn an der Nase herumführen.

Gerade noch rechtzeitig bemerkte sie den blau uniformierten Mann, der mit gekreuzten Beinen und verschränkten Armen in einem Eingang zwischen zwei Läden lehnte. Sie verlangsamte ihren Lauf wie von ungefähr und hielt ihren Blick geradeaus gerichtet. Trotzdem entging ihr nicht, daß er ein großer, gefährlicher Bursche war, ein Bulle, wie er im Buche stand. Wenn es ihm einfiel, sie anzuhalten, würde es mehr als nur ein bißchen Verdruß geben.

Jason Hemmer arbeitete für das Militär; dort wollte man nur wissen, ob sie parapsychologische Talente hatte, und die hatte sie nicht. Wenn man sie fing, würde sie gemessen, untersucht, den einschlägigen Tests unterzogen und schließlich eine prognostische Meßzahl erhalten, die an sich schon ein Schutz war und einen vor der Einlieferung ins Lager bewahrte. Nahmen einen aber die Bullen mit, so bedeutete das Jugendarrest im obersten Stockwerk des Bezirksgefängnisses, eine widerwärtige Vorstellung. Die Bullen spielten ruppig und schmutzig, und wenn sie einen hatten, saß man fürs erste fest. Shandy war entschlossen, sich nicht erwischen zu lassen, und wenn es sie Kopf und Kragen kosten sollte.

Der Polizist beobachtete sie mißtrauisch, als sie vorbeiging, aber es war vier Uhr, und er hatte keinen Vorwand, sie zu fragen, warum sie nicht in der Schule sei. Dann dachte sie an Fitchs Geld in ihrer Hosentasche, und der kalte Schweiß brach ihr aus. Wenn sie das entdeckten...!

Sie kam sich wie ein Wüstentier vor, über dem die Geier kreisten. Oder wie die Stadt Sorrel Park selbst, ein verwesender Kadaver von einem Stück Land, eingezäunt mit Stacheldraht: auf der einen Seite dem Kriegsrecht ausgeliefert, das einen ohne weiteres ins Lager bringen konnte, auf der anderen Seite terrorisiert von einer bösartigen und brutalen Polizei.

Aber der Bulle hielt sie nicht an. Seit Jahren lebte sie jeden Tag mit diesem Risiko, und das Glück war ihr wieder einmal treu geblieben. Sie atmete erleichtert auf; nun konnte sie den Rest des Tages damit verbringen, Jason Hemmer aus dem Weg zu gehen.

Die späte Sonne machte lange Schatten, als Shandy geduckt aus dem engen Aufgang kletterte und in das milde Licht auf dem Dach von Pypers Kurzwarengeschäft hinauskam. Douggy Pyper fütterte seine Tauben; sie gurrten und umflatterten seine magere Gestalt, und er hörte sie nicht.

»He, Douggy«, sagte sie leise. »Ich bin's, Shandy. Jason Hemmer ist hinter mir her. Kannst du mal auf die Straße hinunterschauen?«

Er stellte die Hälfte des Spionagesystems dar, mit dem sie Fitch beeindruckt hatte. Für ihn, wie auch für sie selbst, war Spionage die natürliche Funktion eines Kindes in einer Welt der Erwachsenen. Er wandte sich kaum nach ihr um, nickte und ging zur Brüstung, eine Taube auf der Schulter. »Noch niemand da«, verkündete er und widmete sich wieder seinen gefiederten Schützlingen.

Sie war verwirrt. Jason Hemmer hätte wissen müssen, wo sie war. Sie verweilte noch ein wenig im Schatten des Taubenschlags, dann schlüpfte sie weiter zum benachbarten Dach, vorüber an Schornsteinen und Dachluken.

Nach drei weiteren Dächern kam sie nicht weiter. Sie setzte sich in einen geschützten, wenn auch schmutzigen Winkel des Daches, legte die Arme um die angezogenen, spitzigen Knie und lutschte Lakritzenreste aus den Zahnlücken. Sollte er nur kommen und sie holen, der dreckige Spion.

Jason Hemmer war der einzige Telepath außerhalb des Lagers; vielleicht der einzige auf der ganzen Erde, der frei herumlief. Die im Lager eingesperrten siebenundvierzig Psychopathen besaßen persönliche Kräfte, die der Menschheit bis dahin unbekannt gewesen waren. Jason bezahlte für seine Freiheit, indem er die Stadt nach neuen Telepathen ausforschte, wenn sie geboren wurden, oder, wie es häufiger der Fall war, ihre Kräfte während der Kindheit entwikkelten. Kein Elternpaar konnte ein Kind vor Jason Hemmer verbergen, und so war es nicht ganz zufällig, daß niemand einen liebenswerten Menschen in ihm sah. Shandy regte sich unbehaglich in ihrem Versteck. Wenn sie über die Brüstung lugte, würde er bestimmt unten auf dem Gehsteig zwischen den Passanten stehen und mit seinem schiefen Grinsen heraufschauen. Sie kräuselte verdrießlich die Lippen, dann spuckte sie auf den unsichtbaren Feind. Das für dich.

Sie bewegte sich auf allen vieren zur Dachkante und spähte über die Brüstung, entschlossen, ihm die Zunge herauszustrecken, sollte er heraufblicken. Aber er war nicht zu sehen. Seine Abwesenheit kam ihr nicht geheuer vor. Er war ein Telepath, hatte sich auf sie eingepeilt – oder hatte er nur gespielt, um sie an einem untätig verbrachten Nachmittag zu erschrecken? Aber Jason Hemmer war kein Herumtreiber und Eckensteher; er war darauf bedacht, den Leuten aus dem Wege zu gehen, die ihn als einen Kindesräuber verabscheuten, ebenso wie er bestrebt war, einen Bogen um die Polizei zu machen, für die er ein lästiger Störenfried und eine stete Erinnerung an das Kriegsrecht war.

Ihre Knie begannen zu schmerzen, und sie stand auf und überblickte die Dächer, aber außer Douggy war niemand in Sicht. Die Arme in die Hüften gestemmt, drehte sie sich einmal um ihre Achse und suchte den Horizont ab. Ein entmutigender, doch altvertrauter Anblick bot sich ihren Augen: Häßlichkeit, Schmutz und Rauch, so weit das Auge reichte.

Sorrel Park hatte freilich niemals den Anspruch erhoben schön zu sein. Eine an einem Wasserweg gelegene Stadt des Mittelwestens, deren bescheidener Wohlstand ursprünglich auf Getreide und Kohle beruhte, war Sorrel Park planlos zu einem häßlichen mittelgroßen Industrieort gewachsen. Die in den achtziger Jahren verfolgte Politik der offenen Tür hatte mit ihrem Einwandererstrom auch Sorrel Park anschwellen lassen, aber zehn Jahre später waren alle Türen zu dieser Stadt geschlossen worden. Der Kernschmelzunfall im Atomkraftwerk hatte die Hälfte der Einwohner getötet und den Rest zu Krankheit und Siechtum verurteilt; doch bevor dies den Sterbenden und den Überlebenden klargeworden war, und ehe die Nachricht vom Störfall hatte hinausgehen und unerwünschte Unruhe in die Bevölkerung tragen können, hatte nach den Bestimmungen des geheimen Katastrophenplans Militär das Gelände im Umkreis von zehn Kilometern abgeriegelt und die Stadt unter Kriegsrecht gestellt. So verhinderte man, daß Katastrophenopfer aus der Stadt flüchteten, Panik verbreiteten und mit ihren Kleidern und Habseligkeiten radioaktive Kontamination verschleppten. Die Entwicklung der Stadt Sorrel Park war jedoch mit einem Schlag beendet, und als die Jahre vergingen und die überlebenden Katastrophenopfer nach und nach an der Strahlenkrankheit starben, schrumpfte Sorrel Park zu einer unansehnlichen, verwahrlosten Kleinstadt mit zu vielen leerstehenden, dem allmählichen Verfall preisgegebenen Häusern.

Die Kinder der einst hoffnungsvollen Einwanderer, aber auch jene der alteingesessenen Bewohner, wußten nicht viel von den Lebens- und Denkweisen des neuen Amerika, denn diese gediehen nicht in einer darniederliegenden Wirtschaft und unter Menschen, die sich längst daran gewöhnt hatten, von Unterstützungsleistungen des Staates zu leben; auch waren Stacheldrahtzäune wenig geeignet, den Gedankenaustausch zu fördern. Alle ausgehende Post wurde zensiert. Überörtliche Telefongespräche waren nur in Ausnahmefällen möglich, und die amerikanische Öffentlichkeit, soweit sie sich für Sorrel Park interessierte, hatte sich bald mit der amtlichen Version abgefunden, daß die Stadt wegen Errichtung geheimer Anlagen zur Landesverteidigung zum militärischen Sperrgebiet erklärt worden sei. Fünfzehntausend überlebende Bewohner und ihre Nachkommen vegetierten an der Armutsgrenze dahin, viele geplagt von Spätschäden der Strahlenkrankheit, um ihr Leben betrogen.

Für Shandy war es die altvertraute Umgebung – aber nicht notwendigerweise die Heimat. Sie akzeptierte und verabscheute sie, wie sie die Existenz Jason Hemmers akzeptierte und verabscheute, der ein lebendiges Symbol des zweiten schweren Schlages war, der Sorrel Park getroffen hatte. Zweiundzwanzig Jahre nach der Katastrophe, als hinter verschlossenen Türen bereits über Möglichkeiten zur Aufhebung der Sperrzone beraten wurde, begannen sich in einigen der vielen genetisch defekten Kinder strahlungsgeschädigter Eltern parapsychologische Kräfte zu regen. Jason Hemmer war das glücklichste dieser Kinder.

Shandy kauerte hinter der Fassadenbrüstung auf dem Dach und blickte wieder zur Straße hinab. Diesmal sah sie ihn.

Er kam auf der anderen Seite um eine Ecke getrottet und versuchte ein gleichgültiges Gesicht zu machen. Wahrscheinlich bemühte er sich auch um Unauffälligkeit, was ihm in seinem neuen Arbeitshemd und den sauberen Jeans jedoch nur unvollkommen gelang. Er blieb unschlüssig stehen, schaute hierhin und dorthin, und andere Passanten mußten einen Bogen um ihn machen. Er schien so in Gedanken, daß er es nicht bemerkte. Schließlich überquerte er die Straße in einem schwerfälligen, ein wenig hinkenden Trott: Wie ein Neandertaler, dachte sie. Auf dem Gehsteig unter ihr machte er wieder halt, blickte ein weiteres Mal in beide Richtungen die Straße entlang und kratzte sich am Kopf.

Augenscheinlich hatte er nicht viel Vertrauen zu seiner Telepathie. Shandy hätte ihm auf den Kopf spucken können, aber sie verspürte kein Verlangen. Ein kaltes Gefühl von Unbehagen breitete sich in ihr aus. Bisher hatte sie die Jagd als eine Art Versteckspiel angesehen. Sie wollte nicht von der Militärpolizei eingefangen werden, aber da sie keine Telepathin war, fürchtete sie das Lager nicht, und die unvermeidlichen Tests waren etwas, woraus man lernen konnte.

Nun spürte sie, daß es um mehr als um ein Katz-und-Maus-Spiel ging, das am Ende einige Unbequemlichkeiten mit sich bringen würde. Zuvor hatte es ihr beinahe Spaß gemacht, sich im Versteckspiel mit dem Lagerschnüffler zu messen. Jetzt, da er unter ihr stand, begannen die bedenklichen Aspekte zu überwiegen.

Sie beobachtete fasziniert, wie er mit den Achseln zuckte, mit den klobigen Schuhen scharrte, die Hände in die Taschen steckte und schließlich weiterschlenderte.

Das war es. Er wußte, wo sie wohnte. Vermutlich ging er jetzt hin und stocherte bei Ma Slippec ein Hornissennest auf. Es war ein

Festino-80-

gewisser Trost, daß das Militär sich im allgemeinen um seine eigenen Angelegenheiten kümmerte und niemanden bei der Polizei verpfiff. Sie verließ ihr Versteck und ging über die Dächer zurück, bereit zu einem ernsten Gespräch mit Douggy Pyper über Tauben, ihre Zucht und ihre Krankheiten.

Im weichen grauen Licht der Dämmerung ging sie langsam nach Hause; die Straßenlaternen gingen an. Sie dachte nicht daran, sich im Ostteil der Stadt zu verkriechen. Fitch war ein ängstlicher kleiner Mann, und sie wußte bessere Verwendungsmöglichkeiten für sein Geld.

Als sie in Sichtweite von Slippecs Tabakwarenladen kam, erkannte sie, daß sie einen Fehler gemacht hatte. Vor dem Haus war ein Menschenauflauf, und es gab viel Geschrei und Gezeter. Die Vernunft sagte ihr, daß sie auf den nächsten Bus springen sollte, aber sie ging weiter; und als sie die dunkelblauen Polizeiuniformen sah, begann sie zu laufen.

Die Bullen zerrten eine kratzende, kreischende Vettel aus dem Laden. Das war Ma Slippec, eine magere Frau mit ungepflegtem schwarzem Haar, in einem zerrissenen Kleid und mit einem schmierigen Schal um die Schultern. Sie zappelte und schlug wie wild um sich. Ihr Sohn Karel und ihre Schwiegertochter Rosie zogen von hinten, um sie doch noch den Klauen des Gesetzes zu entreißen, aber die Bullen schlugen ihnen die Arme mit Gummiknüppeln herunter.

»Laßt mich los, ihr Saukerle!« gellte Ma Slippec. Ein Schlagstock traf ihre Kinnlade von der Seite, daß man es fünfzig Schritte weit hören konnte, und ihr Zetern wandelte sich zum Geheul. Aus dem Hintergrund des Ladens drangen die gleichmäßigen Geräusche dumpfer, metallischer Schläge, die der Destille im rückwärtigen Anbau den Garaus machten.

Der Bau von Atomkraftwerken im ganzen Land und die daraus erwachsenden Sicherheitsvorkehrungen hatten die überkommenen bürgerlichen Freiheiten schon lange vor Shandys Geburt eingeengt und amputiert. Der Reaktorunfall von Sorrel Park und seine Folgeerscheinungen hatten ihnen im Bereich des Sperrgebiets dann endgültig den Rest gegeben. Dennoch hatte Shandy ihr Freiheitsgefühl niemals verloren. Nach einer Kindheit bei den strengen und mit Schlägen nicht sparsamen Slippecs hatte sie keine Furcht vor Gewalttätigkeiten und rannte zornig los, um sich in das Getümmel zu stürzen.

Eine kräftige Hand schloß sich um ihren Arm und hielt sie zurück. Sie fuhr herum und schlug zu, um sich zu befreien – und sah sich Jason Hemmer gegenüber.

»Verdammt, das hast du angerichtet!« Sie wußte, daß es nicht stimmte, aber sie war außer sich. »Laß mich los!«

»Spiel nicht verrückt!« Er zog sie ein Stück die Straße hinunter und in eine dunkle Einfahrt. »Willst du dir auch die Kinnlade knakken lassen?«

»Sie bringen sie um!« flüsterte sie, den Tränen nahe. »Sie schlagen Ma Slippec tot!«

»In einer Woche wird sie wieder da sein, den Unterkiefer in Gips und Draht. Die Bullen müssen ihr Vergnügen haben.«

Sie erschauerte. Er spähte aus dem Eingang. »Sie haben sie verladen. Komm mit!«

»Ich habe meine Sachen dort, Kleider und – Bücher...«

Er blickte sie forschend an. »Willst du hingehen und die Bullen nett darum bitten? Nein, lieber nicht. Ich werde das Zeug holen. Was ist es, und wo finde ich es?«

Er hatte sie losgelassen, und sie rieb sich den Oberarm, noch immer zitternd vor Wut und Angst. »Lies meine Gedanken, dann weißt du es.«

»Laß das!«

Sie holte tief Atem. »In dem kleinen Hinterzimmer, oben. Es ist nicht viel drin. Eine Obstkiste neben dem Bett: zwei Paar Socken, zwei Nachthemden, Schlüpfer...« – sie errötete im Dunkeln – »Jeans, ein Pullover, ein Seesack...«

»Gut, warte hier.«

Er verschwand um die Ecke, und sie harrte unschlüssig in der zugigen Dunkelheit aus. Ehe sie sich klarwerden konnte, was zu tun sei, war er zurück, den khakifarbenen Seesack auf der Schulter.

»Da ist alles drin, was ich finden konnte.«

»Gut – gib her!«

»Noch nicht. Ich habe lange genug mit dir Verstecken gespielt. Komm mit!« Er gab ihr einen kleinen Stoß. »Du voran. Viel hätte nicht gefehlt, und du hättest uns beiden eine Tracht Prügel verschafft.«

»Dir nicht«, entgegnete sie bitter.

»Mir nicht, meinst du? Hör zu, wenn einer mir einen Ziegelstein an die Rübe wirft, kann ich das Ding ablenken. Vielleicht auch zwei. Aber wenn vier oder fünf auf mich fliegen, treffen mich zwei oder drei davon.« Er lachte auf. »Wenn ich mehr könnte, würde ich vielleicht im Lager sitzen, statt der Militärpolizei zu helfen, andere hineinzubringen. Hast du zu Abend gegessen?«

Sie waren vor Jakes Schnellimbiß angelangt, und Shandy zögerte. Sie hatte zu Haus bei Ma Slippec essen wollen, nun sah es nicht mehr so aus, als ob sie dort ein Abendessen bekommen würde. Schließlich verneinte sie. Sie hatte Hunger, obwohl ihr die Szene vor dem Tabakladen auf den Magen geschlagen war.

Als er die Tür aufstieß, sagte sie: »Wird man dich bedienen?«

»Klar. Die werden mich für einen komischen rothaarigen Kerl mit einer großen Nase und einem Adamsapfel halten. Du wirst sehen.«

Sie hatte in vielen schmierigen Imbißstuben gegessen, darunter auch in dieser, aber heute weckten die abgestandenen, schalen Gerüche und die betropfte Theke in ihr eine Sehnsucht nach Fitch und seinen gestärkten weißen Hemden und den Hosenträgern mit Rosen.

Sie setzten sich an einen der kleinen Tische, und der dickbäuchige Jake kam herüber und wischte sich die nassen Hände an einer schmutzigen Schürze.

»Hallo, Shandy. Was soll's sein, Rotschopf?«

»Warum sehe ich dich nicht als einen rothaarigen Kerl mit großer Nase und Adamsapfel?«

Er schaufelte sich den Rest vom pappigen Kuchen in den Mund, mahlte kauend mit den kräftigen Kiefern, daß sie an ein wiederkäuendes Rind denken mußte, und blieb still.

Sie war beleidigt. »Na gut, behalte es für dich. Ich will es gar nicht wissen. Aber sag mir wenigstens, was du von mir willst.«

»Ich weiß es nicht.«

»Du weißt es nicht! Das ist eine Lüge!«

Er ignorierte das und sagte: »Ich habe nichts zu entscheiden. Meine Vorgesetzten sagen zu mir: ›Jason, bringen Sie uns Soundso‹, und ich gehe hin und hole diesen Soundso.«

Sie blickte ihn durchbohrend an. Seine braunen Augen waren träge und blickten amüsiert zurück. Nachdem ihr Hunger gestillt war, begann sie sich ihrer selbst und ihrer Umgebung wieder bewußt zu werden. Ihre ungelenken Storchenbeine schmerzten in der Enge unter dem kleinen Tisch. Solange sie geglaubt hatte, sie führe ihn an der Nase herum, hatte sie sich überlegen und selbstsicher gefühlt. Nun, unter dem Auge des Feindes, kam sie sich linkisch und hilflos vor, und obendrein schmutzig, verschwitzt und niedergeschlagen. Sie bemühte sich angestrengt um Selbstbeherrschung und wartete, bis er eine Zigarette aus seiner Packung geklopft und sie in den Mundwinkel gesteckt hatte, dann sagte sie: »Bitte, gib mir jetzt meine Sachen zurück.«

»Noch nicht.« Ein Auge gegen den Rauch zugekniffen, bückte er sich und hob den Seesack. »Was hast du unten drin, Steine?« Er griff hinein, fühlte unter den Kleidungsstücken, die er hineingestopft hatte, eine Weile herum und zog ein Buch hervor. »Hah! Geweb und Fels!« Er schlug den Buchdeckel auf. »Aus der öffentlichen Leihbücherei – keine Karte... Warum sollte ich dieses Zeug herausholen?«

»Wenn die Bullen das Buch gefunden hätten«, sagte sie verzweifelt, »hätten sie mich wegen Diebstahls festnehmen können.«

Er lachte. »Wer weiß, vielleicht hätte es ihnen als Grund gereicht. Aber für fünfzehn Cents hättest du eine Büchereikarte bekommen können.«

»Und mein Name wäre registriert worden.«

Er warf ihr einen wachen, aufmerksamen Blick zu, dann steckte er das Buch wieder in den Seesack und brachte einen noch dickeren Band zum Vorschein. »Gott bewahre! Der Rorschach-Test, Verfahrensweise und Analysen...« Er blickte kopfschüttelnd auf. »Du bist nie zur Schule gegangen.«

»Nein.«

»Gut, daß ich dich nicht testen muß.«

Sie kicherte ein wenig. »Wie bist du mit dem Buch zurechtgekommen?« fragte er interessiert.

»Wie Huck Finn sagen würde, es war interessant, aber zäh. Ich hab's durchgelesen.«

»Und wie bist du dazu gekommen?«

Sie zögerte. »Nun, du hast den Namen gelesen, der vorn drinsteht. Der Mann hielt einen Vortrag, erzählte den Leuten, was für die Kinder getan würde, und so weiter. Und als er dann die Fragen beantwortete, klaute ich ihm das Buch aus der Aktentasche. Aber ich habe seine Merkzeichen nicht angerührt. War er wütend?«

»Wütend!« Er schnaubte. »Aber wie konnte es dir gelingen? Zu dem Vortrag waren nur Erwachsene eingeladen.«

Sie warf den Kopf zurück. »Als ich sechs Jahre alt war, fuhr ich vier-, fünfmal am Tag mit einem Puppenwagen Flaschen von Ma Slippec zu Fitch. Niemand hat mich je gefragt, was ich in meinem

Puppenwagen hatte. Und niemand hat mich je gefragt, warum ich nicht zur Schule ging, weder die Bullen noch eure Leute.«

»Das kann ich verstehen«, sagte er nachdenklich.

»Ich nicht. Ich weiß, daß ich klug bin – aber was sonst sollte an mir anders sein?«

»Bist du sicher, daß du auch heute klug warst?« fragte er lächelnd.

»Wieso?«

»Fitch hat dir Geld gegeben.«

Sie zögerte. »Ja. Was hat das damit zu tun?«

»Wieviel?«

»Wenn du es nicht weißt, geht es dich nichts an.«

»Ich habe seine Gedanken gelesen, also weiß ich es. Und jetzt sag du mir, wieviel es war.«

Sie hatte sich nicht die Zeit genommen, den Schein zu untersuchen, und nannte die höchste angemessene Zahl. »Fünf.«

»Nein, gnädiges Fräulein. Zwanzig Dollar.«

»Du bist verrückt!«

»Hast du den Schein nicht mal angesehen?«

Sie seufzte irritiert, hakte einen Zeigefinger in die Tasche, grub den Schein aus und breitete ihn sorgfältig auf einer sauberen Stelle des Tischs aus. Es war ein Zwanziger. Sie warf ihm einen argwöhnischen Blick zu. »Hattest du etwas damit zu tun?«

»Ich habe keinen Grund, etwas von der Art zu tun, Shandy.«

Sie mußte sich mit seinem Wort zufriedengeben. »Mann, das ist mehr als alles Geld, was ich je hatte, zusammengenommen!«

»Warum hat er es dir gegeben?«

»Wieso?« Sie zog die dunklen Brauen zusammen. »Um mir auszuhelfen.«

»Etwas plötzlich, findest du nicht? Dir einfach so einen Zwanziger zu geben, nur weil du mich draußen stehen sahst...« – sein Grinsen verbreiterte sich –, »wie ich den Lichtmast stützte.«

Ihr Herzschlag beschleunigte sich. »Und?«

»Wie hätte ich sonst auf dich aufmerksam werden sollen, warst du doch die ganzen Jahre so etwas wie ein unsichtbares Mädchen?«

Endlich begann sie zu verstehen. »Das nehme ich dir nicht ab«, flüsterte sie.

»Wie erklärst du dir, daß Ma Slippec kaum zwei Stunden später von der Polizei hochgenommen wurde?«

Sie war versucht zu sagen, daß er alle mit dem Schmutz besudeln wollte, in dem er sich selbst suhlte, sah aber ein, daß es sich nicht so verhielt. Sie blickte auf und sah Jake hinter der Theke in seinen Zähnen stochern und sie ungeduldig beobachten. Sie waren die einzigen Gäste in der Pause zwischen der Essenszeit und dem Spätgeschäft nach den Kinovorstellungen, und ihm lag daran, daß sie sich endlich fortscherten, damit er sich nach rückwärts verziehen und ein paar aus dem Krug mit Ma Slippecs Maisschnaps genehmigen konnte. Er war ein schlampiger, unsauberer Mensch, aber kein schlechter. Das Böse in einem gestärkten weißen Hemd war ihr einfach noch nie über den Weg gelaufen. Fitch? Nein, unmöglich!

»Also, warum hat er dir die Zwanzig gegeben?«

»Als Trostpflaster für sein Gewissen.«

»Richtig.«

Sie starrte vor sich hin und spielte mit Krümeln. Jason fragte unvermittelt: »Hat er dich je auf dem Knie reiten lassen, oder dergleichen?«

»Nein... Einmal gab er mir eine hinter die Ohren, weil ich ihm eine Flasche zerschlagen hatte, aber ich nahm es ihm nicht übel.«

»Dann ist er für dich kein Verlust.«

So einfach, wie er meinte, war die Sache nicht. Sie kannte Fitch seit zehn Jahren. Es war der Verlust der zehnjährigen Illusion, jemanden gut zu kennen. »Aber warum würde er so etwas tun?«

Er sog angestrengt an der Zigarette. »Die Regierung denkt daran, die Sperre aufzuheben und Sorrel Park für die Allgemeinheit zu öffnen. Die Strahlungskranken von damals sind inzwischen fast alle tot, und auch die restlichen Zeugen der Katastrophe werden mit jedem Jahr weniger.«

Sie verdaute die Auskunft, war aber zu müde, um sich zu fragen, was eine solche Entwicklung für sie bedeuten könnte. »Aber was soll aus dem Lager werden?«

»Dafür haben sie noch keine Lösung gefunden.«

»Ich habe von solchen Plänen nie gehört.«

»Aber Fitch. Ich vermute, daß er Verbindungen hat.«

Ich habe Spione, hatte sie zu Fitch gesagt. Vielleicht hatte er darin mehr als kindliche Aufschneiderei gesehen.

»Jedenfalls verkauft er seit acht oder neun Jahren schwarzgebrannten Schnaps, und solange wir Sperrgebiet sind, regt sich niemand darüber auf. Die Leute wollen das Zeug, und die teuren Sachen von draußen können sich nicht viele leisten. Die Polizei hat die ganzen Jahre beide Augen zugedrückt, soweit es Schwarzbrennerei und ähnliche Vergehen betraf; draußen wußte ja niemand davon. Aber wenn das Sperrgebiet aufgehoben wird, muß vorher reiner Tisch gemacht werden. Darum gehen sie jetzt gegen die Schwarzbrennereien vor.«

»Und Fitch?«

»Wie ich sage, er hat das Zeug unter die Leute gebracht. Er weiß natürlich, daß er damit Schluß machen muß, aber er will deswegen nicht ins Gefängnis. Er möchte für einen hübschen neuen Anfang bereit sein. Und so hat er darüber nachgedacht, wie er sich bei der Polizei und beim Militär beliebt machen kann: Ma Slippec für die Polizei, dich für uns. So schmiert er sich das Butterbrot auf beiden Seiten.«

»Aber ich bin nicht wertvoll«, sagte Shandy. »Nicht von seinem Standpunkt aus gesehen. Ich bin nicht telepathisch.«

»Er sagte, du seist anders«, sagte Jason. »Er wußte nicht, in welcher Weise, sagte aber, daß es für uns lohnend sein könnte, es herauszufinden.«

Shandy nahm die Banknote und faltete sie zusammen.

»Du siehst also, daß dieses Geld schmutzig ist.«

»Ich habe nichts Schmutziges getan, um es zu bekommen.« Sie steckte den Schein wieder in die Hosentasche.

»Ich wollte dir das Geld nicht wegnehmen«, sagte er begütigend. »Was ich wissen möchte, ist, warum du Fitch nicht durchschaut hast, wenn du so klug bist.«

Sie fragte sich, warum er zu dieser späten Stunde dasaß und redete, als ob er nichts Besseres zu tun wüßte. Er hätte die Antwort nicht verstanden, die sie für seine Frage hatte: Fitch war seit zehn Jahren ein fester und niemals in Frage gestellter Bestandteil ihres Lebens gewesen. Abgesehen von Ma Slippec hatte sie niemanden sonst, und ohne ihn würde es eine schwer auszufüllende Lücke in ihrem Leben geben. »Ich kann nicht Gedanken lesen.«

Sein Blick umwölkte sich. »Nun, vielleicht sollte ich dir auch was sagen. Ich kann deine Gedanken nicht lesen.«

Sie saß ganz still. »Überhaupt nicht?«

»Nein. Du bist eine Undurchdringliche.«

»Ist das vielleicht, was an mir anders ist?« Es erklärte viel. Sie fühlte sich von einer plötzlichen Erregung ergriffen.

»Jedenfalls ist es echt. Sollte es noch etwas geben«, fügte er munter hinzu, »werden wir es herausbringen.«

Wirst du nicht, Jason Hemmer! dachte sie. Meine Pläne haben sich geändert!

Er nahm den Kassenzettel vom Tisch und grub in seiner Tasche. »Du kannst dir nicht vorstellen, wie schwierig es für mich ist, mit jemandem zu sprechen, dessen Gedanken ich nicht lesen kann. Aber es ist eine hübsche Abwechslung.« Er brachte eine Handvoll Kleingeld zum Vorschein und begann darin herumzusuchen. »Hoffentlich reicht es; sonst müssen wir von deinem Geld dazunehmen.«

»Kommt nicht in Frage. Du kannst Teller waschen!«

Er lachte. »Glaubst du, die werden hier wirklich gewaschen?« Er wurde wieder ernst und beugte sich über den Tisch. »Hör zu, vielleicht möchtest du wissen, warum es dir gelungen ist, unauffällig zu bleiben?«

»Du meinst, Fitch hätte ein paar Leute geschmiert, um mich für eine Gelegenheit wie diese aufzusparen?«

»Ah, nein, jetzt wirst du boshaft, und ich mochte dich anders lieber. Nein – so kompliziert ist Fitch nicht. Die meisten normalen Menschen haben eine latente telepathische Begabung. Bei kleinen Kindern ist sie viel stärker, aber bei denen ist es eine unbeholfene und unartikulierte Sache, die wieder dahinwelkt und verschwindet, wenn sich bessere Methoden der Kommunikation entwickeln. Selbst Erwachsene können noch immer die Anwesenheit anderer fühlen, die sie nicht sehen. Das ist ein unbewußter Vorgang, denn wäre er bewußt, könnte sich niemand mehr mit Erfolg verstecken. Bei dir ist es anders. Du bist so unauffällig, daß man dich erst bemerkt, wenn man auf deinen Zehen steht. Sogar ich muß mich sehr konzentrieren, bevor ich dich in den Gedanken anderer Leute sehen kann. Du bist die erste echt Undurchdringliche, die mir je über den Weg gelaufen ist. Darum habe ich gepfiffen.«

»Ist das wahr?«

»Ja, das ist wahr.« Jetzt zeigte er dieses schiefe Grinsen, das sie erwartet hatte, als sie über die Fassadenbrüstung hinuntergespäht hatte. »Werde noch ein bißchen erwachsener, Shandy. Vielleicht pfeife ich dann wieder.«

»Auf mich brauchst du nicht zu warten!« sagte sie gereizt. Als er aufstand, noch immer lächelnd, machte sie eine ruckartige Kopfbewegung. »Ich muß mal verschwinden.«

Er setzte sich wieder. »Dann warte ich solange.«

Dann warte, amüsiere dich und lies über den Rorschach-Test, dachte sie bei sich. Ohne sich umzusehen, verschwand sie in die

Damentoilette. Sie hatte kein Verlangen, Jason Hemmer wiederzusehen oder von ihm wiedergesehen zu werden. Mit zwanzig Dollar in der Tasche konnte sie es sich leisten, den Seesack mit ihren paar Lumpen zurückzulassen. Sie sperrte die Tür zu, stieg auf den Toilettenrand und versuchte das kleine Milchglasfenster zu öffnen. Der letzte Kleckser, der hier Gott weiß wann gestrichen hatte, hatte die Farbe unbekümmert über Scharniere und Drücker geklatscht; Shandy mußte alle ihre Kraft aufbieten, um das Ding aufzubekommen. Der Schwall frischer Nachtluft, der ihr entgegendrang, war wie etwas, was der Raum nie gekannt hatte.

Sie hielt sich am Wasserkasten fest und steckte erst das eine, dann das andere Bein durch die enge Fensteröffnung. Dann schob sie sich mit angestrengten Hüftbewegungen hinterher, schrammte sich die Schultern und verlor beinahe ein Ohr am Sims, ehe sie draußen war. Das Gesicht schmerzlich verzogen, wollte sie eben loslassen und hinunterspringen, als sie entdeckte, warum Jason so bereitwillig mit ihr am Tisch gesessen und sie hatte reden lassen. Es war zu spät.

Zwei harte Hände packten sie bei den Fußknöcheln, und eine Stimme sagte in der Dunkelheit unter ihr: »Ist schon gut, Buck; ich hab' sie.« Und sie sank hinab in die ausgestreckten Arme zweier großer, grinsender Militärpolizisten in khakigelben Uniformen und Armbinden.

2

Mein Name ist Sandra Ruth Johnson. Ich wurde am dritten Juni 2011 in Sorrel Park geboren. Auch meine Eltern stammen von hier; ihre Familien hatten sich dreißig oder vierzig Jahre früher hier niedergelassen. Mein Vater hieß Lars Johnson, und sein Großvater, Olaf Jensen, war von Dänemark in die Staaten eingewandert und änderte hier seinen Namen, damit er amerikanischer klänge. Trotzdem gab die Familie ihren Kindern auch weiterhin Vornamen wie Niels und Kristin.

Mein Vater war ein lustiger, lebhafter kleiner Mann mit Sommersprossen und weißen Augenwimpern. Er arbeitete als Installateur im Kraftwerk und hatte schlimme Arthritis in beiden Händen. Seine Finger waren hart und schwielig und vom ständigen Umgang mit Rohren und Werkzeug gekrümmt. Ich glaube, er nahm Medikamente gegen die Arthritis, aber auch so war es ihm unmöglich, die Hand flach auf den Tisch zu legen.

Meine Mutter war der große, weiche Typ von Frau, der immer einen kleinen, drahtigen und energischen Mann zu heiraten scheint. Sie hieß Katherine O'Brian, und ihre Eltern stammten noch aus Irland. Sie hatte sehr schwarzes Haar und blaue Augen. Sie arbeitete als Putzfrau in den Büros des Kraftwerks, und nach dem Reaktorunfall war sie strahlenkrank und lebte zu Hause. Mein Vater wurde auch krank, aber er bekam eine Stelle bei den Gaswerken und arbeitete weiter als Installateur von Rohrleitungen.

Ich weiß, daß manche Überlebenden des Reaktorunfalls nicht lange danach Kinder haben konnten, aber obwohl meine Eltern die Injektionen gegen Strahlungskrankheit bekamen, hatten sie vorher schon keine Kinder gehabt, und auch danach blieben sie ungefähr siebzehn Jahre kinderlos. Ich glaube, sie hatten nie erwartet, daß noch ein Kind kommen würde. Mein Vater war von einem Stück heißen Materials in den Rücken getroffen worden, und die Wunde wollte nie ausheilen. So war meine Ankunft sicherlich eine Überraschung. Mein Vater war siebenundvierzig, als ich geboren wurde, und meine Mutter zweiundvierzig. Ich war erst dreieinhalb, als sie beide starben, und weil ich mich an die ersten eineinhalb Jahre meines Lebens nicht erinnern kann, bedeutet das, daß ich meine Eltern tatsächlich nur zwei Jahre gekannt habe. Es kann also sein, daß ich nicht alles ganz richtig in Erinnerung habe.

Ich könnte Ihnen nicht sagen, ob sie anders oder besser als andere

Leute waren. Ich weiß nur, daß ich sie liebte. Mein Vater nahm mich auf die Schultern oder tanzte mit mir im Zimmer herum, und wir spielten alle die Spiele, die die meisten ganz kleinen Kinder mit ihren Vätern spielen. Meine Mutter gab mir hin und wieder ein paar auf den Hosenboden, aber ich fand das nie besonders ungerecht; sie trug immer saubere Hauskleider aus Baumwolle, die so gestärkt waren, daß sie raschelten. Nicht wie Ma Slippec – obwohl auch in der eine Art von Güte war, bloß konnte sie nie richtig zum Durchbruch kommen.

Ich erinnere mich ganz deutlich an den Tag, als mein Vater zum letztenmal ins Krankenhaus ging. Ich war beinahe dreieinhalb. Nachdem meine Mutter ein paar Sachen für ihn gepackt hatte, nahm sie ihm den Verband vom Rücken und ging ins Bad, um einen neuen vorzubereiten, damit er mit sauberem Verband ins Krankenhaus käme.

Ich kam ins Zimmer und hatte klebrige Hände von einem Lutscher. Ich wollte sie nicht stören, aber sie waren aufgeregt und hörten mich nicht hereinkommen. Mein Vater saß in der Unterhose auf dem Bett; sein Rücken war mir zugekehrt...

Sie hob den Kopf und blickte aus dem Fenster, während sie am Bleistiftende sog; eine kleine, wattige Sommerwolke zog durch das von Erinnerungen heimgesuchte Gesichtsfeld:

Brandigrot ausstrahlendes, schwärendes Narbengewebe, durchsetzt von dicken braunen Keloiden. Ein handtellergroßes löcheriges Zentrum aus zerstörtem, krebszerfressenem Fleisch, eiternd und nässend; das Ganze umgeben von einer ungesunden bläulichen Hautverfärbung, die den halben Rücken bedeckte.

Sie riß ihre Gedanken von dem für immer in ihr Gedächtnis eingebrannten Bild los, ließ ihren Blick über den Mann am Schreibtisch und den anderen gleiten, der unbeweglich in der Ecke saß, und beugte sich wieder über die beschriebenen Seiten.

...mußte etwas gehört haben und wandte sich um. Er öffnete den Mund und schien im Begriff mich anzufahren, aber dann hielt er inne. Einen Augenblick lang sah er furchtbar erschrocken aus; ich weiß nicht, was er in meinem Gesicht sah – ich weiß nicht einmal mit Sicherheit, was ich dachte, aber ich weiß, was ich sah. Nachdem er sich besonnen hatte, sagte er in einem viel freundlicheren Ton als dem, den er gerade hatte anschlagen wollen: »Geh hinaus und spiel,

Kind!« Ich tat es, und ein paar Minuten später kam er mit seinem Koffer herunter und küßte mich zum Abschied. Ich sah ihn nie wieder.

Wir wohnten über dem Lebensmittelladen neben den Slippecs, und als meine Mutter zum Begräbnis ging, ließ sie mich bei ihnen. Ich weinte nicht, und ich weiß noch, wie Ma Slippec zu Karel sagte: »Dieses Kind macht mir eine Gänsehaut.«

Als meine Mutter in ihrem schwarzen Kleid und mit geschwollenen Augen von der Beerdigung kam, umarmte sie mich und weinte wieder und sagte: »Du weißt eben nicht, was es mit allem auf sich hat, nicht wahr, Kindchen?« Aber Erwachsene begreifen nicht, wie feinfühlig selbst nicht sehr intelligente Kinder für diese Dinge sind. Ich habe es oft bei den Slippec-Kindern gesehen, und soweit ich es beurteilen kann, sind sie stinknormal.

Meine Mutter war immer in Behandlung, und man hatte sie schon vor meiner Geburt arbeitsunfähig geschrieben, aber als mein Vater starb, mußte sie wieder putzen gehen, und während ihrer Abwesenheit nahmen mich die Slippecs zu sich. Sie waren ein pöbelhafter Haufen, und ständig kam es zu Streitereien, bei denen die Fetzen flogen, die aber wie Sommergewitter vorübergingen. Man kann manches über die Slippecs sagen, aber sie sind nicht böse oder schlecht. Meine Mutter hielt nicht viel von ihnen, vor allem, weil der alte Slippec damals gerade wieder im Gefängnis war, wo man ihn öfter antrifft als zu Haus, aber sie dachte sich, wenn Ma Slippec ihre eigenen sechs Kinder am Leben und gesund erhalten konnte, würde ihr das auch bei mir gelingen.

Aber dann kam meine Mutter mit jedem Tag erschöpfter und kranker von der Arbeit heim. Zuerst konnte sie mein Abendessen nicht mehr bereiten, und später konnte sie mich kaum noch zu Bett bringen. Ich begann es mit der Angst zu bekommen. Mein Vater war so beiläufig fortgegangen...

Eines Tages konnte sie nicht zur Arbeit gehen, und sie blieb einige Tage im Bett. Sie sah schrecklich blaß aus, und ihre Haut war heiß. Schließlich rief Ma Slippec den Krankenwagen für sie und packte ein paar Kleider und Sachen in denselben Koffer, den schon mein Vater mitgenommen hatte. Meine Mutter lächelte mir von der Bahre zu und sagte, sie werde bald wiederkommen... aber sie war ganz dünn geworden, und ihr Gesicht war so weiß unter den schwarzen Haaren...

Shandy legte den Bleistift zur Seite, ordnete die Blätter und faltete sie in der Mitte, quer über ihre abgeschlossene Kindheit. Sie stand auf, händigte sie dem Mann am Schreibtisch aus und ging ans Fenster.

Draußen konnte sie einen Hof sehen, umgeben von einer Ziegelmauer mit einem massiven eisernen Tor. Auf dem Hof standen drei Jeeps; mit einem davon war sie am Abend zuvor hierhergebracht worden. Jenseits des Tors gab es einen elektrisch geladenen Zaun, der von bewaffneten Posten bewacht wurde und neben dem Gebäudekomplex ein weites wüstes Areal umschloß, in dem Stauden, Gräser und Wildblumen wuchsen und wo sich in einer Bodensenke das Lager befand. Eine mit Stacheldrahtrollen bekrönte Betonmauer am Rand der Senke umgab als zusätzliche Sicherung den Lagerbereich. Sie war überragt von einigen Dutzend großer Antennen, die das Marczinek-Feld erzeugten, eine als leises Summen weithin hörbare Zerhacker-Frequenz.

Jenseits des Lagers und seines öden eingezäunten Umfelds verlief ein tiefer Abzugsgraben als letztes peripheres Hindernis vor einer Verbindungsstraße, die von Sorrel Park in die Außenwelt führte – und acht Kilometer weiter Schlagbaum und Grenzzaun des militärischen Sperrgebiets erreichte.

Urquhart räusperte sich ziemlich gebieterisch, und sie kehrte an den kleinen Tisch zurück und setzte sich. Er war ein noch jüngerer, fast kahlköpfiger Mann mit einer Hornbrille. Sein Ellbogen ruhte auf dem Buch über den Rorschach-Test: er war sein Eigentümer. Sie sah, daß er die Ränder ihres Manuskripts mit kleinen Notizen in roter Tinte versehen hatte, vermutlich in der Art von: Anblick der Narbe – mögl. Trauma?

Er hatte sich nicht die Mühe gemacht sie zu fragen, ob sie Schriften von Wechsler, Stanford-Binet, Charlebois oder Porteus gelesen hatte, denn in ihrem Fall war Jason Hemmer als Lügendetektor nutzlos, und wenn es um Fragen möglicher telepathischer Kräfte ging, begnügte man sich nicht mit Treu und Glauben; er war genötigt gewesen, sich mit den Methoden zu behelfen, die ihm die Eingebung des Augenblicks in die Hände gab. Sein Verhalten war weder einschmeichelnd noch sanft; sie hatte ihm das Werkzeug seines Berufs aus den Händen genommen, und er war nicht geneigt, ihr das zu vergeben.

Sie ihrerseits begann sich zu fragen, ob sie klug gehandelt habe. Möglicherweise wäre es viel einfacher und sicherer gewesen, wenn

Festino -80-

sie die Tests passiv hätte über sich ergehen lassen, um am Ende vielleicht aus ihnen zu lernen. Aber sie war interessiert. Sie hatte eine Runde mit Jason Hemmer gespielt und verloren, ohne deswegen einen Groll zu hegen; sie war bereit für die zweite Runde.

Ein teuflischer Zufall – oder ein noch unentdeckter innerer Zusammenhang – hatte es gewollt, daß die telepathische und psychokinetische Mutation fast ausschließlich bei Kindern zum Durchbruch kam, deren Entwicklung zum kriminellen Typ der psychopathischen Persönlichkeit sozusagen vorgezeichnet war. Alle siebenundvierzig Lagerinsassen waren durch Urquharts Mühlen gegangen. Er konnte von Glück sagen, daß er noch am Leben war. Sie fühlte, daß der Umgang mit einer Nichttelepathin, die gegen dieses Phänomen außerdem immun schien, eine willkommene Abwechslung für ihn sein mochte.

Urquhart löste seine wie zum Gebet ineinander verschränkten Finger und schaltete das Tonbandgerät ein. »Findest du es gerecht, die Slippec-Kinder als stinknormal zu bezeichnen?«

Die Frage überraschte sie, aber nach kurzem Zögern antwortete sie: »Solange ich nicht die prognostischen Meßzahlen festsetzen muß, ja.«

»Hast du irgendwelche Gründe für diese Beurteilung?«

»Drei Jahre ständiger Beoachtung. Ich lebte mit ihnen, als ob sie meine Geschwister wären, und für die Kleinsten war ich die ganze Zeit eine Art Kindermädchen.«

»Was beobachtetest du?« Sein Tonfall schien echtes Interesse anzudeuten.

»Koordination, Sprache und Spielverhalten, Vokabular, Wechselwirkungen in der Gruppe...« Sie zuckte die Achseln. »Worauf man bei Kindern eben achtet.«

»Warum?«

»Ich weiß nicht, warum. Ich wollte es eben wissen.«

Er stieß mit dem Ellbogen auf das Rorschach-Buch. »Und darum hast du das genommen?«

Sie errötete. »Nicht nur darum. Vor allem wollte ich wissen, wie ich dem Lager entgehen könnte.«

»Jedes Kind in Sorrel Park ist hiergewesen – mit Ausnahme von dir, und die meisten von ihnen sind nach Hause zurückgekehrt. Warum dachtest du, wir könnten besonders an dir interessiert sein?«

»Ich wollte kein Risiko eingehen. Und ich muß jetzt sagen, daß ich dabei hätte bleiben sollen.«

Er machte »Hm« und legte die langen, rosigen Finger zu einem Dach zusammen. »Du schreibst hier über deinen Vater: *›Ich weiß nicht, was er in meinem Gesicht sah.‹* Ich glaube, du weißt es doch. Du solltest einmal versuchen, dich deiner Empfindungen zu erinnern, als du deines Vaters Rücken sahst.«

»Vielleicht kann ich das«, sagte sie zögernd, »aber ich weiß nicht, ob es nicht eine falsche Erinnerung ist.«

»Warum sollte sie falsch sein?«

»Weil es mir nicht einleuchtet, daß ein dreijähriges Kind, gleichgültig, wie klug oder dumm es ist, ein solches Ding anschauen und die Gewißheit gewinnen könnte, daß ein Mensch daran sterben wird. Außerdem kann ich mir nicht denken, daß diese Gewißheit sich so rasch und so deutlich in meinem Gesicht widergespiegelt haben könnte, daß er sie darin sah.«

»Meinst du nicht, daß es eher deine Ruhe gewesen sein mochte, die deinen Vater erschreckte – deine Ruhe nach dem anfänglichen Schock des Anblicks von etwas, was er normalerweise verbarg? Die Tatsache, daß du bei dem Anblick nicht weintest?«

Shandy sagte ruhig: »Ich weinte nur, wenn meine Hände oder mein Körper nicht so wollten wie ich, oder wenn ich etwas nicht herausbringen konnte, was ich wissen wollte. Über solche Dinge konnte ich in Wut und Tränen geraten, aber nicht aus Angst oder Trauer.«

»Sicherlich weintest du vor Schmerzen.«

Sie lächelte. »Nicht, wenn ich versohlt wurde. Wenn der Schmerz das Ergebnis meiner eigenen Ungeschicklichkeit war, geriet ich in Wut.«

Urquhart zupfte an seiner Unterlippe und las wieder in den Blättern.

Der magere alte Mann, der die ganze Zeit stumm und unbeweglich als unbeteiligter Zuhörer in der Ecke gesessen hatte, begann sich schmunzelnd eine Pfeife zu stopfen. Er hatte ein schmales, hakennasiges Asketengesicht und einen ungebärdigen weißen Haarschopf. Zu seiner Militärhose trug er ein unmögliches Hemd aus Baumwolltrikot, bedruckt mit Palmen und Sonnenuntergängen. Shandy hatte ein Duplikat davon zum Preis von 2.49 Dollar bei Mrs. Pyper im Schaufenster gesehen.

Der alte Mann war ihr schon am frühen Morgen aufgefallen, als sie aus dem Fenster ihres Zimmers geschaut und ihn mit gebeugtem Rücken in einem Blumenbeet arbeiten gesehen hatte. Dazu hatte er mit einer erstaunlich kräftigen und tiefen Stimme gesungen.

Im Gegensatz zu diesem exzentrischen Vogel trug Urquhart einen dezenten Tweedanzug, vielleicht um einen Unterschied zu betonen, was auch den Alten zu seinem verrückten Aufzug bewogen haben mochte. Aber der letztere hatte sich auf militärische Beinkleider eingelassen, während er... Ich bin nur als zeitweiliger Berater hier, danke sehr, also werde ich keine Uniform brauchen...

Acht Jahre waren daraus geworden. Urquhart war viel jünger gewesen, als er das erstemal von den seltsamen Spätfolgen der vertuschten Kraftwerkskatastrophe gehört hatte. Damals hatte er sich für einen aussichtsreichen jungen Psychiater gehalten. Inzwischen wurde der Anzug fadenscheinig, und acht Jahre trennten ihn von der Karriere des Lernens und Verdienens. Statt sich in seinem Fach fortzubilden, war er gezwungen gewesen, sich psychologische Kenntnisse anzueignen und die einschlägigen Tests und Analysen durchzuführen, weil es der politischen und militärischen Führung nicht zweckmäßig erschien, eine größere Zahl von Psychologen und psychiatrischen Sozialarbeitern in das wohlbehütete Geheimnis einzuweihen. Überdies war es ebenso gefährlich wie beinahe nutzlos, engere Kontakte mit den siebenundvierzig im Lager festgehaltenen Jugendlichen zu suchen.

Urquhart lächelte und sagte: »Ich muß gestehen, Shandy, daß ich nicht mehr die Geduld und die Toleranz habe, über die ich einmal verfügte und die ich auch jetzt zeigen sollte. Ich will dich nicht mehr als nötig ausquetschen, aber ich muß imstande sein, mir ein zutreffendes Bild von dir zu machen.«

»Ich habe Ihnen schon gesagt, daß ich keine übernatürlichen Fähigkeiten habe.«

»Das weiß ich. Wenn du besondere Fähigkeiten oder Kräfte hättest, wäre es dir kaum gelungen, sie all diese Jahre hindurch zu verbergen. Aber du hast trotz deiner Größe und deines Alters noch nicht die Pubertät erreicht, und ich habe gesehen, wie sich das auswirken kann. Wer weiß, wozu du in einem oder zwei Jahren imstande sein wirst? Ich denke dabei nicht an psychopathische oder schizophrene Züge, aber du bist für Leute wie unseren tüchtigen Jason Hemmer undurchdringlich, und ich möchte wissen, wie sich das verhält. Es ist ein besonderes und seltenes Talent, und es könnte uns eines Tages sehr nützlich sein.« Er seufzte. »Wenn du nicht so jung wärst, könnte es uns schon jetzt von Nutzen sein.«

Aber er wollte sich nicht näher dazu äußern.

Sie stützte die Arme auf das Fensterbrett und schaute in den Abend hinaus. Ihr Zimmer lag auf der dem Lager abgewandten Seite, was sie als angenehm empfand. Zwischen dem Blumenbeet und der Ziegelwand mit ihrem Tor gab es ein Stück Rasen zu bewundern, und wenn sie sich hinausbeugte, konnte sie ein Stück Asphaltstraße und mehrere hölzerne Baracken sehen, die das militärische Wachpersonal beherbergten. Hinter einigen der Barackenfenster brannte Licht. Wie gern würde sie wieder zur Abendstunde durch die staubigen Straßen streichen, den traulichen Lampenschein hinter den Fenstern sehen und sich vorstellen, wie es in den Wohnungen zugehen mochte! Ihr Fenster war nicht vergittert, aber es lag im zweiten Stock. Wenn sie nicht riskieren wollte, sich den Hals zu brechen, schied es als Fluchtweg aus. Das Zimmer war nicht groß, aber sauber; es enthielt ein Bett, Tisch und Stuhl, eine Kommode und einen schmalen Einbauschrank. Ein fensterloses kleines Bad gehörte auch dazu. Sie hätte das Quartier als luxuriös angesehen, wäre nicht der uniformierte Wachtposten vor der Tür gewesen. Sie hatte ermüdende Gespräche mit Urquhart geführt, war von einer Ärztin in einem Rollstuhl untersucht und enzephalographiert worden, und ein grimmig dreinschauender Oberst Prothero hatte in einem langen Verhör noch die winzigsten autobiographischen Einzelheiten aus ihr herausgequetscht. Sie fühlte sich erschöpft und ausgenutzt. Ihr Geist, ihre private Persönlichkeit, die bis jetzt ihr allein gehört hatten, waren zu offen ausgebreitet, zu gründlich seziert worden, als daß sie Freude über das dabei gewonnene Wissen empfinden könnte. Und was sie erfahren hatte, war nicht viel.

Was bin ich? Das möchte ich gern wissen... aber von denen werde ich es nicht erfahren... Bald darauf erloschen die Lichter hinter den Barackenfenstern. Soldaten gingen frühzeitig schlafen. Auch sie löschte das Licht und kroch unter die Decke.

Irgendwann in der Nacht fuhr sie aus tiefem Schlaf auf. Völlig desorientiert, blinzelte sie zum dunkelgrauen Hochrechteck des Fensters und den unvertrauten Lichtritzen um die Tür. Sie schüttelte den Kopf. Unten war plötzlicher Lärm ausgebrochen, und die gebellten Befehle, das Herumrennen und Türenschlagen flößten ihr eine unbestimmte Angst ein.

Sie eilte zum Fenster und spähte hinaus. Draußen war alles ruhig; gelblichweißes Licht aus den Fenstern unter ihr tauchte Rasenfläche und Hof in einen fahlen Schein. Sie tappte barfuß zur Tür und öffnete sie einen Spalt breit. Der Wachtposten war verschwunden, vielleicht hinuntergerufen von den rätselhaften Vorgängen. Wahrscheinlich konnte sie das Gebäude jetzt verlassen, aber das Tor würde verschlossen und bewacht sein. Und die Stimmen und hastenden Tritte unten schienen aufregende Ereignisse anzuzeigen. Sie schlich hinaus in den Korridor.

Der nackte Stein der Treppenstufen war kalt unter ihren bloßen Füßen. Im ersten Stock angelangt, machte sie einen Raum neben dem Treppenhaus als Ursprung der nächtlichen Unruhe aus. Die Tür stand angelehnt.

Sie drückte sie ein wenig weiter auf und spähte hinein. Der Raum war das Vorzimmer von Oberst Protheros Büro, und Shandy sah zwei Soldaten, die eine kaum noch als menschlich erkennbare Gestalt aufrecht hielten. Kleidung und Haut waren mit Blut und Schmutz bedeckt, der Kopf hing auf die Brust, und das Haar umstand wirr und verklebt den Schädel.

Sie erhaschte einen Blick auf Oberst Prothero, der wütend auf und ab stapfte und seinen stiernackigen blonden Borstenkopf schüttelte. Er war in Schlafanzug und Pantoffeln. Die Ärztin, frisch und in ihrem weißen Kittel, als hätte sie keinen Augenblick im Bett verbracht, fuhr ihren Rollstuhl in Shandys Gesichtsfeld und sagte zu dem Soldaten: »Legen Sie ihn auf die Couch dort.«

Das schmutzbedeckte und zerschlagene Etwas zwischen den Soldaten hob mühsam den Kopf. Es war Jason Hemmer. Ein Auge war blauschwarz und zugeschwollen, die Wange darunter wies eine blutende Schürfwunde auf, und die Lippen waren aufgeplatzt. Er murmelte kaum verständlich: »Dachte, sie schliefen ... sie – sie lauerten mir auf ...«

Prothero schnaubte wie ein Pferd. »Sie haben gehört, was die Ärztin sagte! Legen Sie ihn auf die Couch!«

Shandy reckte den Hals, als die Männer Jason auf die Liegestatt betteten. Die Ärztin fuhr den Rollstuhl an seine Seite und begann mit Wattebäuschen und antiseptischer Flüssigkeit zu arbeiten. Ihr Rücken versperrte Shandy die Sicht.

Jasons Stimme murmelte undeutlich weiter, unterbrochen von Ächzlauten, wenn die antiseptische Flüssigkeit im rohen Fleisch brannte. »Jocko hat sich das Schlüsselbein gebrochen. Völlig verwachsen und deformiert, das Ding – au, verdammt noch mal! – ein Knochenkamm bis zum Schultergelenk.«

»Der ist einer von den Schlimmsten«, antwortete die Frau, als sie einen schmutzigen Wattebausch in einen Papierkorb warf. »Ich weiß nicht, ob er sich von mir behandeln lassen wird.«

»Ja... Und Doydoy hat eine große offene Stelle im Nacken, sieht übel aus. Und der Eisvogel hat ein...«

»Stillhalten, jetzt! Das tut ein bißchen weh.«

»...oh... au... einen Abszeß am Zahn und macht alle anderen damit verrückt. Er hat auch diese Sache mit mir angefangen...«

»Schreiben Sie alles auf, Tapley!« brüllte Prothero. »Was stehen Sie herum und halten Maulaffen feil, Mann?« Tapley eilte zum Schreibtisch und versah sich mit Protokollbuch und Bleistift.

»...und Lavonne... die ist ein hoffnungsloser Fall.«

»Nun, Sie können morgen versuchen, mir eine Analyse von ihr zu geben«, erwiderte sie munter. »Das dürfte alles sein, nicht wahr?«

»Ja. So ziemlich.« Jason stützte sich auf einen Ellbogen, richtete sich unter schmerzlichem Ächzen ein wenig auf, daß Shandy sein grimassierendes Gesicht über der weißen Schulter der Ärztin sehen konnte. »Übrigens, Herr Oberst... Colin fehlt nichts.«

Prothero grunzte.

Shandy, außerstande, sich zurückzuhalten, schlüpfte ins Zimmer und bewegte sich an der Wand entlang zur Couch.

»Und Frankie Slippec?« wisperte sie.

Jason wandte den Kopf. »Dem geht's immer gut... he – he! Was machst du hier?«

»Legen Sie den Kopf aufs Polster, Jason«, sagte die Ärztin und ohne den Kopf umzuwenden, fügte sie hinzu: »Und du gehst bitte wieder ins Bett, Shandy.«

Shandy wurde sich plötzlich ihres armseligen dünnen Nachthemds und ihrer bloßen Füße bewußt, zog den Kopf ein und schlüpfte eilig hinaus.

3

Als der Soldat am nächsten Morgen das Frühstückstablett brachte, begrüßte Shandy ihn mit einem so süßen und strahlenden Lächeln, daß es sie selbst aus dem Gleichgewicht brachte.

»Mit dem Ding da drinnen stimmt was nicht«, sagte sie und zeigte zum Bad.

Der Soldat, ein ektomorpher Typ mit eingefallenem Gesicht, der unter einem schlimmen Katzenjammer litt, zwang seine blutunterlaufenen Augen ein wenig weiter auf und murmelte: »Was? Was's los, kleines Mädchen?«

Shandy, ohne Schuhe einen Meter achtundsechzig groß, faltete die Hände im Schoß und piepste: »Bitte, Sir, mit dem Ding da drinnen ist was nicht in Ordnung.« Wieder zeigte sie zum Badezimmer.

»Mit so was kenne ich mich nicht aus, Kind. Da mußt du warten, bis ich einen Klempner kriegen kann.«

»Oh, bitte! Ganz bestimmt können Sie es richten. Ich weiß bloß nicht, wie es funktioniert.«

Er seufzte, rieb sich den Kopf, dem man seine Schmerzen förmlich ansah, und schlurfte zum Bad.

Sie hatte den Stuhl schon bereit, und sowie er drinnen war, warf sie die Tür zu und klemmte die Stuhllehne unter die Klinke. Dann legte sie den Mund an die Türspalte und schrie: »He, Langer, halt die Rübe unter den Wasserhahn, dann geht's dir besser!« Dann war sie draußen und hatte die Tür hinter sich geschlossen, bevor das erste Protestgebrüll gedämpft aus dem Badezimmer drang.

Der Korridor war menschenleer, doch würde dieser Zustand nicht lange andauern, und sie mußte mit Jason sprechen. Ungesehen gelangte sie in den ersten Stock, wo sie auf Zehenspitzen über den Korridorläufer schlich. Die meisten Türen waren geschlossen, und sie wagte sie nicht zu öffnen; einige standen offen und zeigten Betten und Tische und die gleiche nüchterne Einrichtung, die sie aus ihrem Zimmer kannte. Sie kam zu den zwei letzten Türen am Ende des Korridors.

Wenn die Räume dahinter nichts ergaben, würde ihr nichts übrig bleiben, als zurückzukehren und den Wutausbruch ihres Gefangenen über sich ergehen zu lassen. Oder sie konnte ihr Glück im Erdgeschoß versuchen. Ein Raum war leer, aber als sie vorsichtig die Tür zum anderen öffnete und hineinspähte, wurde sie von einer halblauten Stimme beim Namen gerufen.

Er lag im Bett und hatte einen weißen Schlafanzug mit blauen Streifen an, der ihm zusammen mit dem Bürstenhaarschnitt das Aussehen eines Zuchthäuslers verlieh. Sein Gesicht war blau und violett, aber die Schwellungen waren zurückgegangen.

»Hallo.« Er beäugte sie argwöhnisch.

»Hallo«, sagte sie unbekümmert. Sie lehnte sich in übertriebener Pose an den Türrahmen und sagte mit kühler Unverschämtheit: »Du siehst aus, als hättest du vergessen, dich zu fragen, was Margaret Mead getan haben würde.«

Er machte eine Bewegung, als wollte er aus dem Bett springen, und sie war drauf und dran davonzulaufen, aber er ließ sich wieder aufs Kissen zurücksinken und sagte: »Laß man, schon gut. Vielleicht werde ich dich das eines Tages fragen.«

Sie grinste und setzte sich auf einen Stuhl beim Bett. Jason verschränkte die Arme hinter dem Kopf, blickte zur Decke empor und sagte in beiläufigem Ton: »Weißt du, jemand ist gerade aus dem Knast ausgebrochen, und was glaubst du, wie wütend er ist!«

Im nächsten Augenblick drang entrüstetes Geschimpfe durch Treppenhaus und Korridor, und Shandy sprang vom Stuhl auf und versteckte sich hinter der Tür. Ihr Blick ging zu Jason, aber nicht, um zu betteln. Er konnte tun, was ihm gefiel.

Der Soldat erschien in der Türöffnung und blickte suchend umher. »He, Schnüffler, hast du gesehen, wo diese – diese gottverdammte Göre hingelaufen ist?«

Jason schwieg einen Augenblick lang und schien sich zu konzentrieren. Dann sagte er ruhig: »Wieso, sie ist in ihrem Zimmer, Davey. Wo sollte sie sonst sein?«

»Was? Also... na, vielleicht hast du recht... ich dachte eben wirklich, daß da was passiert wäre.«

Sie wartete, bis die Schritte sich entfernt hatten, und kehrte zum Stuhl zurück. »Telepathie ist praktisch.«

»Manchmal kommt sie einem zustatten.« Er tastete unter das Kissen und zog eine zerdrückte Packung Zigaretten hervor.

Sie nickte zu seinem zerschlagenen Gesicht. »Ich dachte, du wärst bloß eine Art Talentsucher. Ich – ich wußte nicht, daß du noch einen Job hast.«

Er zuckte unwillig die Achseln. »Ich mache keine Reklame. Jemand muß in Erfahrung bringen, was ihnen fehlt und was getan werden muß. Dachtest du, wir ließen sie im Lager einfach verkommen und verrotten?«

»Aber du nimmst dieses Risiko auf dich – und in Sorrel Park hassen die Leute dich. Wenn sie davon wüßten...«

»Wenn sie mich sehen, wollen sie im allgemeinen nicht stehenbleiben und sich etwas erklären lassen.«

»Du könntest es sie so wissen lassen.«

»Was soll's?« Er blies den Rauch zur Decke. »Die Leute denken sich, sie wüßten alles Wissenswerte über mich. Sie wissen auch, daß ich ihre Gedanken lesen und beeinflussen kann. Und schließlich wissen sie, daß ich berechtigt bin, ihnen die Kinder wegzunehmen und ins Lager einzusperren. Ist das nicht genug?«

»Sie könnten dich besser verstehen.«

»Nein. Nicht die Leute, die solche Kinder haben. Die würden sich eins lachen, wenn sie wüßten, daß ihre Kinder mich dann und wann zusammenschlagen. Vielleicht sollte ich ihnen dieses Vergnügen nicht verwehren – aber es ist kein gutes Vergnügen, also wird es ihnen nicht schaden, darauf zu verzichten.«

Sie blickte auf ihre Hände. »Mir machte es kein Vergnügen. Und ich habe dich auch immer verabscheut.«

»Du bist anders.«

»Hoffentlich.« Sie blickte aus dem Fenster zur Ziegelmauer. »Warum tust du alles das?«

Er seufzte und blies Zigarettenasche über die Bettdecke. »Nichts hindert einen daran.«

Sie stand auf. »Vielleicht verstehe ich nicht genug vom Umgang mit Menschen. Bis ich es tue, werde ich dich nicht behelligen.«

»Setz dich hin, du albernes Ding! Ich sagte dir, daß es schwierig für mich ist, mit jemandem zu sprechen, dessen Gedanken ich nicht lesen kann.«

Sie setzte sich widerwillig, und er sagte: »Jemand kommt, aber keine Angst, es ist bloß Marsh.«

Sie wartete. Jason drückte seine Zigarette aus, und als er damit fertig war, kam der alte Mann herein. Er hatte die Palmen und den orangefarbenen Sonnenuntergang mit roten tropischen Blumen und blauen Blättern vertauscht.

»Ich wollte sehen, wie es Ihnen geht, junger Freund«, sagte er. »Ich sehe, Sie haben bereits Gesellschaft.«

»Ich bin bereit zum nächsten Besuch«, sagte Jason mit matter Ironie. »Shandy, das ist Dr. Jaroslaw Marczinek.«

»Ach ja«, sagte Shandy. »Der Konstrukteur des Felds. Jetzt weiß ich, warum Sie hier sind.«

Jason seufzte abermals. »Von diesem Mädchen kriegt man nie ein einfaches Guten Morgen.«

»Guten Morgen, Dr. Marczinek«, sagte Shandy. »Warum saßen Sie bei Dr. Urquhart, als ich meine Geschichte aufschreiben mußte?«

Der alte Mann ließ Jasons mißbilligendes Schnalzen unbeachtet, setzte sich und begann gemächlich seine Pfeife zu stopfen, bevor er antwortete. »Da es in diesen beengten Verhältnissen unmöglich ist, nach außen zu wachsen, muß ich nach innen wachsen.« Er klemmte den Pfeifenstiel zwischen die gelben Zähne und fuhr sich mit den Fingern seiner Rechten durch den weißen Haarschopf.

Shandy nickte und wandte sich zu Jason. »Es ist doch nicht verboten, Fragen zu stellen, nicht? Andere Leute stellen dir auch Fragen, wenn sie hier hereinkommen.«

»Ich weiß, wie ich sie zum Schweigen bringen kann«, erwiderte Jason. »Bei dir ist es anders. Und die Leute, die dich ausfragen, haben einen vernünftigen Grund dafür.«

»Du sagst selbst, daß ich anders bin. Woher willst du wissen, daß ich keinen vernünftigen Grund habe? Selbst wenn ich nicht weiß, was es ist, bedeutet das noch lange nicht, daß nicht einer in mir versteckt sein könnte... Dr. Marczinek, Sie scheinen mich sehr belustigend zu finden.«

Der alte Mann schmunzelte. »Ja, wirklich, und sehr erfrischend. Freilich könnte sich herausstellen, daß du auch sehr gefährlich bist.«

»Und Sie sind sehr aufrichtig.«

»Danke, Kind. Ich muß es sein, weißt du.«

»Ist es wahr, daß du hypnotisiert werden mußt?« sagte Shandy zu Jason.

»Was? Ich weiß nicht, was du meinst.«

»Wenn du ins Lager gehst, um mit denen dort zu reden. Urquhart blockiert dein Gedächtnis durch Hypnose, damit die Telepathen dort nicht alles erfahren, was hier vorgeht. Ist das richtig?«

»Das ist richtig.«

»Haben die im Lager noch nie versucht, die Blockade zu durchbrechen?«

»Vielleicht früher mal, aber im allgemeinen nicht. Sie könnten es vielleicht schaffen, wenn sie sich sehr anstrengten, aber das hätte zuviel mit Arbeit zu tun. Glücklicherweise leben die meisten von ihnen an der Oberfläche.«

»Und der Rest?«

»Ich weiß nicht... da gibt es ein paar... aber das tut nichts zur Sache.« Er befühlte vorsichtig verschiedene Stellen an seinem Kopf. »Wenn die schlimmsten von ihnen wirklich klug wären und von ihren Kräften und ihren Gehirnen den rechten Gebrauch zu machen wüßten...«

Marczinek sagte: »Ehe ich es vergesse, Jason: Dr. Halsey möchte wissen, ob Sie sich gut genug fühlen, um ihre Liste von Knochenbrüchen, Zahnbeschwerden und dergleichen zu vervollständigen.«

»Ja. Sagen Sie ihr, sie könne jederzeit kommen. Du hast die Ärztin kennengelernt, nicht?« fragte er Shandy.

Sie nickte. »Wie kümmert sie sich um die Insassen?«

»Sie fährt mit dem Rollstuhl ins Lager«, antwortete Jason mit einer Spur von Gereiztheit. »Sie behandelt die Insassen, und diese sind respektvoll und höflich zu ihr.«

»Wieso?«

Jason lächelte. »Ich ließ sie wissen, daß Prothero mir gesagt hat, er würde eine Bombe auf das Lager werfen lassen, wenn sie Dr. Halsey auch nur schief anguckten.«

»Aber für dich wird er keine Bomben abwerfen lassen.«

»Nein. Du brauchst ihr gegenüber auch nichts von Bomben zu erwähnen. Sie ist eine nette und herzensgute alte Frau, ohne einen bösen Gedanken im Kopf, und ich möchte nicht, daß sie verletzt wird.«

»Unser junger Freund ist ein Mann von wahrhafter Empfindsamkeit«, sagte Marczinek und paffte an seine Pfeife. »Shandy, du sagtest vorhin, daß du dich anders fühltest; warum?«

»Ich weiß es nicht... Aber ich hatte die Idee schon als kleines Kind. Seitdem habe ich versucht, etwas darüber herauszubringen.«

»Du bist undurchdringlich, ungesellig, unauffällig. Verbunden mit Intelligenz, sollte das genug sein. Jeder ist verschieden.«

»Das ist wahr«, sagte Shandy mit Entschiedenheit, »aber beinahe jeder ist in vielen Dingen Hunderten von anderen Leuten ähnlich. Die Jugendlichen im Lager sind einander sehr ähnlich, und wie ungezählte andere, die im Lager sind, außer, daß diese hier Extremfälle und oberdrein telepathisch sind.

Aber ich bin nicht wie die meisten Kinder, die so oder so aufwachsen. In den letzten zehn Jahren habe ich nicht viel Liebe oder Aufmerksamkeit erfahren, trotzdem hatte ich nie das Verlangen, gegen alles zurückzuschlagen oder wegen meines harten Schicksals die ganze Welt zu hassen. Ich bin nicht unglücklich. Nur manchmal... manchmal kriege ich es mit der Angst.«

»Warum?«

»Weil... einmal las ich eine Erzählung über einen Mann, der das Gefühl hatte, etwas Besonderes zu sein... er war fest davon überzeugt, daß er eine große und vielleicht auch gefährliche Rolle bei der Neugestaltung der Welt spielen werde. Er liebte eine Frau, die ihn heiraten wollte, aber er hatte Angst, weil er damit rechnete, daß er jeden Tag aufgerufen werden könnte, die menschliche Rasse zu retten oder andere Großtaten zu verrichten, und er wollte die Frau nicht als Witwe zurücklassen. Erst als sein Leben hinter ihm lag und sie gestorben war, begriff er, daß das einzig Besondere an ihm dieses Gefühl des Auserwähltseins war, und daß er alles versäumt hatte, was sein Leben wertvoll oder glücklich hätte machen können. Und deshalb kriege ich es manchmal mit der Angst.«

Marczinek paffte eine Weile schweigend, dann meinte er: »Ich denke nicht, daß du der Typ bist, der etwas Gutes zurückweist, wenn es ihm geboten wird.«

»Hoffentlich nicht«, sagte Shandy. »Vielleicht bin ich nur albern.«

»Nein«, sagte Jason düster. »Ich dachte auch mal, daß ich was Besonderes sei.«

»Nun, du hattest dazu auch mehr Veranlassung als ich. Wie wurdest du auf dein Talent aufmerksam?«

»Ungefähr so, wie man es in Geschichten liest. Ich war vielleicht zehn und spielte mit zwei Jungen namens Charley und Pink Murmeln. Auf einmal hatte ich eine Glückssträhne. Wahrscheinlich wünschte ich mir besonders heftig ein Gelingen meiner Würfe, da ich nur noch wenige Murmeln hatte. Nun, Charley schoß meine bestplazierte Murmel aus dem Kreis und sagte: So, das mach mir erst mal nach, du Anfänger! Und ich sagte: ›Und ob ich dir das nachmachen werde!‹, und darauf sahen die beiden sich an, als ob ich verrückt geworden wäre. Charley sagte: ›Warum hast du das gesagt? Ich habe doch kein Wort zu dir gesagt!‹ Und ich fing an, mir den Kopf zu kratzen...

Es war komisch, weißt du, weil ich noch das Echo meiner eigenen Stimme in den Ohren hatte, aber nichts von davor. Ich sagte: ›Sagtest du nicht: So, das mach mir erst mal nach, du Anfänger?‹ Er wurde ganz bleich und sagte: ›Das habe ich *gedacht*!‹

Gott, hatte ich eine Angst! Ich steckte meine Murmeln in den

Beutel und rannte nach Haus, die Treppen hinauf und setzte mich auf mein Bett. Ich zitterte nur so. Meine Mutter arbeitete in der Küche mit dem Mixer und hatte mich nicht gehört. Ich wollte mit niemandem sprechen. Meine Hände umklammerten den Murmelbeutel so fest, daß die Finger schmerzten, und ich dachte: Mit sechzehn Murmeln fing ich an, jetzt habe ich siebenundfünfzig – und ich habe Charleys Gedanken gelesen... wie dieses Zeug in den Illustrierten, und vielleicht könnte ich damit was anfangen. Dann kam mir in den Sinn, was ich über Psychokinese gelesen hatte, und ich legte den Murmelbeutel auf den Boden, machte die Schnur auf und sagte: ›Kommt raus da! Los, kommt raus!‹ Nichts geschah, und ich wußte nicht, ob ich enttäuscht oder froh sein sollte. Nun, dachte ich, ich muß es eben noch mal probieren. Diesmal sagte ich nichts, aber ich nahm all meine Willenskraft zusammen und drückte mit meinem ganzen Inneren nach, und tatsächlich! Auf einmal rumpelte es im Beutel, und sie kullerten heraus und rollten über den ganzen Boden.

Für mich war es kein Kullern und Klappern, es war wie Donner! Man hätte meinen können, der Geist wäre aus der Flasche entwichen. Sie hatten soviel Schwung, daß sie von den Wänden abprallten und zurückrollten. Ich glaube, ich hatte nie soviel Angst wie in jenem Augenblick. Ich warf mich aufs Bett, krallte die Hände in die Decke und schloß die Augen. Meine Mutter kam aus der Küche und rief zu mir herauf: ›Jason, was ist das für ein Lärm!‹, und ich brachte kein Wort heraus. Als ich mich soweit gefaßt hatte, daß ich die Augen wieder aufmachen konnte, lagen die Murmeln überall verstreut am Boden, nur einzelne rollten noch ein wenig. Ich sammelte sie auf und stopfte sie in den Beutel, und das war's.«

»Und danach spielten Sie eine Weile nicht mehr mit Murmeln, nehme ich an«, sagte Marczinek.

»Nein. Ich war zu sehr eingeschüchtert, um in den nächsten Tagen irgend etwas zu versuchen, aber gleichzeitig sammelte ich Mut. Es war zu wichtig gewesen, als daß ich es einfach hätte vergessen können. Charley und Pink spielten nicht mehr mit mir; ich denke, sie hatten die Geschichte mit dem Gedankenlesen herumerzählt, und alle Kinder machten einen Bogen um mich. Mir war das jedoch ziemlich gleich, ich hatte anderes im Kopf: ich mußte herausbringen, was es mit dieser Fähigkeit auf sich hatte. Ein paar Tage lungerte ich so herum, und meine Mutter machte sich Sorgen, weil ich nicht von oben bis unten schmutzig nach Hause kam. Eines Abends,

Festino -80-

als ich zu Bett ging, gelobte ich mir, daß ich es am nächsten Morgen als erstes ausprobieren würde…«

Der Mond schien hell. Shandy Johnson, ein schmächtiges, dünnes Kind von fünf Jahren, schlief auf der schmalen Couch. Ihr Schlaf war ruhig, fast traumlos und ungestört, obwohl zwei oder drei der Slippec-Mädchen sich unruhig in dem großen Bett auf der anderen Seite des Zimmers herumwarfen.

Es war Viertel nach elf. Sorrel Park war seit der Atomkatastrophe und der darauffolgenden Absperrung zu einer Kleinstadt geworden; an einem späten Septemberabend waren kaum Menschen auf den Straßen anzutreffen. Es war still und friedlich, und äußerlich deutete nichts auf die Beunruhigung hin, die einige Vorfälle der letzten Tage in den Bewohnern der Stadt geweckt hatten. Mehrere Obst- und Gemüsestände waren umgeworfen worden, und niemand hatte die Täter gesehen. Drei Kanalisationsdeckel waren verschwunden, und weder sie noch der Dieb waren gefunden worden. Eine Flasche war in der Hand eines Trunkenbolds explodiert, als er sie zum Munde führen wollte; zwei Krankenhausärzte waren drei Stunden lang damit beschäftigt, die feinen Glassplitter aus seinem Gesicht und den Händen zu holen, und er konnte von Glück sagen, daß er das Augenlicht nicht eingebüßt hatte. Ein Taschenspieler, der in einer Kneipe seine Kunststückchen vorgeführt hatte, war unversehens seines Hemdes – und seines Selbstvertrauens – beraubt worden.

Über die Stadt verstreut, gab es heranreifende Talente, unausgebildet und destruktiv. Sie waren Kindern eigen, die im Laufe von Monaten und Jahren unkindliche Kräfte herausgebildet hatten und sie nun in zerstörerischen Ausbrüchen zu gebrauchen begannen. Egoistisch und auf den unmittelbaren Vorteil bedacht. Die einzigen Gedanken, die zu lesen sie interessiert waren, waren jene von Spielkameraden oder niedergedrückten Müttern, denen man ein paar Münzen abknöpfen konnte.

Es waren neunundzwanzig Jungen und fünf Mädchen, die sich in dieser Nacht unruhig in ihren Betten wälzten. In ihren Träumen mächtig und sich über alles erhebend, waren sie in ihrem alltäglichen Leben ungeformt und unausgeglichen, unzufriedene, mißmutige, aufsässige Jugendliche.

Einer von ihnen, ein zehnjähriger Junge, lag mit offenen Augen in seinem Bett, wachgehalten von Wut und Erniedrigung. Sein Vater hatte ihn verprügelt, weil er ein Spielzeug gestohlen hatte und bis in die Dunkelheit hinein ausgeblieben war, um der Bestrafung zu entgehen. Sein Name war Colin Prothero; sein Vater war der Oberst, war vierundfünfzig, zu alt, um sich zu erinnern, wie ein Junge war, fühlte und dachte. Colin war durch die dunklen Straßen gestrichen, bis er einer Polizeistreife in die Hände gelaufen war, eine zusätzliche Demütigung für den Vater.

Seine Eltern schliefen nebenan. Sie konnten ruhig schlafen; es machte ihnen nichts aus, ihn zu demütigen. Er lag steif in seinem Bett, die Fäuste geballt, haßerfüllt. Und er hörte Stimmen. Eine Stimme.

Verdammt, warum mußte es soweit mit ihm kommen? Er hat alles gehabt. Nie hat es ihm an etwas gefehlt. Wenn ich denke, wie wenig ich in seinem Alter hatte... Und ausgerechnet die Polizei! Warum?

Sein Vater war also wach. Um so besser. Sollte er ruhig leiden. Er wartete auf das antwortende Gemurmel seiner Mutter. Im Haus war es völlig still. Er hörte, wie sein Vater im Bett sich auf die andere Seite drehte. Stille. Und wieder: Morgen früh muß ich sehen, daß... und ein Bewußtsein versank in Schlaf. Ein Geist – nicht eine Stimme, die durch die Zwischenwand drang. Ein Geist.

Ein Talent regte sich. Ohne sich sonderlich klarzuwerden, was er tat, begann er zu sondieren, in diesem verdammten Dickschädel seines Vaters herumzustochern, unter den gelben Bürstenhaarschnitt, unter den corticalen Schichtungen von Strenge, Entschlossenheit, Pflichterfüllung – um plötzlich innezuhalten, zurückgedrängt von einem Schmerz, den er nicht verstehen konnte.

Er zog sich zurück, eingeschüchtert von der Ungeheuerlichkeit der ihm so unvermittelt zugewachsenen Macht, und regte sich nervös unter der Decke. Die roten Striemen auf seinem Rücken schmerzten und feuerten die Wut von neuem an, bis er alles andere vergaß. Wenn ich groß bin... Aber was dann? Was konnte er diesem unnachgiebigen Mann zeigen? Er wagte es nicht, Rachepläne zu schmieden, aber er konnte die Liste der Ungerechtigkeiten und Demütigungen zusammenstellen, die sie ihm zufügten.

Mir auch, wisperte ihm jemand ins Ohr.

Wem?

Mir, mir, mir auch.

Gedanken gingen ihm durch den Sinn, wie Staubteilchen in einem Sonnenstrahl. Der Strahl verstärkte sich: Schläfer bewegten sich in ihren Träumen, erwachende Gedanken durchbrachen den gleichmäßigen Fluß der Unbewußten. Das innere Licht verstärkte sich, wurde zu einem weißen Singen wie Blut in den verengten Adern des Gehirns. Alte Männer wälzten sich in zerwühltem Bettzeug, überrascht von Träumen, die in fünfzig Jahren verwelkte Leidenschaften wiederbelebten. Säuglinge erwachten mit jämmerlichem Geschrei, als ob ihre unfertigen Gehirne vom Blitzschlag der Geisteskraft versengt worden wären.

Ausgelöst von Colin Protheros Schmerz und Erbitterung, vereinigten sich vierunddreißig Geister zu einer kritischen Masse und zu einer neuentdeckten Form.

Curtis Quimper, ein Achtzehnjähriger, der seit mehreren Jahren von seinen Kräften wußte, streifte durch die mitternächtlichen Straßen und schrie wortlos seinen Haß und seine Parolen in die Gehirne all jener, die ihn hören konnten. Er hatte drei Kanalisationsdeckel gestohlen und sie vor ein paar Nächten in der Dunkelheit des freien Felds wie Planeten um seinen Kopf kreisen lassen, bevor sie zusammengeprallt und zu Boden gestürzt waren, Maulwürfe in ihren Gängen zermalmend.

Das kann ich mit allem und jenem tun; mit allem, was mir nicht gefällt, und mit jedem, der sich mir entgegenstellt!

Wenn die neugebildete Form ein Rudel war, dann war Curtis Quimper der Anführer.

Harvey King, vierzehn Jahre alt und vor sechs Monaten aus dem Jugendheim entlassen, folgte dem gebieterischen Aufruf. Er hatte im Holzschuppen hinter dem Blumengeschäft auf ein paar alten Säcken geschlafen. Sein Vater war im Gefängnis, und seine Mutter, mit sieben anderen Kindern am Hals, hatte beinahe vergessen, daß er existierte. Die morsche Tür brach splitternd aus den Scharnieren und fiel unter seinem wilden Ansturm; er fiel darüber, rappelte sich auf und rannte weg.

Lavonne Hurley, ein krüppelhaftes Mädchen, dessen Geist so verbogen war wie sein verwachsener Körper, lief hinkend und mit den Armen rudernd die Straße hinunter. Ihre Schulter schmerzte schrecklich, weil eine Schwester ihr am Tag zuvor den Arm auf den Rücken gedreht hatte, aber sie war zum erstenmal in ihrem Leben ganz und gar glücklich.

Frankie Slippec schlängelte sich vorsichtig zwischen seinen beiden schlafenden Brüdern aus dem Bett, fuhr in die Hose und zog einen alten Pullover über den Kopf. Das Gewebe befand sich in einem Zustand fortgeschrittener Auflösung, und als Frankie sich im Mondlicht aus dem Fenster ließ und am Regenrohr hinabrutschte, schien seine bloße Haut gleich stumpfgewordenen Silbermünzen durch die Löcher.

Donatus Riordan schlug in seinem Bett kreischend um sich. Er war bucklig und halb gelähmt, und die Kinder nannten ihn wegen seines mühsamen Stotterns Doydoy. Er hatte ein bequemes Bett in einem sauberen Zimmer; er wurde geliebt und umsorgt; seine Eltern waren anständige und gute Leute, deren Erziehung sein moralisches Empfinden geprägt hatte. Aber die strahlungsgeschädigten Gene seiner Eltern hatten seinen Chromosomensatz verändert, und er wußte sich nicht zu helfen.

Als seine Eltern ins Kinderzimmer stürzten, schwebte er schreiend und mit den Armen fuchtelnd über seinem Bett; seine gelähmten, verkümmerten Beine waren in Laken und Bettdecke verheddert; er befreite sich von ihnen und verschwand, bevor die Eltern ihn erreichten. Es gab ein unheimlich schmatzendes Geräusch, als die Luft in den Raum eindrang, den er ausgefüllt hatte.

Die Kraft flammte auf und breitete sich aus. Jeder im Geist verschlossene häßliche Gedanke brach hervor und zog die animalischen Haßgefühle und Schrecken der Kindheit mit sich – und all die kleinen Bestialitäten, die sich selbst im vernünftigsten Verstand im Laufe des ruhigsten Lebens ansammelten.

Jason Hemmer stand auf dem Gehsteig und rieb sich die Augen. Die telepathische Brandungswelle hatte ihn aus dem Bett und auf die Straße gespült, ehe er auch nur halb aufgewacht war.

Benommen trat er auf die Straße hinaus; der Himmel war klar, die Nacht mondhell. In weiter Ferne hörte er den Tumult der Meute.

Sie waren wie eine Schar böser Geister durch die Straße getobt, und ihr unirdisches Echo hallte in seinem Gehirn wider. Er hätte sich ihnen noch anschließen können, aber irgendwie konnte er sich nicht dazu entschließen und stand nur da, die Arme schlaff an den Seiten hängend, und blickte die Straße hinunter.

Dann hörte er seine Mutter in jäher Angst aus dem Fenster rufen:

»Jason! Jason!«, und er kehrte ins Haus zurück, barfuß wie er war. Er hatte den Schnellzug nach Transsylvanien verpaßt.

Shandy Johnson schlief.

Die Meute jagte durch die Hauptstraße zum Stadtzentrum. Ihre Mitglieder hatten keine Namen für sich, aber sie waren eine Einheit, und abgesehen von ihren verschiedenen körperlichen Gebrechen und Deformationen, die sie mit allen anderen Nachgeborenen der Katastrophe teilten, wie aus einem Stück. Viele von ihnen waren verwachsen, und die meisten bewegten sich hinkend oder hüpfend vorwärts, aber alle waren schmächtig und mager, mit schmalen, spitz zulaufenden Schakalsgesichtern, in denen sich die Armut, der Haß, das Erbe von Verbrechen und Alkoholismus ebenso spiegelte wie die wilde Begeisterung über das endlich gefundene gemeinsame Ziel.

– Wo fangen wir an?

– Von der Mitte nach außen. Das ist hübsch ordentlich.

– Wir können jeden Augenblick die Bullen am Hals haben.

– Hast wohl Schiß, Mamabubi? Kriech unters Bett. He, Jungs, seht euch Doydoy an! Der Kleine kann fliegen!

– Ich nicht. Wie kommt es, daß er kann?

– Er kann eben, das siehst du ja. Hier – seht euch um, Leute! So werdet ihr es nicht wieder sehen!

– Beinwinders Warenhaus: eins, zwei, drei, vier, fünf, sechs, sieben, acht Schaufensterscheiben... Die machen wir klein!

– Ja, und die Dekoration fliegt auf die Straße!

– Nun Vogelers Antiquitätenladen – ja, gute Idee – holen wir zuerst den alten Vogeler raus: »Nehmt eure schmutzigen Pfoten von diesen Sachen, ihr Gesindel!«

– Kümmert euch nicht um den – *pof*!

– Hier, Nolans Lebensmittelmarkt... dem Wucherer sollte man den Laden anzünden! Ja, das ist es, Junge!

– Wer ist das?

– Sergeant Fox?

»Hallo, Foxy, ist es nicht ein schöner stiller Abend? He, Foxy-Loxy, laß deine Zimmerflak stecken, oder du verbrennst dir die Finger!«

– Mensch, er hat es getan. Ein verrückter Kerl! Sieh nur, keine Hand!

– So ein Schreihals!

– Mach nicht so ein Gezeter, Foxy, mir hast du das Handgelenk gebrochen, als du mich holtest, weißt du noch?

– Zu laut, der Kerl. Mach ihn still, Lavonne.

– Da sind die Sirenen. Die Bullen kommen, hurra, hurra!

»Die werden auch bald still sein«, sagte Lavonne. »Ich hab's gern ruhig.«

4

»Ich sah und hörte alles.« Jason Hemmer hob die Hand an die Stirn und ließ sie wieder auf die Bettdecke fallen. »Ich legte mich wieder schlafen, nachdem ich meiner Mutter gesagt hatte, ich hätte geschlafwandelt. Sie stellte keine weiteren Fragen.« Er erschauerte. »Mein Gott! Ich lag da in meinem Bett und wußte alles und wollte mit ihnen sein. Ich mußte mit ihnen sein!«

»Warum gingst du nicht?« fragte Shandy.

»Es wäre großartig, wenn ich sagen könnte, ich sei zu moralisch gewesen... aber ich glaube, ich war einfach nicht stark genug. Ich konnte nicht alles das tun, was sie taten. Und in mir hatte sich nicht dieser Haß jahrelang angestaut... Gewöhnliche Kinder sind auch voll Aggressionen und Wut, aber im allgemeinen wird daraus kein Krebsgeschwür.«

»Und Doydoy?«

»Er hatte Angst – aber seine Kräfte waren einfach zu groß, als daß die anderen es hätten wagen können, ihn laufen zu lassen. Er gehört in Wirklichkeit nicht zu ihnen.«

»In diesem Fall sollte er nicht im Lager sein.«

»Was würdest du mit ihm tun, Shandy? Wenn es um Psychokinese geht, wäre er wahrscheinlich der Stärkste.«

»Und Lavonne?«

Jason schnitt eine Grimasse. »Hör zu, niemand hat je behauptet, das Lager sei die beste oder auch nur eine gute Lösung.« Er zündete sich eine weitere Zigarette an. »Ich lag also da, sah alles wie in einem Kino, war zu Tode verängstigt und wollte doch bei ihnen sein. Und dann kam die Polizei. Inzwischen war auch die MP unterwegs. Die Bande wartete. Sie hatte einen armen alten Penner gefunden, der in einem Hauseingang schlief, und ihm die Kleider angezündet, und sie hatten auch Pläne für die Bullen, aber gerade als sie mit dem Spaß beginnen wollten, platzte einem der Jungen – es war Billy Phipps – eine Tränengasgranate direkt auf der Brust. Ein Stück davon zerriß ihm die Halsschlagader und tötete ihn. Als sie ihr eigenes Blut sahen, hörten sie auf.«

»Ich hätte sie für härter gehalten«, sagte Shandy.

»Damals nicht. Am Anfang hing das Ausmaß ihrer Kraft davon ab, daß die Meute in voller Stärke beisammen war. Als einer von ihnen starb, waren sie geschwächt und wie voneinander getrennt. Du darfst nicht vergessen, daß viele von ihnen noch keine zwölf

Jahre alt waren. Ein paar Mädchen waren auch darunter, mit Zöpfen und in Nachthemden... und alle waren zu Tode erschrocken. Doydoy versuchte mit den Händen fortzukriechen...«

»Kanntest du ihn?«

»Natürlich. Ich hänselte ihn immer, wenn ich ihn mit seinem Rollstuhl um die Ecke fahren sah, um eine Flasche Milch oder Tomaten zu holen.«

»Aber du warst damals noch ein kleiner Junge.«

»Ja, ich weiß. Ich versuchte ihn von den anderen wegzubringen... Ich wußte, daß er nicht zu ihnen gehörte, und obwohl ich selbst einer von ihnen sein wollte, war mir doch klar, daß es nicht das war, was ich mir wünschen sollte.«

»Und genau da verlief die Grenze, wo man später die schwarzen Schafe von den weißen absonderte, möchte ich wetten.«

»Klar. Ich war damals ein weißes Schaf, und das bin ich noch jetzt. Ich hatte eine sehr schwache psychokinetische Begabung, überhaupt nicht in ihrer Klasse.

Jedenfalls kamen die Bullen mit Tränengas oder mit der chemischen Keule oder was weiß ich und sorgten dafür, daß sich nichts mehr regte. Dann schafften sie die ganze Bande zum Leichenschauhaus und legten sie dort in einer Reihe aus, alle bewußtlos wie Holzklötze.

Und dann versuchten sie herauszufinden, was über Sorrel Park gekommen war. Die ganze Geschichte hatte weniger als eine Stunde gedauert, aber das Stadtzentrum sah wie nach einem Bombenangriff aus.

Prothero übernahm sofort den Oberbefehl – nach dem geltenden Kriegsrecht war er dazu berechtigt, und außerdem war sein Sohn mit in die Sache verstrickt. Er ließ die Krankenhausärzte aus den Betten holen und Sergeant Fox und den alten Penner versorgen, und dann rief er in Washington an, alles innerhalb von zwei Stunden nach dem Krawall.«

»So sieht er aus«, sagte Shandy.

»Ja, aber er ist nicht dumm, und er hat viel Erfahrung mit Notstandssituationen. Sorrel Park ist seit langer Zeit ein streng geheimes Notstandsgebiet.«

Marczinek nickte. »Man kann sagen, daß Sorrel Park nach mehr als zwei Jahrzehnten Isolation kaum noch zum übrigen Land gehörte. Aber da das ganze Land auf Atomenergie ausgerichtet und von ihr abhängig war, hätte die Nachricht von einem derart katastrophalen Unfall die gesamte Bevölkerung in Aufruhr versetzt und eine explosive Lage entstehen lassen.«

»Ich kann nicht glauben, daß es richtig war, dieses schreckliche Ereignis zu vertuschen«, sagte Shandy.

»Ich will nicht darüber streiten, mein liebes Kind, aber die Nachrichtensperren und die Abriegelung des Unfallorts waren äußerst wirksam. Selbst ich als Fachmann wußte nichts von der ganzen Geschichte, bis ich hierher gerufen wurde.«

»Wann war das?«

»Kurze Zeit später. Ich sagte gerade vor einem Unterausschuß des Kongresses aus, der unamerikanische Aktivitäten untersuchte, als ich ins Verteidigungsministerium gebeten wurde.« Er seufzte. »Gelegentlich bedaure ich, daß man mir so frühzeitig und in einem solchen Umfang geheime Informationen anvertraute. Ich fürchte, meine Freunde müssen glauben, ich sei von der Regierung willkürlich unterdrückt und mit Redeverbot belegt worden.«

»Aber Sie wurden nicht gezwungen?«

»Nein, ich muß der Regierung Gerechtigkeit widerfahren lassen. Es wurde weder Druck ausgeübt noch gedroht, auch nicht andeutungsweise. Man appellierte an mich.«

»Warum wurden gerade Sie ausgewählt?«

»Ich war zu der Zeit eine Berühmtheit auf dem Gebiet der Erforschung elektromagnetischer Felder und hatte in diesem Zusammenhang Untersuchungen über die menschlichen Gehirnstörungen veröffentlicht.«

Jason lachte. »Er bekam gemeinsam mit Bajirao einen Nobelpreis für die Vereinigte Feldtheorie.«

»Bajirao starb mit fünfunddreißig an Leberkrebs«, sagte Marczinek sinnend. »Als es mit ihm zu Ende ging, besuchte ich ihn oft im Krankenhaus. Es war ein qualvoller Tod. Ich bin zweiundsiebzig und habe elf Enkelkinder, die ich seit acht Jahren nicht mehr gesehen habe.

Aber ich will nicht abschweifen. Man sagte mir nur, daß eine Notsituation vorliege, und daß ich, wenn ich den Auftrag akzeptierte, bleiben müsse, bis das Problem gelöst sei.« Er klopfte seine Pfeife am Absatz aus und zuckte die Achseln. »Inzwischen weiß ich alles und bin zu gefährlich, als daß man mich in die Freiheit der Außenwelt entlassen könnte, genau wie alle anderen hier. Ich bin nicht mehr kräftig genug, um die Gehirnwäsche durchzumachen, die man den Soldaten hier verabfolgt, wenn sie ihre Dienstzeit hinter sich

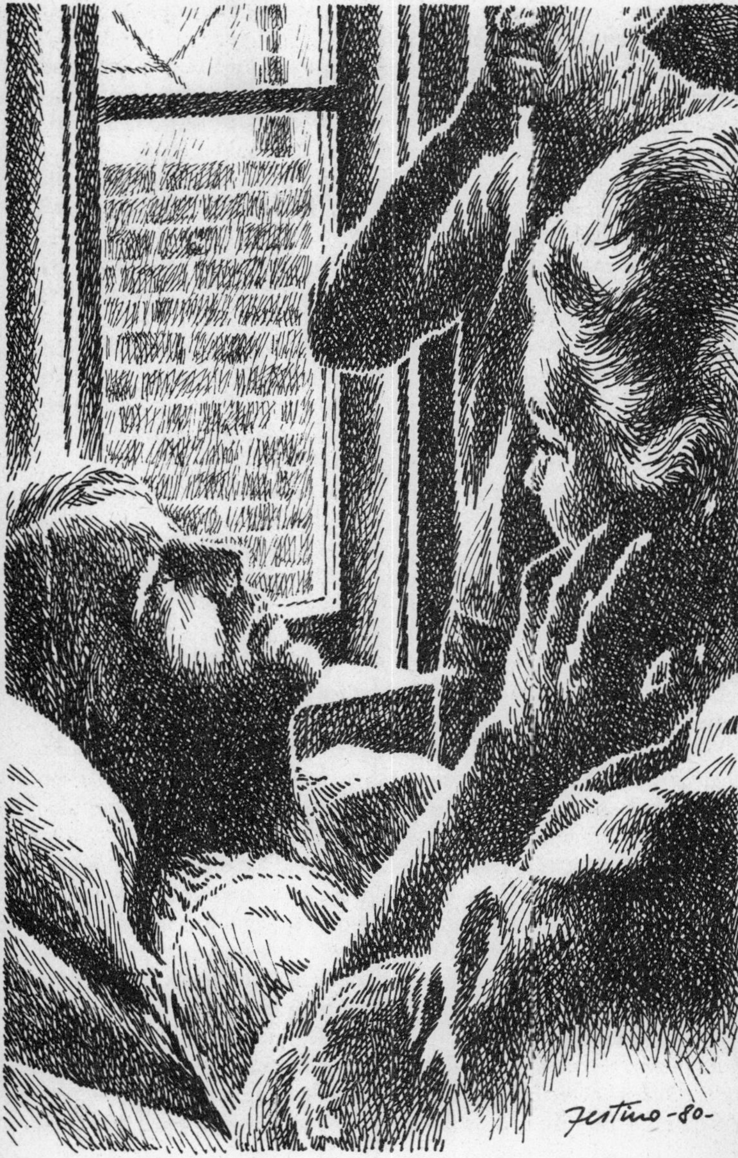

gebracht haben – und zu alt, um auch nur die Erinnerungen einer Stunde verlieren zu wollen.

Als ich hier eintraf, lagen sie alle schlafend im Krankenhaus und waren unter Drogen. Urquhart und Grace Halsey hatten Enzephalogramme gemacht – vielleicht weißt du, daß sie bis auf den heutigen Tag die Gehirnwellen von den Kindern haben.«

»Ja, aber ich hörte auch, daß ihr Typ ausbrennt, wenn er in die Dreißiger kommt«, sagte Shandy. »Ist das wahr? Ich hörte, daß sich dann auch die Gehirnzellen verändern.«

»Das stimmt«, sagte Marczinek, »aber diese Aussicht war zu der Zeit fünfundzwanzig Jahre in der Zukunft und wir mußten sofort etwas tun.

Für mich hieß es, bei Null anzufangen, denn wer kennt die Mechanik der Psychokinese und Telepathie? Kein Mensch. Aber für mich war klar, daß es eine elektromagnetische Welle zwischen einem telepathischen Sender und dem Empfänger, dem bewegten Gegenstand und dem Beweger geben mußte.«

»Und Sie konstruierten ein Feld, das diese Wellen störte oder unterbrach?«

»Auf den einfachsten Nenner gebracht, ja. Noch heute weiß ich kaum, auf welchen Frequenzen das Feld wirksam ist, denn es überdeckt einen weiten Bereich.«

»Gibt es eine Möglichkeit, es zu durchbrechen?«

Marczinek zögerte. »Theoretisch ist es vielleicht möglich. Aber das sind Fragen, über die ich nicht diskutieren kann, wie du verstehen wirst.«

»Natürlich«, sagte Shandy. »Ich will nicht in Ihre Geheimnisse eindringen. Aber angenommen, ich wäre im Lager und würde einen Stollen graben, der unter dem Feld und unter der Betonmauer hindurch ins Freie führt?«

Marczinek schüttelte den Kopf. »Das Feld hat die Form eines langen, schmalen Zylinders, der tief in die Erde hinabreicht und oben bis über die Atmosphäre hinausgeht. Unbemerkte unterirdische Aktivitäten sind nur möglich, wenn die Insassen ihre besonderen Fähigkeiten vergessen und sich mit den Händen herausgraben. Das aber würden unsere um die Peripherie aufgebauten akustischen Horchgeräte feststellen.«

»Dann werde ich mir was anderes ausdenken müssen.«

»Du bist noch nicht im Lager, also mach dir keine Sorgen«, versetzte Jason. »Aber du solltest dir etwas Besseres ausdenken als diesen Trick, den du im Schnellimbiß mit dem Toilettenfenster versuchtest.«

Sie errötete. »Das war peinlich, aber ich habe nicht viel Erfahrung mit Telepathie.«

»Das hatte nichts mit Telepathie zu tun, nur mit Sprechfunk!«

»Nun, nächstes Mal werde ich es klüger anfangen. Dr. Marczinek, wie lange brauchten Sie, um das Feld zu errichten?«

»Errichten ist gut! Man wollte mir drei Tage geben, es zu erfinden! Drei Tage!« Er schüttelte den Kopf. »Ein toroidales Feld, das alle elektromagnetischen Wellenbereiche mit Ausnahme des Lichts überdecken würde – denn heranwachsende Kinder brauchen Sonnenlicht, selbst wenn ihre Seelen schwarz sind. Natürlich dauerte es länger. Ein alter Mann, ein müdes Gehirn ohne die Elastizität der Jugend... Draußen wird es in gewissem Umfang als Schutzschild gegen kosmische Partikelstrahlungen für die bemannte Raumfahrt verwendet, obwohl es den Nachteil hat, daß es keinen Funkverkehr zuläßt... Es trägt dort nicht meinen Namen...«

»Das wird kommen«, sagte Jason.

Der alte Mann winkte ab. »Das erscheint mir mit jedem Jahr unwichtiger. Es ist ein Vergnügen, alt zu werden. Nun, wir arbeiteten so schnell wir konnten, und die militärische Verwaltung sorgte dafür, daß es am nötigen Material nicht fehlte. Das erste Lager war eine vorgefertigte Baracke, mit Stacheldraht eingezäunt und vom Feld bestrahlt. Es war schon damals ausbruchsicher. Wir legten sie in die Baracke, versorgten sie mit Lebensmitteln und Kleidung und ließen sie aufwachen. Wir dachten, sie würden hinreichend geschwächt und ernüchtert sein, um sich umgänglich zu zeigen. Inzwischen waren zwei Wochen vergangen.

Wir hatten Sorrel Park und vor allem die aufgeregten und erbitterten Eltern im Nacken, die unablässig schrien: ›Nicht mein Joey! Nicht mein Frankie! Nicht mein... nein, das möchte ich wirklich nicht noch einmal durchmachen. Aber wir konnten diese Kinder einfach nicht frei herumlaufen lassen. Um den Eltern und Bürgern der Stadt zu zeigen, womit wir es zu tun hatten, ließen wir sie zusehen. Nur die Erwachsenen.«

Jason nickte trübe. »Ich war auch dabei.«

»Es war ein schlimmer Anblick, selbst für Erwachsene«, fuhr Marczinek fort. »Aber er überzeugte sie. Diese Kinder und Jugendlichen zeigten sich keineswegs geschwächt, im Gegenteil. Sie konnten niemandem außerhalb des eingezäunten Bereichs etwas anhaben, aber in weniger als zwei Stunden verwandelte sie die Baracke in ein Chaos aus verkohlten Balken und ausgeglühten Matratzenfedern.

In Sorrel Park begann man zu verstehen. Da unser Vorrat an Fertigteilen und Betten begrenzt war, entschied sich Urquhart für die klassische Methode zur Unterwerfung jugendlicher Psychopathen. Er ließ sie mit den verbrannten Trümmern allein. Glücklicherweise war es ein warmer September. Als sie vor Hunger weinten und bettelten, gaben wir ihnen ein bißchen zu essen. Als sie um mehr baten, gaben wir ihnen ein wenig mehr... einige von ihnen jammerten nach ihren Müttern... Als es ihnen auf dem nackten Erdboden zu hart wurde und sie in den kühlen Nächten froren, bettelten sie um Dekken und Betten, und wir sagten ihnen, sie könnten haben, was notwendig wäre: zuvor aber müßten sie schwören, den Überbringern keinen Schaden zuzufügen. Das schworen sie bei ihrer Ehre, wobei man über den Wert ihrer Ehre geteilter Meinung sein kann... Und so läuft es nun schon seit acht Jahren.«

Jason legte die Hand auf seine abgeschürfte Wange. »Und gelegentlich kommt es vor, daß sie ihren Schwur vergessen.«

»Es ist komisch«, sagte Shandy. »Wenn man an Telepathie und Psychokinese denkt, findet man es großartig, aber wenn man dann an die Typen denkt, die diese Fähigkeiten haben...«

»Ja«, sagte Jason, »aber das solltest du Prothero lieber nicht erzählen!« Er hob wie lauschend den Kopf, und in seinen Zügen malte sich Bestürzung.

»Was...?«

»Hab' nicht aufgepaßt, verdammt! Jetzt ist es zu spät. Er ist schon im Korridor!«

Er hatte recht. Sie hörten rasche, energische Schritte näherkommen, und Oberst Prothero erschien in der Türöffnung, breitschultrig, massig und mit rotem Kopf.

»Warum ist dieses Mädchen nicht in seinem Zimmer? Wer hat hier Dienst? Davey!«

Jason seufzte, aber seine Stimme war ruhig und fest. »Sie ist nicht unbeaufsichtigt, Sir. Dr. Marczinek und ich haben sie nicht aus den Augen gelassen, und außerdem versucht sie nicht zu fliehen. Davey trifft keine Schuld; ich habe ihn getäuscht.«

»Dann hätte er sich nicht täuschen lassen sollen«, erwiderte Prothero kalt.

»Es ist schon gut, Stephen«, sagte Marczinek beschwichtigend.

»Ich erzählte Shandy vom Lager und seinen Schrecken, um ihr zu zeigen, daß es sich lohnt, gut und anständig zu sein.«

Prothero grunzte, zog ein khakifarbenes Taschentuch hervor und wischte sich den Nacken. Die Haut dort war gerötet und von tiefen Furchen durchzogen; sie bildete unter der Berührung Falten. Nicht mehr lange, und der Oberst würde ein alter Mann sein. Er setzte sich auf die Bettkante und legte die Hand auf Jasons Schulter. »Wie geht es dir, Junge?«

»Besser, danke, Sir.«

»Wer war für die Keilerei verantwortlich?«

»Der Eisvogel fing an, aber die meisten anderen beteiligten sich daran.«

»Versuchte jemand einzuschreiten?«

»Wenn mehrere von ihnen sich etwas in den Kopf gesetzt haben, kann ein einzelner nicht viel dagegen tun.«

»Irgendwelche Veränderungen im Status quo?«

»Ich vermute, daß der Eisvogel bald versuchen wird, Quimper von seinem Platz zu verdrängen. Beide arbeiten auf einen Zweikampf hin.«

»Das werde ich unterbinden.« Er rieb sich die harte Kinnlade, und man hörte die Finger über mikroskopische Bartstoppeln kratzen. Er stand auf und fügte mit finsterer Entschlossenheit hinzu: »Ich werde mit einem von ihnen reden müssen.«

»Stephen, warte einen Moment«, sagte Marczinek und wandte sich zu Jason. »Sag uns bitte aufrichtig und unzweideutig, ob Colin mit dieser Prügelei etwas zu tun hatte.«

»Nein«, sagte Jason sofort. »Er beteiligte sich nach einer Weile, als die meisten anderen schon dabei waren, aber als es losging, war er nicht mal in der Nähe.«

»Schon gut, ich glaube dir, Junge«, sagte Prothero überdrüssig. »Nächstes Mal brauchst du nicht so bemüht sein, meine Gefühle zu schonen... bloß wird es kein nächstes Mal geben.« Er musterte Shandy. »Nun, was fange ich mit dir an?«

»Ich wollte mich nur erkundigen, Sir. Warum ich hier bin...«

Er preßte die Lippen zusammen und nickte dann fast unmerklich, ohne den Blick von ihr abzuwenden. »Ja. Das ist wohl nicht das Schlimmste auf der Welt. Urquhart sagt, Undurchdringlichkeit für telepathische Sendungen sei ein Talent, das uns helfen könnte, die Situation im Lager unter Kontrolle zu halten. Aber frag mich nicht, wie er sich das vorstellt.«

Er wandte sich zum Gehen, machte noch einmal kehrt und richtete seinen dicken Zeigefinger auf Shandy. »Und willst du wissen, warum ich hier bin, in diesem großen Müllhaufen? Dreißig Jahre ist es jetzt her, daß wir kamen, mit Geigerzählern und Schutzanzügen, und ich ein frischgebackener Leutnant. Für die Aufräumungsarbeiten holten wir uns Freiwillige aus dem Gefängnis.« Er zeigte aus dem Fenster, wo Antennen in der Morgensonne glitzerten. »Diese Freiwilligen waren ihre Väter. Und sie sind tot. Wie so viele andere auch... General Kirsch, Oberst Paterson...

Wir sprengten die strahlenden Ruinen, räumten auf, und wer es überlebte, brachte auch die Strahlenkrankheit hinter sich. Alles, was ich hinterher denken konnte, war: Gott sei Dank! Gott sei Dank, daß wir noch am Leben sind. Ja, Gott sei Dank!«

Er machte auf dem Absatz kehrt und ging hinaus, und sie hörten ihn durch den Korridor brüllen: »Davey!«

»Jason!« zischte Shandy. »Du wirst doch nicht zulassen, daß er dem armen Kerl für nichts zusammenstaucht! Schnell, tu etwas!«

Jason gähnte und reckte sich unter der Decke, streckte die Arme von sich und faltete sie wieder unter dem Kopf. »Für wen soll ich was tun?«

»Für Davey, du Holzkopf!«

»Ach so«, gähnte er wieder. »Das hab' ich schon getan. Ich habe ihn von seinem Kater befreit.«

5

Urquhart raschelte mit Papieren auf seinem Schreibtisch und blickte hinüber zu Shandy, die aus dem Fenster starrte. »Was ist los mit dir, Shandy? Warum so verdrießlich? Du bist nicht mehr in deinem Zimmer eingesperrt, und ich dachte, du würdest froh darüber sein.«

»Deswegen bin ich noch nicht frei.« Ihr Blick blieb unverwandt auf den Abendhimmel gerichtet. »Müssen wir noch mal von vorn anfangen, wie gestern?«

»Nein. Jeden Tag gibt es etwas Neues. Befürchtest du, ich könnte dir bohrende Fragen über Schwarzbrennerei und illegalen Spirituosenhandel stellen?«

Sie zuckte die Achseln.

»Du denkst, wir würden auf Grund deiner Aussage Anklage erheben? Wir sind hier nicht bei der Polizei, Shandy.«

Nun drehte sie sich um. »Sie waren zehn Jahre lang alles, was ich hatte«, sagte sie mit verschlossener Miene. »Ich habe nichts gesagt, was nicht schon bekannt war.«

»Nein, und ich wollte auch nichts dergleichen von dir hören. Das ist nicht meine Sache.«

»Was wollen Sie dann?« fragte sie.

»Ich möchte, daß du mir vertraust. Das Tonbandgerät ist ausgeschaltet. Außer mir wird niemand von deinen persönlichen Sorgen und Problemen erfahren.«

»Wenn Sie es wissen, wird Jason es auch bald erfahren«, sagte sie.

»Wäre das so schlimm?« Er nahm die Brille ab und wirbelte sie an einem Bügel im Kreis herum. »Ich könnte mir denken, daß auch Jason seine Geheimnisse hat ... und wenn ich etwas weiß, was nicht weitergesagt werden darf, dann sage ich es auch nicht weiter. Keinem Menschen.« Er lächelte ihr aufmunternd zu. »Bist du noch dieselbe, mit der ich gestern sprach? Da hätte ich dir den Hals umdrehen können. Nicht gerade das Idealbild eines Psychiaters. Inzwischen habe ich mich beruhigt, und du regst dich auf. Warum?«

»Gestern war es ein Spiel.«

»Warum hast du dann damit aufgehört?«

Sie schaute wieder zum Fenster hinaus. Der Himmel war dunkel geworden. »In mancher Weise empfinde ich genauso wie die dort draußen. Wenn man von Gittern umgeben ist, fühlt man sich berechtigt, einen Fluchtversuch zu machen, und wenn Wachtposten einem den Weg versperren, muß man sie überlisten. Es spielt keine Rolle, ob andere Leute glauben, sie hätten ein Recht, einen hinter Gittern zu halten. Vom Standpunkt des Gefangenen aus gesehen, haben sie überhaupt kein Recht dazu.

Ich sah mit eigenen Augen, wie die Bullen Ma Slippec zusammenschlugen. Und Sie schleppten mich hierher. Ich sah keinen großen Unterschied zwischen Ihnen und den Bullen. Aber gestern abend sah ich Jason, wie er aus dem Lager zurückkam – und er muß nicht hier sein. Ich und alle übrigen Bewohner von Sorrel Park sitzen hier fest, aber er könnte die Posten am Sperrkreis mit Telepathie überlisten und hinauskommen. Und er ist hier. Sie kamen aus freien Stücken, und auch Dr. Marczinek. Sie alle haben dafür leiden müssen: Sie, Marczinek, Prothero – niemand konnte dem entgehen. Was da unter der Oberfläche steckt, ist etwas, was ich noch lernen muß.«

»Ist das der einzige Grund?«

»Ich interessiere mich für meine Zukunft! Ich nehme an, Sie wollen die im Lager mit jemandem konfrontieren, der für ihre Kräfte unempfindlich ist und dessen Gedanken sie nicht lesen können – eine Art Ergänzung zu Jason. Dafür haben Sie mich ausersehen, nicht wahr? Es könnte ja sein, daß die Insassen lernen, mir zu vertrauen, und so weiter? Aber ich sage Ihnen, daß mir das nicht wie eine brauchbare Idee vorkommt.«

»Nun, wir alle hier versprachen uns etwas davon«, sagte Urquhart.

»Gut. Die Idee macht mir ein bißchen Angst, aber lassen wir das einstweilen beiseite. Lassen wir sogar beiseite, daß Sie mir praktisch keine Wahl lassen.«

»Das ist großherzig von dir.«

»Aber wenn etwas erreicht werden soll, dann brauchen Sie die Hilfe jetzt, und nicht in vier oder fünf Jahren. Und Sie sagten, ich sei zu jung. Soll das bedeuten, daß Sie mich für unbegrenzte Zeit festhalten und ausbilden wollen?«

Urquhart setzte die Brille wieder auf und lehnte sich mit vor der Brust verschränkten Armen zurück. »Nein. Wenn du uns in nächster Zeit nicht nützlich sein kannst oder willst, werden wir dich gehen lassen müssen.«

»Das dachte ich mir. Und sehen Sie selbst, was Sie mit mir machen: Sie versuchen mein Innerstes nach außen zu kehren. Es tut mir weh, mitanzusehen, wie Jason zusammengeschlagen wird, ich bedaure Dr. Marczinek, der seine Angehörigen draußen hat und nicht sehen kann, von Oberst Prothero ganz zu schweigen... und Sie nehmen sich jede Menge Zeit für mich und wollen wissen, was in mir vorgeht, und ich rede gern mit Ihnen, ich hatte nie jemanden, mit dem ich mich aussprechen konnte. Meine Gefühle holte ich mir alle aus Büchern, und ich dachte nie, daß ich selbst welche hätte, also ließ mich alles kalt.

Wenn ich ein paar Monate hier bliebe und dann mein altes Leben wieder anfinge, würde ich wie ein Fisch auf dem Trockenen sein und von den Bullen hochgenommen werden und im Jugendarrest enden, wo ich unter den Augen irgendeiner bösartigen alten Aufseherin, die mich anschreit und mit dem Gummiknüppel fuchtelt, die Fußböden schrubben müßte.«

Urquhart nagte auf seiner Unterlippe, drehte seinen Stuhl von einer Seite zur anderen und sagte schließlich: »Shandy, wir haben hier kein Sanatorium, aber wir kümmern uns um jeden, ob er nun im Lager ist, oder draußen. Ich kann keine großen Versprechungen machen, aber ich kann soviel sagen... Und Shandy«, fügte er freundlich hinzu, »du bist erst zwei Tage hier, und die Panzerung beginnt bereits zu bröckeln. Es scheint, deine Vorstellungen davon, was du bist und was du sein wolltest, unterscheiden sich sehr von dem, was du wirklich bist. Möchtest du es nicht herausfinden?«

Sie nickte.

»Dann solltest du die Panzerung lieber ganz ablegen. Der Alkoholschmuggel ist kein Geschäft für dich und sollte dich nicht weiter kümmern. Hast du schon beschlossen, was du tun willst, wenn du erwachsen bist?«

»Aus Sorrel Park fortziehen.«

Er lächelte. »Das ist kein schlechter Anfang.«

»Was danach sein wird, hängt davon ab, was für ein Mensch aus mir wird.«

»Ich glaube, du hast jetzt eine viel bessere Gelegenheit, das zu entdecken. Aber fürchte dich nicht vor Verwundbarkeit. Denk an die dort draußen. Denen konnte keiner was anhaben. Sie hatten sich verkapselt und zeigten niemandem ihre wahren Gefühle... Und sieh, wo sie sind.«

Am nächsten Morgen fand sie beim Erforschen ihres begrenzten Freiheitsraums die Bibliothek. Der kleine, von Bücherregalen umgebene Raum war so nüchtern und ungemütlich wie der Rest des Gebäudes. Zwei Drittel der Regale waren vollgestopft mit ausrangierten Bänden aus öffentlichen Bibliotheken und Leihbüchereien, die zur Erbauung des Militärpersonals gestiftet worden waren und sich mit verblichenen Einbänden und mit Titeln von der Fadheit abgestandenen Biers präsentierten. Das restliche Drittel war von Urquhart, Marczinek und Grace Halsey beigesteuert worden. Shandy hätte ihr Studium des Rorschach-Tests fortsetzen können, zog es jedoch vor, wahllos in den Regalen herumzustöbern.

Sie setzte sich auf einen der harten Stühle, die Füße hinter die Stuhlbeine gehakt, die Ellbogen auf den Tisch gestemmt, den Kopf zwischen den Händen, und begann mit der gleichen Intensität, in ihren Entdeckungen zu blättern und zu lesen, wie sie es seit Jahren mit illegal ausgeliehenen Büchern getan hatte – spätabends in dem kleinen Hinterzimmer über dem Tabakladen: Geschichten von einem reizenden kleinen Mädchen, das Ferien an der See verlebte, Abhandlungen über ferne Spiralnebel und komplizierte Bauchoperationen, die unweigerlich mit einem langen, senkrechten Schnitt begannen, Dylan Thomas' Erzählungen aus einer kleinen walisischen Stadt, die den merkwürdigen Titel *Unter dem Milchwald* trug, ein Stück über zerlumpte Männer, die auf Godot warteten. Nach dem Mittagessen nahm sie sich Klinghoffers *Chemische Psychotherapie* vor, legte sie jedoch nach einigem Herumblättern zurück; sie hatte Urquharts Werk über die Anthropologie des Kriminellen ausgemacht.

Sie vertiefte sich darin, übersprang Tabellen von statistisch bedeutsamen Prozentsätzen und begann allmählich ein Vorstellungsbild vom Delinquenten X aufzubauen, dem schlimmen Straßenjungen und Nachwuchsverbrecher. X war gelegentlich ein Mädchen, aber viel häufiger ein Junge; sein Nährboden waren überfüllte und schmutzige Mietswohnungen, obwohl er gelegentlich von erstaunlicher Herkunft war, und seine Karriere pflegte im Gefängnis oder im Obdachlosenasyl zu enden. Ein Vater, der Trinker war oder sich aus dem Staube gemacht hatte; eine eher gleichgültige als schlechte Mutter, mehr behindert von Abneigung gegen Erziehung als von Mangel an Intelligenz. Ein muskulöser, derber Körper, kräftig und vital, die Idealgestalt des Künstlers und des Straßenmädchens, gehörte er zu einem Jungen, der ruhelos, reizbar und kindisch war: er hatte große Zukunftspläne, denen eines gemeinsam war – harte Arbeit durfte darin nicht vorkommen. Er hatte Umgang fast nur mit seinesgleichen, und wenn er etwas wollte, dann wollte er es sofort und war bereit, es sich zu nehmen, gleichgültig, was dabei entzweiging oder wer zu Schaden kam: geschah ihnen recht, denn sie waren sowieso alle gegen ihn. Aber er wollte etwas Großes werden: vielleicht ein Held, vielleicht ein Gangster.

Aber das war nicht seine Zukunft. Es war ihm nicht beschieden, der Gigant des Verbrechens und der Zerstörung zu sein – das war eine andere Rasse –, sondern der erbärmliche Unzulängliche, der kleine Gauner, Stammkunde vor Gericht und im Gefängnis, dem sein Vorstrafenregister wie ein Mühlstein am Hals hing.

Shandy schob die Bücher von sich und saß nachdenklich, das Kinn in die Hände gestützt. Etwas fehlte in dem Bild: X hatte kein Gesicht. Sie dachte an die Typen, die sie in Jakes Schnellimbiß und bei Fitch und anderswo gesehen hatte. Die Laufkundschaft bestand gewöhnlich aus abgespannten Berufstätigen, die es eilig hatten, aber man traf dort auch Gruppen von Jugendlichen an, die den Abend mit einer Tasse Kaffee und einem Dollar für den Musikautomaten hinbrachten. Sie waren laut und angeberisch, trugen phantastische Kleidung und neigten zu Diebereien und Handgreiflichkeiten – aber ihre Gesichter blieben unscharf. Das war natürlich, weil sie einander so sehr glichen; doch diese Erinnerungen sagten Shandy nichts über die Lagerinsassen.

Es gab zwei gute Möglichkeiten, in Erfahrung zu bringen, was sie wissen wollte. Die erste war ein Besuch im Lager. Eine Idee, die sie sofort verwarf; die andere war ein Blick in die Personalakten der Lagerinsassen... und die Personalakten waren in Protheros Büro.

Ha!

Herr Oberst, ich möchte bitte die Personalakten sehen.

Gewiß, liebes Kind. Du brauchst nur die Schublade dort zu öffnen.

Sie kicherte. Es war eine köstliche Vorstellung. Nun, sie konnte Urquhart oder Jason fragen, aber selbst wenn sie ihr Vorhaben billigten, würde es notwendig sein, auch Protheros Zustimmung zu finden.

Aber wenn sie still und heimlich hineinginge und die Akten mitnähme...?

Beim Abendessen träumte sie aus dem Fenster, versunken in halb unbewußten angenehmen Empfindungen über den Umstand, daß sie beim Essen Gras und Büsche und Blumen sehen konnte.

»Zum dritten Mal, Shandy«, sagte Urquhart, »kannst du bitte die Butter rüberreichen?«

»Was – oh, entschuldigen Sie.«

»Was hast du heute gelesen, daß du so geistesabwesend bist?«

»Alles mögliche – über Leute wie Sheldon, Glueck, Kaplanski und Cosgrove, die alle Menschen nach Körpertypen einteilen: endomorph, mesomorph, ektomorph, oder Mischungen von diesen dreien. Sie sagen, der menschliche Charakter hinge davon ab, ob einer fett, muskulös oder mager ist, und...«

»Augenblick, nicht so schnell. Persönlichkeit und Temperament mögen in einem gewissen Umfang vom Körpertyp abhängen, aber niemand sagte etwas vom Charakter. Endomorphe Typen sind fett und schätzen Gemütlichkeit, gutes Essen und Zuneigung; mesomorphe Typen sind muskulös und energisch – und manchmal rücksichtslos; ektomorphe Typen sind mager und oft schlaksig und haben eine Empfindsamkeit, die vielleicht etwas mit der Beziehung zwischen Hautoberfläche und Körpermasse zu tun hat. Diese Kategorien sind natürlich extrem vereinfacht, und wenn die äußerliche Gestalt auch zu den Faktoren gehört, die den Charakter eines Menschen bilden, so besitzt doch kein Typ gegenüber den anderen eine Vorzugsstellung in moralischer oder intellektueller Hinsicht.«

»Nun, wenn man es insgesamt sieht, so kommt es einem ein bißchen wie Astrologie vor.«

»Das hieße von einem Extrem ins andere fallen. So ist es sicherlich kein Zufall, daß beinahe achtzig Prozent der Jugendlichen im Lager eindeutig dem mesomorphen Typ angehören, wenn wir die Veränderungen durch genetische Schäden einmal außer acht lassen. Wenn wir nun hingingen und jeden mesomorphen Typ im ganzen Land in eine Erziehungsanstalt brächten, so wäre das albern und gefährlich obendrein. Aber wenn du alle Jugendlichen in Erziehungsanstalten untersuchst und feststellst, daß achtzig Prozent von ihnen mesomorph sind, dann erscheint es wieder in einem anderen Licht.«

»Aber die Jugendlichen in Erziehungsanstalten sind nicht zu achtzig Prozent mesomorph. Nur in einem so hohen Prozentsatz, daß es den Psychologen zu denken gibt.«

Urquhart lächelte. »Du hast recht. Du siehst, wie leicht man dazu

Festino-80-

neigt, die Relationen zu verschieben. Aber hier in Sorrel Park haben wir sozusagen den Rahm abgeschöpft – oder den Bodensatz ausfiltriert, wenn dir das lieber ist. Sollte es jemals dazu kommen, daß das Lager aufgelöst wird, werden wir hier ein Hornissennest von größtem wissenschaftlichem Interesse haben – aber ich glaube nicht, daß ich dableiben und zusehen werde, wie es summt.« Er wandte sich zu Prothero. »Wann reisen Sie, Stephen?«

Prothero schluckte einen Mundvoll Kuchen, wischte sich den Mund mit der Serviette und blickte auf. »Morgen. Aber nun entschuldigen Sie mich bitte. Ich habe noch verschiedenes zu erledigen.« Er leerte seine Kaffeetasse, stieß den Stuhl zurück und ging.

»Wohin reist er?« fragte Shandy.

»Nach Washington, mit dem Hubschrauber«, sagte Jason.

Sie sah ihre mißvergnügten Mienen. »Was ist los?«

»Er soll mit den zuständigen Regierungsstellen über die Öffnung des Sperrgebiets sprechen.«

Urquhart fügte hinzu: »Wir haben unsere Zweifel, ob die Welt und Sorrel Park füreinander bereit sind.«

»Sie meinen, wegen des Lagers?«

»Auch deswegen. Aber wie wird die Bevölkerung des Landes reagieren, wenn sie erfährt, was hier vor dreißig Jahren geschehen ist, und mit welchen Folgen für die Bewohner? Und wie wird sie die Erkenntnis aufnehmen, daß sie von der Regierung getäuscht worden ist? Und dann die Probleme hier in Sorrel Park. Die Stadt ist seit dreißig Jahren von der Außenwelt abgeschnitten und hat an der geistigen, technologischen und wirtschaftlichen Entwicklung des Landes nicht teilgenommen. Außerdem liegen beim hiesigen Gericht mehrere tausend Schadensersatzklagen von Strahlungsgeschädigten gegen die Elektrizitätsgesellschaft vor, die das Atomkraftwerk betrieb. Die meisten sind positiv entschieden, aber die Gesellschaft hat Berufung eingelegt, und die Prozeßunterlagen dürfen nach einem Regierungsbeschluß aus Geheimhaltungsgründen nicht an die Revisionsinstanz außerhalb des Sperrgebiets weitergeleitet werden. So liegen sämtliche Verfahren auf Eis, und die meisten Kläger sind inzwischen tot. Stell dir vor, welche Mühe es allein machen wird, die erbberechtigten Nachkommen zu ermitteln! Und bei alledem ist weder das Lager mit seinen speziellen Problemen berücksichtigt, noch die zu erwartende enorme Publizität und das Aufsehen im Ausland.«

»Aber Prothero scheint...«

»Nun ja«, sagte er und stand auf, »er ist dafür, das ist richtig. Aber nur, weil seine Vorgesetzten dafür sind.«

Zuerst fand sie die Vorstellung, sich während Protheros Abwesenheit an die Personalakten zu machen, niederträchtig und abstoßend. Der Oberst brachte ihr soviel Vertrauen entgegen, daß sie im Kasernenbereich frei herumlaufen konnte. Es sah so aus, als ob sie ihn würde fragen müssen. Wenn sie sich nützlich machen sollte, mußte sie informiert sein, und es war besser, sich das notwendige Wissen auf ehrliche Art und Weise anzueignen.

Jason ging mit ihr durch den Korridor. »Was hast du heute abend vor – mehr Lektüre?«

»Ich weiß nicht«, sagte sie schuldbewußt. Sie war drauf und dran, ihn zu fragen, ob er meine, daß Prothero ihr Einblick in die Akten gewähren würde, aber die Vorstellung, daß der Oberst eine Jugendliche in seinen Unterlagen wühlen lassen würde, erschien ihr um so abwegiger, je länger sie darüber nachdachte.

Jason musterte sie von der Seite. »Sag mal, Shandy, hast du irgendwas auf dem Herzen?«

»Nun – nein... gar nichts.« Um ihn abzulenken, fügte sie hinzu: »Was machst du in Uniform?«

»Ich bin in der Armee«, sagte er, als müsse er sich rechtfertigen. »Ich bin im wehrpflichtigen Alter... aber seit ich hier bin, habe ich immer Uniform getragen.«

»Wie lange schon?«

»Vier Jahre.« Er grinste. »Diese verrückten Hemden mögen für Marczinek gut sein, aber nicht für mich. Er könnte einen Monteuranzug tragen und würde trotzdem wie ein Professor aussehen.«

»Gehst du aus?«

Er nickte. »Meine Leute besuchen.«

»Ich wußte nicht, daß du welche hast.«

»Meine Eltern und eine Schwester...« Er schien ein wenig verlegen, als läge ihm daran, sich nach Aufgabe aller anderen persönlichen Geheimnisse wenigstens dieses eine zu erhalten. Sie fragte ihn nicht, ob und wie es ihm gelang, seine Familie vor seinem eigenen Stigma zu schützen – aber sie machte sich ihre Gedanken darüber.

»Also, bis dann«, sagte er und ging die Treppe hinunter zum Ausgang. Shandy seufzte bei dem Gedanken, daß er ungehindert das Tor passieren und in die Stadt gehen durfte, während es ihr verwehrt blieb, dann wanderte sie den unteren Korridor entlang.

Vor Protheros Büro machte sie halt und lauschte mit pochendem Herzen. Die Tür stand angelehnt, niemand war drinnen. Sie schlüpfte hinein und spähte ins Vorzimmer, das gleichfalls verlassen lag. Durch ein offenes Fenster wehte süße Abendluft herein.

Sie blickte umher, und zum erstenmal regte sich Schuldbewußtsein, weil sie war, wo sie nichts zu suchen hatte. Ein Schreibtisch, ein paar Sessel, ein Garderobenständer mit Protheros Schirmmütze – und Aktenschränke. Die Gelegenheit war günstig, aber sie konnte sich nicht entschließen und stand händeringend mit schlechtem Gewissen neben dem Schreibtisch, unfähig, ihr Vorhaben auszuführen oder das Feld zu räumen.

Dann hörte sie Stimmen und Schritte; Räder quietschten, Stiefel polterten, und Protheros Stimme rief in beängstigender Nähe: »Recht so! Hier herein!«

Shandy begriff, daß sie zu lange gewartet hatte, und verlor die Nerven. Sie wandte sich blindlings zur Tür, aber der Korridor war voll von Stimmen und Geräuschen. Sie flog herum und stürzte ins Vorzimmer; die Tür stand offen, und ein Uniformierter füllte den Rahmen aus. Er kehrte ihr den Rücken zu und schien mit dem Bugsieren eines größeren Gegenstandes beschäftigt. Sie huschte hinter die Couch und kauerte sich im Schutz der Armlehne auf den Boden. Jemand schaltete das Licht ein, und sie konnte sehen, was die Männer in den Raum schoben.

Es war ein Käfig aus festem Maschendraht, so eingehüllt in Kabel, Schalter und netzförmige Antennen, daß er beinahe undurchsichtig war. Aber etwas oder jemand saß darin.

»Ich brauche Sie nicht mehr«, sagte Prothero zu den Soldaten. Sie salutierten und gingen hinaus, während er im Durchgang zu seinem Büro stehenblieb und sich eine Zigarre in den Mund steckte. Feuer flammte zwischen seinen dicken Händen auf, und er beugte sich darüber, das Gesicht hellrot, aber ausdruckslos im Widerschein des Lichtes. Dann zog er einen Stuhl heran und setzte sich rittlings darauf, die Arme auf der Lehne. Er schien zu warten.

Nach einigen Augenblicken wurde es im Käfig lebendig, und ein Junge richtete sich auf, reckte die Arme. Er mochte sechzehn, siebzehn oder auch achtzehn sein, mit dichtem blondem Haar, das lang und ungekämmt war. Das Gesicht war nicht deutlich zu erkennen und schien schmutzig. Shandy glaubte leichten Bartwuchs auszumachen, aber vielleicht war es nur Schmutz. Prothero sah ihn nicht an; er saß da, paffte die Zigarre und blickte gedankenvoll dem aufsteigenden Rauch nach.

Der Junge lehnte die Arme um die Knie und sagte gutgelaunt: »Zum Kuckuck, Pop, deine Leute hätten mich nicht mit diesem Teufelszeug zu betäuben brauchen. Du weißt, daß ich ein guter Junge bin.«

»Steh auf!« sagte Prothero, ohne ihn anzusehen.

Die gute Laune verschwand, und der Junge gehorchte mürrisch. Shandy sah, daß er eine Art Häftlingskleidung trug, einen grauen Overall mit einer roten Zielscheibe auf Brust und Rücken. »Was willst du?« fragte Colin Prothero. »Ich bin kein Gedankenleser«, fügte er hinzu und grinste; anscheinend war der Käfig ein kleines Feld. »Du weißt, daß ich mit der Abreibung für deinen Schnüffler nichts zu schaffen hatte.«

»Ich weiß es«, sagte Prothero. Er drehte die Zigarre in den Fingern und betrachtete die Glut unter der grauen Asche.

»Du sagtest immer, ich hätte sowieso nicht genug Schneid.«

»Das sagte ich nicht.«

»Du dachtest es.«

»Dann hättest du dich aus meinen Gedanken heraushalten sollen. Und mir beweisen können...«

»Was? Daß ich genug Schneid habe, um auf Jason Hemmer loszugehen?«

»Nein... bloß, daß du ein Mensch bist. Nicht unbedingt ein Held – nur ein vernunftbegabtes menschliches Wesen. Mit Telepathie oder ohne.«

»Ich weiß nicht, was du meinst.«

»Du weißt es recht gut. Du hattest achtzehn Jahre, um dich zu einem vernünftigen jungen Mann mit Verantwortungsgefühl zu entwickeln. Du hast die Keilerei nicht angefangen, und du hast dich auch nicht daran beteiligt. Aber du versuchtest auch nicht, sie zu verhindern.«

»Bist du verrückt? Denkst du, ich würde ihm helfen?«

Prothero sah ihn forschend an. »Nein. Vielleicht hätte ich dich sogar mehr respektiert, wenn du angefangen hättest. Ich weiß nicht.«

Er lachte. »Großartig! Jetzt bin ich ein Versager, weil ich nichts Schlechtes getan habe. Wäre ich deinem Schnüffler als erster auf den Pelz gerückt, hättest du mir die Ohren ausgerissen, nicht?« Er schlug mit der Faust gegen den Maschendraht, daß der Käfig erzitterte. »Hör zu, Pop! Ich fürchte dich nicht! Aber du hast Angst vor mir, sonst würdest du mich nicht in einen Käfig sperren!«

»Du bist in einem Käfig, weil du ein Tier bist!« knurrte Prothero. »Und du bist in diesem Zimmer, weil du mein Sohn bist. Ich weiß über Quimper und den Eisvogel Bescheid – aber Zahnschmerzen sind noch lange kein Grund, daß ihr euch alle von ihnen aufputschen laßt und wie Stiere mit Banderillas im Nacken herumfetzt. Ich kenne diese Burschen. Sie bilden sich ein, sie müßten es ausfechten. Daraus wird nichts, und ich werde mich gesondert mit ihnen befassen.« Er sog heftig an der Zigarre und blies graublaue Rauchwolken zur Zimmerdecke, und als er weitersprach, geschah es in einem beinahe unmerklich verändertem Tonfall. »Ich habe dich rüberbringen lassen, weil ich hoffe... das heißt, ich möchte...«

»Du möchtest!« unterbrach ihn Colin wütend. »Was du möchtest, kümmert mich einen Scheiß! Du möchtest, daß ich weine und bereue und dir die Stiefel lecke und dein kleiner Soldat bin! Du kannst dich zum Teufel scheren. Ich will hier raus, verstehst du! Aber ehe ich mit dir unter einem Dach leben möchte, verrecke ich lieber im Lager!«

Shandy zog sich in ihrem Winkel zusammen. Während der Szene hatte ihr Unbehagen mit jeder Sekunde zugenommen, und sie verwünschte ihren Leichtsinn, der sie in diese Lage gebracht hatte.

Prothero war aufgestanden. Er nahm den Stuhl bei der Lehne und stellte ihn zur Seite. Asche von seiner Zigarre fiel unbemerkt auf den Boden. »Ich werde dich zerbrechen!« murmelte er durch die Zähne. »Ich werde dich zerbrechen, Gott soll mich strafen!«

Colin lachte.

Prothero ging zur Tür und riß sie auf. »Tapley! Schaffen Sie dieses Ding hinaus!«

Er wandte sich ab, als der Käfig hinausgeschoben wurde. Als die Tür geschlossen wurde, schnaufte er, klemmte die Zigarre zwischen die Zähne und ging an einen Wandschrank, dem er eine Flasche Whisky und ein Glas entnahm. Dann wandte er sich um und sah Shandy in ihrem Versteck kauern.

6

»Du!« Er stellte Flasche und Glas auf den Vorzimmerschreibtisch und legte die Zigarre in einen Aschenbecher. Shandy stand auf und kam zögernd aus ihrem Winkel.

»Du schleichende Schnüfflerin!« Er packte sie bei den Schultern und schüttelte sie. So lächerlich es scheinen mochte, es erinnerte sie an Ma Slippec, wenn sie ihre Teppiche aus dem Fenster hängte und ausklopfte. »Du verschlagenes Gassenmädchen! Spionieren...«

Sie wand sich unter seinen schweren Händen. »Ich bin nicht gekommen, um zu spionieren! Ich...«

»Deine Nase in fremde Angelegenheiten stecken!«

»...wollte fragen...«

»Überall herumschleichen und horchen und schnüffeln! Was willst du hier?« Er schüttelte sie wieder, daß ihr die Zähne zusammenschlugen.

»...ob ich die Personalakten sehen darf!«

»Hier gibt es kein Geld zu holen! Hier gibt es nur menschlichen Müll, zerstörte Leben...«

»Ich wollte nicht Ihr Leben ausspionieren und ich will kein Geld!« Sie riß sich los. »Ich kam hierher, um zu fragen, ob ich die Personalakten sehen darf.« Sie stampfte mit dem Fuß auf. »Um zu fragen, zu fragen, *zu fragen*!«

Sie standen sich gegenüber und starrten einander schweratmend an, beide erschöpft.

Sie schluckte und sagte lahm: »Ich saß hier und wartete, und als ich jemand kommen hörte, kriegte ich es mit der Angst und versteckte mich.«

Er fuhr sich mit der Hand über die Stirn. »Vielleicht gehörst du nicht ins Lager«, sagte er, »aber du gehörst in ein Kinderheim, damit sie was Anständiges aus dir machen.« Er holte tief Atem. »Ich will dich nicht hier haben, aber in dieser Sache geht es nicht allein nach mir.«

Er schritt in sein Büro, öffnete eine Schublade des Aktenschranks und zog ein dickes Bündel Schnellhefter hervor, das er auf den Schreibtisch warf und durchfingerte. Er zog eine Schnellheftermappe heraus und warf sie wieder in die Schublade, dann blickte er auf, schob ihr den Stoß zu und nickte auffordernd. »Urquhart sagte, du solltest die Akten lesen dürfen, wenn du darum bätest. Er hat alle möglichen klugen Ideen, aber wenn du wissen willst, was ich denke – ich denke, er ist ein Dummkopf. Und du bist eine Diebin! Und jetzt verschwinde!«

Als sie hinauseilte, stolperte sie, riß den Oberkörper hoch, um die Akten nicht zu verlieren, und landete mit dem Hinterteil schmerzhaft auf den Fliesen des Korridors. Sie sah, daß sie über einen Fuß gestolpert war, und blickte zu dem Soldaten auf, der vor der Tür Posten stand. Es war Davey. Sie rappelte sich auf und blickte ihn zornig an, aber seine Miene blieb ausdruckslos.

»Eins zu eins!« fauchte sie, lief den Korridor entlang, die Treppe hinauf und in ihr Zimmer, wo sie die Akten auf den Tisch legte und in Tränen ausbrach.

»Du dummes Ding!« sagte Jason ärgerlich. »Du hattest ihn soweit, daß er dich mochte und dir vertraute, und nun mußtest du alles versauen.«

Sie schluchzte und schnupfte.

»Jetzt ist es geschehen, da hilft dir dein Heulen auch nicht weiter.«

»Ich bin beleidigt.«

Er fing an zu lachen. »Du bist beleidigt? Warum?«

»Weil ich hineinging, um...«

»Ja, ich weiß. Du gingst hinein, um zu fragen. Nun, warum zum Teufel hast du es dann nicht getan?«

»Ich kriegte es mit der Angst.«

Er schnaufte. »Junge, Junge... und weshalb? Er hätte dir den Kopf nicht abgebissen – bloß ein Ohr, oder zwei. Und nun sieh, was du angerichtet hast. Erst diese Sache mit Colin – was meinst du, wie einem Vater in einer solchen Lage zumute ist? Und daß du es gesehen hast, macht es ihm doppelt schwer.«

Sie wischte sich das Gesicht mit einem zerdrückten Papiertaschentuch.

»Ich wollte es nicht sehen.«

»Ich weiß, daß du es nicht wolltest. Aber du hattest dich eingeschlichen und versteckt, und das ist nie gute Politik. Außerdem hast du gehört, was er sagte. Urquhart hatte ihm geraten, dir die Personalakten zu überlassen, wenn du darum bätest.«

»Warum hat Urquhart sie mir nicht einfach gegeben?«

»Er wollte sehen, ob du von selbst darauf kämst.«

»Ach so? Und ich kam darauf, und was kriege ich dafür?«

»Du hast die Akten bekommen.«

»Jetzt will ich sie nicht mehr... das heißt, vielleicht doch. Warum wollte Urquhart sehen, ob ich nach den Akten frage?«

»Frag ihn selbst.«

Sie dachte eine Weile nach. »Vielleicht war es wie ein Test?«

Er sagte nichts.

»Wenn ich mich nicht für die Typen im Lager interessiere, bin ich nutzlos, und wenn ich zuviel Angst habe, um mit ihnen umzugehen, spielt es keine Rolle, wie interessiert ich bin. Wenn man es so sieht, habe ich einen Teil des Tests bestanden und beim anderen versagt.«

»Vielleicht. Meinst du, daß du jetzt alles weißt?«

»Nein. Ich weiß noch immer nicht, warum du hier bist.«

»Nein? Warum siehst du nicht in meiner Akte nach?«

»Die ist sicherlich nicht dabei. Das sind die Personalakten des Lagers.«

»Kind... wir sind alle im Lager.«

Sie nahm den Aktenstoß vom Tisch und begann darin zu blättern. Namen flatterten unter ihren Augen vorbei: COOK, Elizabeth (Lexy); DOLLARD, John (Jocko); HALSEY, Grace; HEMMER, Jason; HURLEY, Lavonne; KING, Harvey (Eisvogel); PROTHERO, Colin Adams; PROTHERO, Stephen Decatur...

Sie hielt inne. »Swift sagte, es sei ein mutiger Mann gewesen, der zuerst eine Auster aß... Prothero hat mir seine Personalakte gegeben.«

»O ja, an Mut fehlt es ihm nicht. Wirklich nicht. Aber in diesem Fall ist er bloß dumm.«

»Ich sah, wie er eine Akte herausnahm. Wahrscheinlich war es meine eigene.« Sie legte die Akten zurück. »Geben deine Unterlagen Auskunft darüber, warum du hier bist, Jason? Sag jetzt nicht, ich solle nachsehen. Ich wette, es steht darin, wann du geboren wurdest, wieviel du wogst und ob du ein gutmütiges Kind warst und ob du Fenster einschlugst oder Äpfel stahlst. Solches Zeug brauche ich nicht. Ich weiß, daß ich die einzige Person bin, deren Gedanken du nicht lesen kannst, und du könntest sagen, das sei Grund genug, mir nicht zu trauen... Vielleicht vergißt du die Leute von außen anzusehen, weil du mit ihrem Inneren so beschäftigt bist. Aber du weißt, wie Menschen aussehen und wie es sich anhört, wenn sie lügen; sicherlich hast du nicht alles vergessen, was du lerntest, bevor du dein telepathisches Talent entdecktest.«

Jason seufzte. »Ja, schon möglich. Aber vielleicht kannst du mir verraten, warum du das wissen willst?«

»Ich will wissen, warum ich hierbleiben soll«, sagte Shandy. »Ich glaube, ich könnte hier hinauskommen, wenn ich es wirklich versuchte. Du könntest sagen, es sei meine Pflicht, zu bleiben, aber was weiß ich von einer solchen Pflicht? Ich bin dreizehn.

Kein Mensch wußte von dir, als das Lager errichtet wurde. Du kamst vier Jahre später hierher, also mußt du es aus freien Stücken getan haben. Ich sehe, daß du hier gebraucht wirst und daß deine Arbeit notwendig ist, aber sie ist nicht schön und obendrein gefährlich. Marczinek und die anderen waren von Anfang an dabei; sie rutschten in die Sache hinein, als sie noch nicht übersehen konnten, daß sie viele Jahre würden bleiben müssen. Niemand zwang sie damals, aber sie waren alt und erfahren genug, um zu entscheiden. Wie konntest du mit vierzehn Jahren eine so schwierige moralische Entscheidung treffen? Warum sollte ich in meinem Alter darüber nachdenken?«

»Vielleicht«, sagte Jason, »sollten wir einfach sagen, daß ich mit den anderen im Lager wäre, wenn ich die Entscheidung nicht hätte treffen können. Und daß du nicht Shandy Johnson wärst, wenn du es nicht könntest.« Er stand auf und ging hinüber zum Fenster. Über der Bodensenke, in der sich das Lager verbarg, lag ein diffuser Lichtschein; er gemahnte den Betrachter an eine Walpurgisnacht, einen Ort, wo gräßliche Opfer dargebracht wurden. »Das könnte für dich beinahe die ganze Antwort sein... aber für mich nicht...«

Shandy sagte: »Wenn du denkst, ich sei zu neugierig, werde ich dich nicht weiter plagen.«

»Nein, ich muß viel neugieriger sein – und in einer häßlicheren Art und Weise. Aber da wir schon von Neugierde sprechen: es gibt in Sorrel Park zwei weitere Telepathen wie mich.«

»Kenne ich sie?«

»Nein. Der eine ist ein Mädchen, besser gesagt eine verheiratete Frau von vielleicht vierundzwanzig, und der andere ist ein elfjähriger Junge.«

»Sind sie intelligent?«

Er wandte den Kopf vom Fenster und sah sie lächelnd an. »Ich hätte mir denken können, daß du das fragen wirst. Intelligent genug.«

»Wenn die bis jetzt zurechtgekommen sind, ohne daß jemand von ihnen wußte, dann könnte Doydoy vielleicht...«

»Nein. Nicht in der gegenwärtigen Situation.«

»Sind die beiden gut?«

»Nicht in Doydoys Klasse, obwohl der Junge allerhand drauf hat. Er ist kräftig und gesund und lebhaft, alles, was Doydoy nicht ist... Ich werde nie vergessen, wie er auf den Händen dahinkroch. So etwas möchte ich nicht noch einmal sehen. Übrigens brauchte Prothero jemanden wie mich, denn es wäre viel zu umständlich und unsicher, alle ein oder zwei Jahre sämtliche Kinder von Sorrel Park zur Untersuchung zu bestellen. Mit diesen zwei anderen habe ich mich zusammengesetzt und unter uns eine Lösung gefunden. Der Junge ist noch zu klein und unverständig, es wäre ein Verbrechen, ihn ins Lager zu stecken. Das Mädchen war körperlich schwach – hatte schon mit sechzehn eine Krebsoperation, und außerdem wollte es heiraten, was es inzwischen getan hat. Deshalb habe ich die zwei nicht gemeldet, und ich denke, es war richtig. Siehst du, das ist einer der Gründe, warum ich mich einziehen ließ. Auf diese Weise kann ich ein Wort darüber mitreden, wer ins Lager kommt und wer nicht. Vieles liegt in meinem Ermessen.« Er kam herüber und setzte sich wieder.

»Du kannst von Glück sagen, daß sie dich nicht ins Lager gesteckt haben.«

»Ja, es war nicht ganz einfach – ich mußte bei den Tests wie ein solider Bürger aussehen, ohne den Anschein zu erwecken, ich sei mit einer bestimmten Absicht da. Viel hat nicht gefehlt, und ich wäre hineingesaust, denn Urquhart witterte sofort, daß etwas dahintersteckte. Er ist nicht dumm und erkennt eine gute Gelegenheit, wenn sie sich bietet.«

»Du hast ziemlich viel auf dich genommen, um andere vor dem Lager zu bewahren. Auf der anderen Seite wußtest du, daß ich keine Telepathin bin, und ebenso wußtest du, daß man mich dabehalten würde, wenn du mich hierher brächtest. Warum hast du mich hierher bringen lassen, Jason?«

Er lachte. »Das ist, was mir an deinen Fragen gefällt: man kann immer mit einem einfachen ja oder nein darauf antworten. Nun, ganz einfach, als ich dich sah, dachte ich bei mir: Jason, das ist eine, um die du dich nicht zu kümmern brauchst. Dieses Kind kann für sich selbst sorgen.«

Shandy saß auf ihrem Bett und versuchte ihre Gedanken zu ordnen. Sie schämte sich ein wenig, daß sie Jason mit ihrer Neugier dazu gebracht hatte, ihr von den anderen Telepathen zu erzählen, aber wenigstens hatte sie das Geheimnis, von dem sie ihn umwittert fühlte, ein wenig gelüftet. Sie beschloß, ihn künftig in Ruhe zu lassen, verspürte jedoch sofort eine eifersüchtige Regung. Von seinen Worten über die zwei hatte sie auf das Bestehen einer tragfähigen Freundschaft und gegenseitigen Abhängigkeit zwischen ihnen geschlossen. Sie selbst hatte nie irgendwohin gehört, und auch jetzt fühlte sie sich allein und keiner Gruppe oder Gemeinschaft zugehörig. Es stimmte, daß sie ihre Emotionen früher hauptsächlich aus Büchern bezogen hatte. Aber sie hatte auch die Slippecs in Wutausbrüchen und Orgien betrunkenen Hasses erlebt und etwas Gekünsteltes darin zu finden geglaubt, weil sie selbst davon unberührt geblieben war. Es schien, daß sie sich in ihrer Einschätzung getäuscht hatte.

Wenn die Slippecs mit ihren Gefühlen um sich warfen, so deutete das nicht notwendigerweise darauf hin, daß es keine echten und schmerzlichen Gefühle waren, mochten sie auch nur kurze Zeit andauern. Sie folgerte dies, weil ihre eigenen Gefühle echt und schmerzlich waren. Sie hatte die Sache mit den Personalakten von A bis Z verpfuscht und hätte viel dafür gegeben, wenn sie die Ereignisse in Protheros Büro ungeschehen machen könnte. Was der Oberst zu tragen hatte, war nicht weniger schrecklich als die schwärende Narbe im Rücken ihres Vaters; und das Gesicht des Delinquenten war auf einmal leibhaftig und unangenehm nahe vor ihr gewesen. Diese Erfahrungen waren nicht von der Art, die sie suchte.

Zu alledem war sie von Prothero und Jason zurechtgewiesen worden. Sie fühlte sich in ihrem Stolz verletzt, und ärgerte sich zugleich über sich selbst. Sie schlurfte ins Badezimmer, um sich die Zähne zu putzen, und betrachtete ihr Spiegelbild.

»Rindvieh!« knurrte sie das Gesicht an, dessen gelblich-bräunliche Hautfarbe sie irgendeinem vergessenen Italiener oder Spanier unter ihren Ahnen verdankte. Ihre Augen waren rotgerändert.

Prothero hatte sie eine Diebin genannt.

Hatte er damit nicht recht gehabt? Schließlich hatte sie ernsthaft erwogen, die Akten zu stehlen. Sie hatte sich nie für unmoralisch gehalten – lediglich für eine Person, die sich allein durchschlagen und darum Bescheid wissen mußte; die darum den Dingen auf den Grund gehen mußte. Jahrelang hatte sie Flaschen und Krüge mit Maisschnaps aus der Destille der Slippecs zu Fitch gebracht, ohne sich jemals zu fragen, ob es falsch oder unrecht sei. Die Rationierung und künstliche Verteuerung von Spirituosen durch die Militärverwaltung war eine Maßnahme, die kaum jemand gutgeheißen hatte; Gesetze und Bestimmungen wurden auf die Dauer nur respektiert, wenn die Bürger einen vernünftigen Sinn darin finden konnten.

Aber man konnte es auch anders sehen. Die Katastrophe und später der Stacheldraht, die immerwährende Polizeiunterdrückung hatten die Seele von Sorrel Park entstellt. Gab dies den Bürgern das Recht, Gesetze zu brechen, um sich mit schlechtem Fusel zu vergiften? Und sie hatte die vollen Flaschen und Krüge von Ma Slippec zu Fitch gebracht, die leeren von Fitch zurück zu Ma Slippec. Sie hatte sich nie geweigert, und nun war es zu spät.

Aber ich war damals noch ein Kind, ich wußte nicht, was ich tat. Und ich bin noch immer ein Kind. Ich kann nichts dafür...

Sie zupfte an der zerfaserten Borte, die ihr dünnes Haar zusammenhielt. Das Gewebe löste sich auf, noch ehe sie den Knoten ganz gelöst hatte, und sie warf das Band weg. Wieder betrachtete sie ihr Spiegelbild und schnitt eine Grimasse. Schön. Die Strähnen hingen ihr wie Mäuseschwänze auf die Schultern. Es wäre ziemlich lächerlich gewesen, wenn die Polizei sie damals mit dem Puppenwagen geschnappt hätte.

Sie bemerkte einen Pickel zwischen Kinnlade und Hals: ein Stigma der Pubertät. Das und zwei Haare in der linken Achselhöhle. Ui, ich werde erwachsen! Sie spähte in den Halsausschnitt ihres Trikothemds. Da war noch nichts Gefährliches zu sehen. Ihre Aufmerksamkeit verlagerte sich zu den Füßen. Lange rote Turnschuhe, Größe siebeneinhalb, ohne Schnürsenkel. Dünne, abgelaufene Sohlen, die sich vom Oberteil ablösten, die Zehen im Begriff, sich durch den mürbe gewordenen Stoff zu bohren. Diese Treter hatten im winterlichen Matsch schon oft ihre Socken verfärbt, und neue waren nicht in Sicht. Selbst wenn der Tabakladen nicht bloß eine Fassade gewesen wäre, hätte er nicht genug Geld eingebracht, um ihr Schuhe zu kaufen. Ihr Leben war auf Unmoral gegründet.

Auf dem Bett lagen neue weiße Schnürsenkel. Sie lächelte ihnen zu; sie war dankbar, aber es war schade, daß Jason nicht auch die passenden Schuhe dazu erschwingen konnte. Sie fädelte die neuen Schnürsenkel ein, nahm sich die Akten vor und versenkte sich in weniger persönliche Probleme.

Frage: Weißt du, was jetzt geschieht?
Antwort: Ihr habt mich hyp... hypma...
F.: Ich habe deine besonderen Kräfte mit Drogen und Hypnose blockiert. Du magst meine Worte nicht verstehen, aber du kannst noch immer meine Gedanken lesen und weißt, daß ich es gut mit dir meine.
A: Ja... kann sein...
F: Und es hat keinen Sinn, dagegen angehen zu wollen. Du bist viel zu schläfrig. Für einen Jungen deines Alters hast du schon eine hübsche Latte zusammengebracht, findest du nicht? Vorladungen, Verwarnungen, Jugendstrafen, Erziehungsanstalt... Wie, meinst du, soll es mit dir weitergehen, John?
A: Kannst mich Jocko nennen.
F: Na schön, Jocko. Ich sprach mit deiner Mutter und deinem Vater und...
A: Das ist nicht mein Alter. Der ist im Knast. Das ist Mook.
F: Mook? Mook wer?
A: Keine Ahnung. Mook, Schmook. Wen kümmert das?

F: Da ist etwas, woraus ich nicht schlau werde, Jason. Deine Akte sagt, es gab deinetwegen eine Verhandlung vor dem Jugendgericht, als du neun Jahre alt warst. Deine Eltern wurden verantwortlich gemacht und mußten zahlen, weil du mit Charley Longhouse die Schaufenster eines Blumengeschäfts eingeworfen hattest.
A: Ja, das war bei Koerner, dieser alten Fledermaus. Ich war ja noch strafunfähig, aber mein Vater ließ sich dadurch nicht abhalten, mich zu verdreschen.
F: Dann wurdest du allem Anschein nach ein braver Junge, kamst in der Schule voran und gabst keinen Anlaß zu Klagen. Bis vorgestern, als du bei Chremsler die Obst- und Gemüsekisten durcheinander warfst, Kohlköpfe und Kartoffeln die Alicia Street hinunterrollen ließest und zu allem Überfluß Bürgermeister Hough ein blaues Auge verpaßtest. Wäre das nicht passiert, hätte niemand bemerkt, daß du telepathische und psychokinetische Kräfte besitzt. Warum hast du das getan?
A: Na ja, ich glaube, ich wurde einfach wie verrückt, das ist alles.
F: Wirklich? Ah, sag mal, Jason, gefällt es dir, ein Telepath zu sein?

A: Nicht sehr.
F: Warum nicht? Du kannst dir nehmen, was du willst, du kannst anderer Leute Gedanken lesen…
A: Es gibt hier nicht viel zu holen, und ich habe meine Leute hier und möchte nicht anderswohin… Was andere Leute denken, möchte man auch nicht jeden Tag wissen, jedenfalls nicht bei allen. Es kann einem alles kaputtmachen. Sehen Sie, da kommt zum Beispiel ein nettes Mädchen daher, schön angezogen und alles, und was denkt es? ›Ob das Puder die Pickel neben meiner Nase zudeckt?‹ Ja, sicher, man hat was zu lachen. Ich bin erst vierzehn und hab' viel Zeit – aber ich sehe nicht ein, warum einem schon so früh die Illusionen genommen werden sollten. Es macht keinen Spaß, telepathisch zu sein, das kann ich Ihnen versichern.
F: Vielleicht nicht – aber ich hätte nichts dagegen, zu wissen, was du gerade denkst.
A: Ehrlich, Doktor – da ist nichts als das übliche Zeug.
F: Ich glaube, darüber würde ich mir lieber selbst ein Urteil bilden!

A: Hilfe!
F: Ich versuche dir zu helfen, Junge. Bitte sei ruhig. Ich werde dir nichts tun.
A: Ich kann nicht… Ich will nicht… Lassen Sie mich… Lassen Sie mich gehen!
F: Donatus – ist das dein Name?
A: Sie – sie nennen mich – Doydoy.
F: Ich möchte dich nicht so nennen. Erzähl mir, wie das alles gekommen ist, Donatus.
A: Ich – ich weiß nicht! Ehrlich! Lassen Sie m-mich in Ruhe – bitte!
F: Um Himmels willen, Junge, so beruhige dich doch! Ich versuche nur…
A: Ich kann nicht! Ich sage Ihnen, ich kann nicht! Ich will meine Mutter, m-meinen V-vater! Mutter, Hilfe!
F: Ich fürchte, es ist nichts mit ihm anzufangen, Oberst.

F: Mir ist es nicht gleichgültig.
A: Aah, kommen Sie mir nicht mit diesem Scheiß. Vergessen Sie nicht, daß ich weiß, was in Ihrem Kopf vorgeht. Ich brauche

Sie bloß zu sehen, und schon kommt mir das kalte Kotzen

F: Ich habe nie...

A: Sie brauchen gar nichts zu sagen. Anscheinend haben Sie noch immer nicht kapiert. Ihr Verstand ist für mich wie ein Stück Zellophan. Sie können sich Ihre schlauen Reden also sparen. Aber es ist mein Körper, und ich kann nicht aus ihm heraus. Ich kann alles mögliche, bloß meinen Körper auswechseln, das kann ich nicht. Roxy Howard versuchte es und brachte sich dabei um, und so blöd will ich nicht sein. Aber wenn Sie mich nicht in diesen Käfig eingesperrt hätten, könnte ich mit Ihnen machen, was ich will. Ich könnte aus diesem Gehirn, worauf Sie sich soviel einbilden, Quark oder Gelee machen. Dann würden Sie nicht denken, daß ich so häßlich bin, weil Sie überhaupt nichts denken würden.

F: Du brauchst in deinem Inneren nicht häßlich zu sein, Lavonne.

A: Wen kümmert es, was in mir ist? Verdrehte Gedärme. Die anderen machen mich lachen. Der eine jammert, daß seine Mutter ihn anspuckt, der andere kommt nicht darüber weg, daß sein Alter ihn herumschubst. Ich wurde beschissen und betrogen, als ich noch nicht mal geboren war! Und wenn die Königin von Saba meine Mutter wäre, es würde keinen Unterschied machen. Es gibt niemanden, der mir nicht was schuldig wäre, weil er mich auf die Welt gelassen hat. Und ich werde kassieren. Jedesmal, egal, was Sie glauben, mit mir machen zu können. Also kommen Sie mir nicht mit dem Scheiß, daß Ihnen an mir gelegen wäre.

F: Ich glaube, ich habe alles von dir erfahren, was ich wissen wollte, Lavonne. Aber ich möchte dir noch etwas sagen... Du bist nicht tief genug in diese Zellophanschichten vorgedrungen. Es ist mir eben nicht gleichgültig, was aus dir wird... Und das ist das Dumme an der ganzen Geschichte.

Shandy ordnete die geschlossenen Schnellheftermappen zu einem sauberen Stapel und schloß die Augen vor dem Gesicht des X, der ihr daraus entgegenblickte. Es war ein häßliches Gesicht, ein einsames Gesicht, das Kraft und die böse Entschlossenheit ausstrahlte, Sorrel Park sein Zeichen aufzubrennen. Auch ihr, denn sie war hier. Sie hatte Jason erzählt, sie könne entkommen, wenn sie es nur wolle, aber das war zu einem guten Teil Prahlerei gewesen, und selbst wenn sie frei wäre, würde sie das Problem nicht in der Weise abtun können, wie sie Fitch und den Alkoholschmuggel abgetan hatte. Sie fühlte sich verpflichtet.

Die Deckenbeleuchtung flackerte, und Shandy blickte auf. Die nackte Glühbirne unter dem dürftig mit Stoff bespannten Schirm erinnerte sie an Colin Prothero in seinem Käfig, und ein Frösteln überlief sie. Sie schlug die Bettdecke zurück und nahm ihr Nachthemd heraus. Ihr Zeitgefühl sagte, daß es ein Uhr nachts oder noch später sein mußte, höchste Zeit, um ins Bett zu gehen, wenn sie den neuen Tag nicht unausgeschlafen und mißgelaunt beginnen wollte. Sie reckte die Arme und gähnte wieder.

In diesem Augenblick zerplatzte die Glühbirne, und es wurde dunkel.

Ohne zu denken, warf sie sich vom Bett und huschte wie eine Eidechse darunter. Dort verharrte sie sekundenlang regunglos, bis sie ein feines Stechen und Kratzen fühlte, wo ihr rechter Backenknochen den staubigen Fußboden berührte. Sie befühlte die Stelle mit den Fingerspitzen, und ein dünner Glassplitter löste sich von ihrer Wange.

Sie glaubte draußen Geräusche zu hören, aber nichts geschah, also kroch sie unter dem Bett hervor und tastete sich zum Fenster, um das Rollo hinaufzulassen. Bis auf ein paar vom diesigen Himmel blinzelnde Sterne war alles dunkel.

Jemand öffnete die Tür zu ihrem Zimmer, und eine Stimme sagte: »Es ist nichts weiter. Keine Angst.«

»Jason! Was ist passiert?«

»Die Lichter sind ausgegangen.«

»Das habe ich gemerkt. Was sollen wir jetzt tun?«

»Händehalten.«

»Wieso, ich dachte, damit wolltest du warten, bis ich erwachsen wäre?«

»Komm, gib mir die Hand, und ich führe dich zu Dr. Halsey. Sie ist nervös, und ich möchte, daß du bei ihr bleibst, während wir die Lage erkunden und sehen, was los ist.«

Sie streckte den Arm aus und fand seine Hand. Zu ihrer Überraschung war die Handfläche nicht nur verschwitzt, sondern seine Hand zitterte, als ob er vom Schüttelfrost befallen wäre.

»Jason?«

»Ja.«

»Ich weiß, daß du dich so leicht nicht fürchtest... Warum zitterst du so?«

»Ich habe mich bloß erkältet«, sagte Jason. »Nun komm schon!«

Grace Halsey lag in ihrem Bett, und da Shandy sich nicht wie eine Vertraute auf die Bettkante oder in den leeren Rollstuhl setzen wollte, kniete sie bei ihr nieder. »Wir haben hier genug Leute postiert, Doktor, also machen Sie sich keine Sorgen«, sagte Jason und lief hinaus.

Shandys Augen hatten sich inzwischen an die Dunkelheit gewöhnt, und sie konnte sehen, daß auch Grace Halsey zitterte. Ein schrecklicher Gedanke ließ ihr den Atem stocken. »Sie sind ausgebrochen!«

»Bitte, Kind, nur keine...«

»Aber niemand kann sie aufhalten, wenn sie draußen sind! Warum hat er uns hier zurückgelassen?«

Dr. Halsey rang um Selbstbeherrschung. »Sie... weißt du, sie vertrauten mir, sie kennen mich und wissen kaum etwas von dir; niemand braucht sich um uns zu sorgen. Wirklich, wir sind von allen am wenigsten gefährdet.«

»Oh – es tut mir leid, Dr. Halsey.« Sie schämte sich. »Ich sollte mich nicht so gehenlassen.«

»Das ist schon gut, Kind.« Aber das Zittern verstärkte sich.

Shandy bemerkte mit Entsetzen, daß sie weinte. »Dr. Halsey, Sie weinen ja... Was – kann ich etwas für Sie tun?«

Grace Halsey schnupfte in ein Taschentuch und ermannte sich. »Shandy, vor meiner Querschnittlähmung war ich Neurochirurgin, und als ich nicht mehr gehen konnte, dachte ich, es wäre... ich könnte nie mehr... Dann fragte man mich, ob ich hierherkommen und mich dieser Kinder annehmen wolle. Ich – ich vertraute ihnen. Ich hoffte, ich könnte diesen jungen Leuten – ach...« Sie schneuzte sich. »Ich bin so töricht.«

Shandy blieb still. Nach einer kleinen Pause kam die Stimme wieder aus der Dunkelheit.

»Mein liebes Kind«, sagte Grace Halsey traurig, »man kann nur eines darüber sagen. Es ist ein schlimmes Spiel.«

7

Shandy erwachte mit schmerzendem Nacken und steifen Gliedern. Sie fröstelte, und als sie den Kopf hob und sich umsah, bemerkte sie, daß sie auf dem Bettvorleger in Dr. Halseys Zimmer geschlafen hatte. Die Ärztin lag still im Bett, und ihre ruhigen Atemzüge zeigten an, daß sie noch schlief. Der frühe Morgen erfüllte das Zimmer mit trübgrauem Dämmerlicht.

Shandy zog sich am Bett hoch und stand auf. Sie fühlte sich wie gerädert. Als sie barfuß zum Fenster tappte, sah sie, daß zwei Scheiben zersplittert waren. Es war geschehen, als sie im Dunkeln neben Dr. Halseys Bett gesessen hatte.

Sie öffnete leise die Fensterflügel, beugte sich hinaus und sah, daß die großen Garagentore im Kellergeschoß offenstanden. Drei Zugmaschinen mit angehängten Geschützen hielten auf dem Hof, umringt von Soldaten. Während sie hinunterschaute, kamen zwei Schützenpanzer die Rampe heraufgerasselt. Ihnen folgten mehrere mit Antennen und Generatoren gespickte Fahrzeuge, die offenbar ein mobiles Marczinek-Feld erzeugen konnten. Wollte Prothero es wie ein Schmetterlingsnetz aufstellen und die Lagerinsassen hineinscheuchen? Die Vorbereitungen kamen ihr ziemlich unzulänglich vor.

Etwas klirrte und splitterte über ihr, und sie zog hastig den Kopf zurück. Ein weiteres Fenster. Die Lagerinsassen wußten, was vorging, und hatten keine Angst, es zu zeigen.

Sie verließ das Zimmer, ging die Treppe hinunter und den Korridor entlang, vorsichtig und wachsam, obwohl sie überzeugt war, daß Prothero anderswo beschäftigt war. In Urquharts Büro traf sie Jason und den Psychiater an; die beiden frühstückten seelenruhig von einem Tablett, das auf dem Schreibtisch stand.

»Hier, trink eine Tasse Kaffee«, sagte Jason.

»Ich dachte, der Strom wäre ausgefallen.«

»Das Notstromaggregat läuft.«

Sie nahm die angebotene Tasse dankend an und schlürfte. Der Kaffee schmeckte scheußlich, aber er war heiß, und seine Hitze erwärmte sie von innen und lockerte ihre Gelenke. »Wie sind sie herausgekommen?«

»Keine Ahnung. Wir hatten eine Theorie, wie sie herausgekommen sein könnten, aber ich komme nicht nahe genug an sie heran, um herauszubringen, ob sie es so gemacht haben.«

»Wo sind sie?«

»Laß gut sein, Shandy. Frag mich nicht, zwing mich nicht, noch mehr darüber nachzudenken, als ich es schon muß.«

Sie stellte sich vor, wie die Ausbrecher seine und aller anderen Gedanken belauschten, die gedacht wurden, ausgenommen ihre eigenen. »Gut.« Sie wandte sich zu Urquhart, der sie über den Rand seiner Kaffeetasse hinweg musterte. »Wozu hängen sie noch herum? Sie sind seit mehr als vier Stunden draußen.«

»Schließlich waren sie acht Jahre eingesperrt... Ich nehme an, sie versuchen sich klarzuwerden, was sie tun sollen, um uns richtig zu beeindrucken. Irgend etwas Sensationelles – größer als das Ausblasen von Lampen und Einschlagen von Fenstern... Fürchtest du dich?«

»Ich weiß, daß sie meine Gedanken nicht lesen können, und ich glaube nicht, daß sie mir aus der Entfernung etwas anhaben können.«

»Ich fürchte mich«, sagte Urquhart. »Es ist seltsam; wie oft habe ich Patienten zugehört, die unter den unvernünftigsten und phantastischsten Schreckensvorstellungen litten. Ich konnte nicht glauben, daß ich jemals Ähnliches würde empfinden müssen.«

»Hatten Sie niemals erwartet, daß sie ausbrechen würden?«

Er zuckte die Achseln. »Ich hatte aufgegeben, zu erwarten, daß sie sich wie brave Kinder benehmen würden.«

»Aber wieviel Hoffnung gab es für sie? Diese Bewertungen, die Sie ihnen nach dem Kaplanski-Standardindex gaben...«

»Da gibt es eine punktierte Zeile, die ausgefüllt werden muß, und das habe ich getan.«

»Aber Sie gaben Colin Prothero eine Prognose von achtundsechzigkommavier Prozent! Solche optimistischen Zahlen mußten Prothero und seine Vorgesetzten auf den Gedanken bringen, daß die Auflösung des Lagers zu verantworten wäre. Und das ist falsch!«

Urquhart verschränkte die Arme auf der Brust und bedachte sie mit einem strengen Blick. »Shandy...«

»Laß, Chris«, sagte Jason.

»Es ist schon gut. Shandy, Protheros Frau beging drei Wochen nach Errichtung des ersten Lagers Selbstmord.«

»Oh.«

»Ja. Ich kannte sie nur flüchtig... sie war eine sanfte, freundliche Person, aber eine schwache, und sie konnte es nicht ertragen. Wenn diese achtundsechzigkommavier Prozent Prothero vor dem Verrücktwerden bewahrten, dann schäme ich mich ihrer nicht. Es war ein echtes Testergebnis für einen Jungen von Colins Alter und Intelligenz. Es zog nur nicht die Tatsache in Betracht, daß er im Alter von zehn Jahren psychokinetisch und telepathisch begabt war... konnte sie nicht in Betracht ziehen.« Seine Stimme senkte sich zu einem Flüstern. »Niemand wußte, daß es acht Jahre dauern würde.«

»Es heißt, daß diese Talente sich Mitte der Dreißig erschöpfen...«

»Welch eine Hoffnung!«

»Und Curtis Quimper«, warf Jason ein. »Er war ein Spätzünder, also wird er noch später ausbrennen. Er ist jetzt sechsundzwanzig, nicht?«

»Bei der Rate, mit der er seine Fähigkeiten ausbeutet, sollte er bald reif für den Ruhestand sein. Aber der Ausbruch hat alles geändert. Vorher gab es noch eine gewisse Hoffnung für ihn, vorausgesetzt, er wäre Manns genug gewesen, um dem Kampf mit dem Eisvogel auszuweichen.«

»Grace Halsey wird gleich aufwachen«, sagte Jason.

»Gut, dann gehe ich wieder zu ihr.«

Er begleitete sie, und sie war froh darüber, denn die Stille und die Angst waren jetzt in den leeren Korridoren fühlbar. Sie verspürte keine Panik, wußte aber, daß es hier nichts für sie zu tun gab. Ihre Nützlichkeit hätte langsam reifen sollen, aber die Zeit dafür war um, und die Zukunft zeigte düstere Farben. Doch sagte sie Jason nichts davon.

Grace Halsey schlief noch, war aber unruhig, und ihre Atmung hatte sich beschleunigt.

»Ist es dir recht, wenn ich frage, wie sie entwischen konnten?«

»Es gibt nur Mutmaßungen, und die sind nicht geheim. Ich fürchte allerdings, du wirst nicht viel damit anfangen können. Soweit ich die Sache kapiert habe, geht es so: Wenn eine der Antennen in so starke Schwankungen gerät, daß sie die Phasengleichheit mit den benachbarten Antennen verliert, entsteht eine schwache Stelle im Feld, die sie mit einer gemeinsamen Anstrengung durchstoßen könnten. Es sollte nicht passieren, aber das Feld ist nach wie vor intakt, also haben sie es vielleicht so gemacht. Andererseits haben diese Hohlköpfe alle zusammen keine zehn Jahre Grundschule aufzuweisen, und um so etwas auszuführen, müßten sie (a) eine Menge über elektromagnetische Felder und ihr Verhalten wissen, (b) ein sehr empfindliches Wahrnehmungsvermögen für Fluktuationen innerhalb des Felds besitzen, und (c) äußerst diszipliniert und wachsam sein.« Er rieb sich die geröteten Augen. »Darum sehe ich nicht, wie sie es geschafft haben sollten.«

»Du hast Doydoy vergessen.«

»Nein... wie könnte ich? Aber was gibt dir die Gewißheit? Du kanntest ihn überhaupt nicht.«

»Er war auch so ein einsames Kind, nicht? Ich glaube, ich kenne ihn. Er wird alles gelesen haben, was er in die Hände bekam, und er konnte nicht auf der Straße spielen. Außerdem ist er mehr als bloß klug. Ich wette, er durchschaute dich jedesmal bis auf den Grund, wenn du ins Lager gingst, hypnotische Blockade hin oder her.«

Jason grunzte nur.

»Oder es war Lavonne«, fuhr sie fort. »Schlau genug ist sie, nicht?«

»Das schon, aber sie hat meines Wissens nie was gelesen.«

»Sie hatte Zugang zu Doydoys Verstand. Als sie sich vor acht Jahren zusammenrotteten und durch die Stadt zogen, war sie diejenige, die Sergeant Fox zum Schweigen brachte. Du mußt einen Teil des Gehirns zerstören, um das zu tun, einen ganz bestimmten Abschnitt.«

»Richtig... das hatte sie von Doydoy«, räumte er ein. »Ich übrigens auch.«

Sie biß sich auf die Lippe. »Verdammt. Ich glaube, ich hätte den Mund halten sollen.«

»Es gibt kein Ausweichen davor, Shandy... Aber ich tröstete mich immer mit dem Gedanken, daß es für Doydoy noch Hoffnung geben müßte.«

»Ich weiß nicht, Jason. Wenn du an seiner Stelle gewesen wärst...«

»Ja, ich gebe es zu. Ich hätte das gleiche getan.«

»Empfängst du überhaupt nichts von dem Haufen?«

»Sie sind ein paar Kilometer entfernt, ich weiß nicht wo, und fast außer Reichweite. Sie können sich für kurze Zeit abschirmen, aber selbst wenn sie das nicht könnten, ist ihr Kollektivbewußtsein ein ziemlich großes Durcheinander, aus dem man nur schwer einen anständigen Gedankengang herausfiltrieren kann. Einen logischen, meine ich. Anständige haben sie sowieso nicht.«

»Und Doydoy?«

»Der kann sein Bewußtsein zwei bis drei Stunden gegen Telepathie abschirmen – und ich weiß, was du jetzt fragen wirst: Ich kann es auch, ungefähr fünf Minuten lang. Hast du schon mal versucht, dich eine Stunde lang auf eine Stecknadelspitze zu konzentrieren? So ungefähr ist es.«

»Empfängst du nie irgendein Signal von mir?«

Er seufzte. »Wenn ich die Augen schließe, verschwindest du vollkommen. Ich brauchte nur noch ein paar Ohrenpfropfen.«

»He, hör mal...« Aber ihre Erwiderung wurde von Grace Halsey unterbrochen, die sich seufzend im Bett herumwälzte, plötzlich auffuhr und aufgeregt im Zimmer umherblickte. »Shandy! Fehlt dir was, Kind?«

»Hier bin ich, Dr. Halsey. Alles ist in Ordnung.« Der Himmel war nach und nach heller geworden, und nun brach die Sonne mit grellem, schwefelgelbem Licht zwischen zwei bleigrauen Wolkenbänken durch.

»Früher habe ich mal einen Haufen Zeug über die rosenfingrige Eos gelesen, die Göttin der Morgenröte«, sagte Shandy. »Diese hier sieht mehr nach einem Messingschlagring aus. Soll ich Ihnen ein Frühstück holen, Dr. Halsey?«

Die Sonne war inzwischen weitergewandert und schien in ihr Zimmer, und die zerbrochene Fensterscheibe zeichnete eine Zackenlinie aus Halbschatten auf das heruntergelassene Rollo. Shandy lag auf dem Bett. Sie hatte ein wenig Schlaf nachholen wollen, aber ein starkes Vorgefühl kommenden Unheils war plötzlich über sie gekommen und hatte sie am Einschlafen gehindert. Mit der raschen Zuspitzung der Situation war ihre Zeit hier abgelaufen. Es gab keine Verwendung für sie.

Sie setzte sich aufrecht und starrte auf die abgewetzten blassen Stellen auf den Knien ihrer Jeans. Dieser Raum war nicht gerade der Traum eines jungen Mädchens, aber sie hatte sich niemals viele Jungmädchenträume leisten können, und was Geräumigkeit, Zurückgezogenheit und Sauberkeit betraf, so bot er mehr, als sie je zu hoffen gewagt hatte. Sie konnte dies alles aufgeben, aber es fiel ihr schwer, auf die Ermutigung und Zuneigung zu verzichten, die ihr von Urquhart, Marczinek und Dr. Halsey zuteil wurde; und sie schätzte die Nähe des ernsten und sachlichen Jason. Wie seltsam, daß sie gerade hier fehlende Teile ihres Charakters und ein neues Zuhause gefunden haben sollte. Aber sie war noch weit von der

Entdeckung des ersteren entfernt, und dem letzteren schien es am wichtigsten zu fehlen: an der Dauer.

Es klopfte an die Tür, und Jason öffnete, ehe sie herein sagen konnte. Er nickte ihr auffordernd zu und wartete auf dem Korridor. Seine Miene war verdüstert, und er wirkte niedergeschlagen. Sie stand auf und folgte ihm schweigend hinaus.

Als sie im Treppenhaus waren, sagte sie: »Er schmeißt mich raus, nicht wahr?«

Er antwortete nicht.

»Du kannst es ruhig sagen, Jason. Es gibt hier nichts mehr für mich zu tun, und er kann nicht einfach abwarten und hoffen, daß sich bei mir irgendein ungeheures Talent zeigt... Jason, sag bloß, du wirst mich vermissen.«

»Ich?« Er sah sie von der Seite an. »Ob ich all dieses Geplapper vermissen werde? Na, lassen wir das. Kann sein, daß ich mich ein bißchen an dich gewöhnt habe.«

Sie wollte nicht fragen, welche Pläne Prothero für sie haben mochte, doch schien Jason sie nicht zu billigen.

Oberst Prothero saß am Schreibtisch und starrte auf seine gefalteten Hände. Bei ihrem Eintreten blickte er auf und sagte: »Junge, geh zu Marczinek und sag ihm, daß ich ihn in fünfzehn Minuten sprechen möchte.«

»Sir...«

»Laß deinen Mund aus dem Spiel, Jason. Ich habe dir gesagt, was ich will.«

Jason machte ärgerlich kehrt und ging. Prothero fixierte Shandy mit einem harten Blick und sagte: »Wir brachten dich hierher, um herauszufinden, ob du uns in Zukunft nützlich sein kannst. Nach allem, was geschehen ist, bleibt uns keine Zeit mehr. Wir müssen unsere Hilfsquellen sofort mobilisieren.«

Sie holte tief Atem und hoffte, ihre Stimme würde nicht beben. »Wohin soll ich gehen?«

»Ich werde dich zu deinen Leuten zurückbringen lassen. Ich glaube nicht, daß du dort gefährdet sein wirst.«

»Aber meine Pflegemutter ist im Gefängnis, die Destille ist zerstört, und die anderen...« Der Rest blieb ungesagt. Die übrigen Slippecs waren sich ihrer Existenz kaum bewußt; sie hatten nichts für sie zu erübrigen. »Ich habe nichts, wo ich unterkommen könnte.«

»Sicherlich hast du eine Freundin, bei der du einstweilen Aufnahme finden kannst«, sagte er kalt. »Sicherlich hast du viele gute Freunde unter den Jugendlichen. Andernfalls wird die Polizei für deine Unterbringung sorgen. Ich bin überzeugt, daß mein Freund Casker, der Polizeichef von Sorrel Park, sich gern deiner annehmen wird.«

»Ich werde schon eine Freundin finden«, murmelte sie.

»Gut.« Er begann die Papiere auf dem Schreibtisch herumzuschieben, und sein Gesicht war so müde, daß sie ihn bemitleidete. Dann hatte sie einen willkommenen Einfall.

»Ich könnte Botengänge für Sie erledigen und mich damit nützlich machen«, sagte sie. »Die Lagerinsassen wissen nicht, daß ich da bin, wenn keine anderen Leute mich sehen und an mich denken, und ich weiß, wie ich mich verbergen kann.«

»Das glaube ich dir aufs Wort. Aber nein... du bist unverschämt und schnüffelst herum. Ich kann das hier nicht dulden. Ich traue dir nicht.«

»Darauf kann ich nichts sagen, Sir«, flüsterte sie und wandte sich um.

Sie stopfte ihre Sachen in den Seesack und wollte zur Tür hinaus, als sie mit Urquhart zusammenprallte.

»Shandy, ich hörte, du verläßt uns wieder«, sagte er halb verlegen. »Weißt du schon, wo du unterkommen wirst?«

Sie sah ihn an und sagte nichts.

Er errötete ein wenig. »In der öffentlichen Leihbücherei ist eine Frau, eine Miß Wilma French...«

»Die kenne ich. Sie hat mich ein paarmal an die Luft gesetzt, wenn geschlossen wurde.«

»Sie ist wirklich sehr anständig.« Er errötete wieder. »Sie wird dich aufnehmen, wenn du ihr sagst, daß ich dich geschickt habe. Ich kann sie auch anrufen.«

Sie blickte zu Boden. Mit seinem Erröten hatte er ihr ein Geschenk gegeben – seine Verwundbarkeit. Aber sie konnte nur wortlos den Kopf schütteln und den Seesack über die Schulter schwingen.

Als sie die Eingangsstufen hinunterstieg und auf Jason zuging, der ein Stück weiter in der Sonne stand, um sie zum Tor zu begleiten und zu verabschieden, tauchten wie aus dem Nichts vier oder fünf Gestalten in grauen Overalls auf und kreisten Jason ein. Shandy hatte die alten Fotos in den Akten gesehen und versuchte die Gesichter zu vergleichen, sobald sie sich vom ersten Schreck erholt hatte. Hier war Curtis Quimper, mit einem gealterten und hageren Gesicht, dort Lavonne Hurley, eine gedrungene Zwergin wie von Velazquez, unförmig und grotesk in ihrem Sträflingsanzug, Colin Prothero, Harvey King, den sie den Eisvogel nannten, und Jocko: verwahrlost und schmutzig, mit überlangem, verfilztem Haar, dünnen Bärten, die da und dort Sengspuren zeigten. Jason stand wie benommen in ihrer Mitte, ließ den Kopf hängen und rührte sich nicht. Shandy wußte nicht, was zwischen ihnen vorging, aber es bedurfte keiner Fantasie, um sich vorzustellen, daß die Luft von Telepathie förmlich knisterte.

Es waren fünfzehn oder zwanzig Soldaten in der Nähe, doch kamen sie nicht dazu, ihre Waffen zu ergreifen und die Ausbrecher zu stellen, während Blicke beinahe wie faßbare Materie den Umkreis absuchten und ihre Wirkung zeigten, wenn sie trafen.

Nach und nach wurde es still. Noch ehe die Unruhe sich ausbreiten konnte, war sie schon wieder erstorben, und die Soldaten erstarrten, wo sie gerade standen; zwei oder drei fielen steif wie Statuen und blieben mit offenen Augen am Boden liegen. Shandy blickte über die Schulter und sah Oberst Prothero hinter sich im Eingang stehen, den rechten Arm in gebieterischer Gebärde gefroren, Mund und Augen aufgesperrt, das rote Gesicht langsam erbleichend.

»Um Gottes willen, gebt mir eine Chance!«

Jasons keuchende Stimme lenkte ihre Aufmerksamkeit zurück auf den Kreis der verwilderten Gestalten, und sie sah, daß nur noch der Eisvogel und Lavonne vor Jason standen; die anderen waren so unbemerkt verschwunden, wie sie aufgetaucht waren. Wie die anderen, hatte der Eisvogel sich von dem verwirrten, halb begeisterten und entsetzten Jungen, der im Mondschein mit der Meute durch die Stadt gerannt war, zu einem mageren, alt aussehenden Jüngling gewandelt, hohlwangig und mit einem fiebrigen Glanz in den Augen. Shandy dachte an die glatten Kindergesichter in den Akten, und sie begriff, warum Marczinek einmal gesagt hatte, der Anblick dieser Jugendlichen greife ihm ans Herz.

Der Eisvogel beobachtete Jason mit abschätzendem Blick, und jetzt erst ging Shandy auf, daß sie neben den Akteuren die einzige Person im Hofbereich war, die bei Bewußtsein und bewegungsfähig war. Aber sie hielt still wie die anderen.

Jason hob die Schultern und ließ sie wieder fallen. »Ich sagte euch, daß ich es nicht weiß.«

»Du schirmst dich ab!« knurrte der Eisvogel.

»So gut kann ich mich nicht abschirmen, das weißt du genau!«

Stille. Wenn zwischen den dreien ein wütender Streit tobte, war ihnen äußerlich nichts davon anzusehen.

Shandy beobachtete Lavonne. Das Haar hing dem Mädchen in langen, fettigen Strähnen um das Gesicht, und zwischen der breiten, vorgewölbten Stirn und den Backenknochen blieben nur Schlitze für das unruhige Glitzern der kleinen Augen. Die aufgeworfenen Lippen bildeten mit der kurzen Stupsnase und dem von Speckfalten umgebenen Kinn eine unedle Harmonie. Ihre Sträflingskleidung war so gleichmäßig zerfasert und zerrissen, daß sie es in Frustration oder Selbsthaß eigenhändig getan haben mußte.

Schließlich kratzte sich der Eisvogel die Wange und sagte in zweifelndem Ton: »Doydoy sagte immer, du wärst ein anständiger Kerl...«

Jason antwortete nicht. Aber Shandy sah Schweiß auf seinem Gesicht glänzen, und der Khakistoff seines Hemdes zeigte unter seinen Achseln dunkle Flecken.

»Komm schon, komm schon! Wir brauchen Doydoy!«

»Sei still, Lavonne! Hör zu, Hemmer...!«

»Habt ihr Angst, ihr könntet ohne ihn nicht genug Fenster einschlagen?« unterbrach ihn Jason.

Was der Eisvogel anstelle einer Antwort tat, blieb Shandy verborgen, aber es zwang Jason, beide Hände hochzureißen, sich den Kopf zu halten und vor Schmerzen zu krümmen.

»Die Zeit für Späße ist vorbei«, sagte der Eisvogel.

Jason richtete sich langsam auf, öffnete die Augen und ließ die Arme sinken. Er nickte matt.

»Ich habe nie gedacht, daß es ein Scherz wäre. Aber ich weiß wirklich nicht, wo er ist.«

»Er muß irgendwo stecken.«

»Er schirmt sich ab.« Jason griff sich in den Nacken und bewegte den Kopf, wie um steife Muskeln zu lockern. »Vielleicht hat er genug von euch.«

»Er kann sich nicht fünf volle Stunden lang abschirmen.«

»Vielleicht doch; wie willst du das wissen?«

»So, meinst du? Wenn er das kann, dann kannst du es vielleicht auch, wie? Los, heraus damit!«

»Hör zu, ich bin nicht so – ihr kennt mich in- und auswendig! Ich...«

Aber beide sprangen auf ihn los und warfen ihn zu Boden, drückten ihn mit dem Gesicht in die Schlacke.

»Wir werden dir das Inwendige nach außen kehren, verlaß dich darauf!« Der Eisvogel, auf Jasons Rücken kniend, spuckte aus und wischte sich den Mund an der Schulter. »Also los, Lavonne! Fangen wir an!«

Ohne sich ihres Tuns bewußt zu sein, sprang Shandy vorwärts, hob ein zu Boden gefallenes Gewehr auf und stürzte sich kreischend und die Waffe schwingend auf die beiden.

Der Eisvogel hob ruckartig den Kopf. »He!« Shandy sah ihre verdutzt gaffenden Gesichter und holte zum Schlag aus. Der Eisvogel hob den Arm in einer instinktiven Abwehrgeste, das Sonnenlicht blitzte blau auf dem geölten Lauf, und der schlecht gezielte Schlag verlor im plötzlich leeren Raum seinen Schwung und traf Jason über die Rückseiten seiner Oberschenkel. Die beiden waren verschwunden.

»Alles in Ordnung, Jason? Hab' ich dir weh getan?« Sie kniete an seiner Seite nieder. Er hatte den Kopf ein wenig zur Seite gedreht, lag aber immer noch mit einer Gesichtshälfte in der lockeren schwarzen Schlacke, die den Kasernenhof bedeckte. Seine Schultern zuckten. »Jason! Was gibt es da zu lachen, du Spinner!«

Jason wälzte sich herum und setzte sich auf, schnappte nach Luft und zog fröstelnd die Schultern zusammen. »Ich wünschte, du hättest dich sehen können!«

»Wenn du dich selbst sehen könntest, würdest du nicht reden!«

»Das meinte ich nicht.« Jason stand auf und klopfte seine Uniform ab. »Ich habe mal gelesen, wie irgendwelche Siedlerfrauen im Wilden Westen mit Besen auf wilde Indianer losgingen!« Er brach in neuerliches Gelächter aus.

Shandy sah sich um. Auf dem Hof wurde es lebendig; die Soldaten standen auf und bewegten sich benommen hierhin und dorthin; sie entdeckten, daß ihre Augäpfel rot und trocken waren und vom minutenlangen Offenstehen schmerzten. Wie Darsteller aus einem lebenden Bild fuhren sie in ihrem unterbrochenen Tun fort und bemerkten verspätet, daß der Grund dafür weggefallen war.

Prothero ließ den Arm sinken, hustete und begann sich die Augen zu reiben. Kopfschüttelnd kam er die Stufen herunter, ging mit schwerfälligen Schritten auf die beiden zu und ergriff Jason bei der Schulter. »Was wollten sie?« fragte er mit heiserer Stimme. »Wohin sind sie gegangen?«

»Doydoy ist ihnen entwischt, und sie denken, wir hätten ihn versteckt. Sie glaubten mir nicht und wollten mich mitnehmen… aber Shandy hinderte sie daran.«

Prothero runzelte die Stirn und zwinkerte, als hätte er noch immer Schwierigkeiten, den Zwischenfall zu verstehen. »Wie hat sie das geschafft?«

»Die Ausbrecher lähmten alle, nur Shandy nicht. Bei ihr wirkt das Rezept nicht. Und sie war die einzige, die handlungsfähig blieb. Bei all der Aufregung und in der Wut über Doydoys Verschwinden bemerkten sie nicht einmal, daß sie da war. Sie begreifen nicht, daß Shandy so eine Undurchdringliche ist. Sie waren sehr überrascht und denken jetzt, Shandy habe eine Art von übersinnlicher Kraft, die ihnen noch nicht bekannt ist.«

Prothero fuhr sich mit der Hand in den Nacken, blickte einen Moment lang vor sich auf den Boden und wandte sich dann zu Shandy. »Geh wieder auf dein Zimmer!«

Als sie der Aufforderung Folge leistete, hörte sie Prothero fragen: »Wo ist diese Teufelsbande jetzt?«

»Sie kampiert draußen bei Pringles Kiosk.«

»Hmm… das ist genau zwischen uns und Sorrel Park.«

Sie saß auf der Bettkante und starrte den zugeschnürten Seesack an. Er trug in dicken, weiß aufgestempelten Buchstaben die Aufschrift JOSEPH SLIPPEC USN. Selbst der Name ›Slippec‹ kam ihr schon fremd vor, als hätten die letzten drei Tage die zehn vorausgegangenen Jahre ausgelöscht. Sie fühlte sich wie betäubt. Man hatte ihr einen Aufschub gewährt, aber der Ort, an den sie zurückkehrte, war nicht der, den sie zu schätzen gelernt und gerade erst verlassen hatte. Ihr geringe Sicherheit hatte mit dem Ausbruch der Lagerinsassen weiter abgenommen.

Doydoy war verschwunden. Nach achtjährigem Leiden war er immer noch zu einem Akt des Widerstands fähig gewesen. War er der anständige Kerl geblieben, dem Jason einmal zu helfen versuchte? Und wo konnte er sich versteckt halten?

Sie ließ sich aufs Bett zurückfallen und verschränkte die Hände im Nacken. Nach einer kleinen Weile schob sie die Hand höher hinauf und befühlte mit den Fingerspitzen den Schädelknochen, wie es seit vielen Jahren ihre Gewohnheit war. Ihre große Fontanelle hatte sich erst geschlossen, als sie sieben Jahre alt gewesen war, und als kleines Kind hatte sie vor dem Einschlafen oft ihre Finger auf die leichte Einsenkung gelegt, wo sie das Pulsieren unter der weichen Haut fühlen konnte. Sie hatte sich vorgestellt, daß sich dort die Gedanken in ihrem Kopf hin und her bewegten. Die Slippecs hegten ein gesundes Mißtrauen gegen Ärzte, und niemand hatte die Öffnung je bemerkt. Auch war Shandy niemals der Gedanke gekommen, um wieviel verwundbarer als andere Kinder sie war; schon ein verhältnismäßig leichter Schlag auf den Kopf hätte sie töten können – und wo sie lebte, regnete es Schläge. Dennoch war sie diesem Schicksal entgangen.

Wo war Doydoy? Er hatte längst die Grenze seiner Abschirmungsfähigkeit überschritten. Mochte er ins Lager zurückgekehrt sein, um sich dort zu verstecken? Das schien wenig wahrscheinlich. Nachdem er acht Jahre dort verbracht hatte, würde er das verhaßte Lager nicht um alles in der Welt noch einmal von innen sehen wollen. Auf der anderen Seite war nicht auszuschließen, daß ein sensibler und obendrein verkrüppelter Junge, der den größten Teil seiner Jugendzeit in grausamer Gefangenschaft zugebracht hatte, vor der Außenwelt zurückschrecken würde.

Nein, das Marczinekfeld war die einzige Barriere, die Doydoy vor seinen Schicksalsgenossen schützen konnte. Und das Lager war der einzige – nein! Sie setzte sich mit einem Ruck aufrecht. Es gab noch einen Ort, nicht einladender als das Lager und tatsächlich alles andere als eine Zuflucht. Wenn Doydoy ihn gewählt hatte, mußte er verzweifelt gewesen sein, denn dieser Ort bot ihm zwar Abschirmung, er konnte aber auch darin verhungern.

Jason klopfte an die Tür und schrie: »Was ist? Willst du nicht zum Essen kommen?« Sie öffnete, und Jason nickte ihr zu und sagte: »Weil du die Ausbrecher in Angst und Schrecken versetzt hast, wirst du doch nicht gleich dreimal so lange wie sonst brauchen, um dir die Hände zu waschen.«

»Sehr witzig. Inzwischen werden sie sowieso alles über mich wissen, nur indem sie deine Gedanken lesen.«

»Mir glauben sie nicht. Ich bin ein Außenseiter.«

»Nicht so sehr wie ich. Mich würden sie nie als Ersatz für Doydoy nehmen.«

»Nicht, solange sie dich nicht lesen können. Er war immer ihr Informationsspeicher. Nicht aus freien Stücken übrigens. Wenn sie wissen wollten, was und wie etwas bewerkstelligt werden kann, zapften sie ihn an.«

»Meinst du, er hatte sein Untertauchen im voraus geplant?«

»Keine Ahnung... Ich denke, es hätte ihm gelingen können, einen solchen Plan vor den anderen zu verheimlichen, aber auch für einen wie ihn wird so etwas auf die Dauer schwierig. Ich glaube eher, daß er ungeplant und impulsiv handelte, als sie ausgeflogen waren.«

»Ich kann nicht verstehen, daß sie sich von mir verjagen ließen.«

»Du bist für sie ein unbekannter Faktor. Das ist alles.«

Eine Unbekannte, ein x. Sie verglich die beiden miteinander: X und x. Der parapsychologisch starke, aber durchsichtige Telepath, und die hilflose, aber undurchdringliche Shandy.

»Warte, Jason.« Sie waren auf dem Treppenabsatz, und sie blieb stehen, an die Wand gelehnt. »Ich weiß, daß der Oberst mich nur dabehält, weil die Ausbrecher mich für eine Bedrohung halten. Von echtem Nutzen bin ich für ihn nicht.«

Jason verdrehte die Augen nach oben und seufzte. »Du darfst bleiben, was willst du mehr? Einem geschenkten Gaul schaut man nicht ins Maul.«

»Ich will ja auch bleiben. Wie, ist mir egal. Können die Ausbrecher dich jetzt lesen?«

»Nein, die haben ihre eigenen Probleme.«

»Sie lesen dich nicht, weil du nichts weißt. Soweit müssen sie dir glauben. Aber wenn du wüßtest...«

»Dann hätte ich Probleme.«

»Und es könnte nicht sein, daß Doydoy sich abschirmt?«

»Nein. Die Abschirmung ist wie ein schwaches Störgeräusch, das du nicht orten oder verstehen kannst. Du weißt, daß der Erzeuger der Abschirmung irgendwo in deiner Reichweite ist, du kannst sogar die ungefähre Richtung ausmachen, aber was er denkt, bleibt dir verborgen. Bei Doydoy aber ist überhaupt nichts wahrzunehmen. Ich habe den beiden die Wahrheit gesagt. Zwei bis drei Stunden sind für ihn das höchste, und unter dem Schutz dieser Abschirmung muß er ihnen nachts durch die Lappen gegangen sein.«

»Wenn das alles so ist, müssen die Ausbrecher inzwischen von deinen zwei freilebenden telepathischen Freunden wissen.«

»Sicherlich, aber das ist nicht wichtig. Ich sagte dir schon, daß die beiden nicht in Doydoys Klasse sind; als Ersatz kämen sie nicht in Frage. Hör zu, Shandy, ich habe Hunger und...«

»Warte noch einen Augenblick, Jason. Bitte! Ich muß es wissen. Ist er immer noch lohnend?«

»Wer?« Seine Augen wurden schmal und argwöhnisch. »Wovon redest du?«

»Ach, ich dachte nur...« Sie schüttelte den Kopf. »Nein, lieber nicht. Laß uns weitergehen.«

Er hielt sie am Arm zurück. »Nichts da. Jetzt wartest du einen Augenblick. Ich will wissen, was du eben meintest. Ich sehe dir an, daß du was im Sinn hast, und ich bin verdammt daran interessiert, solchen Ärger wie gestern abend mit Prothero nicht noch mal zu erleben. Heraus damit!«

»Ich will keinen Ärger mehr machen, Jason, wirklich nicht!« Sie war den Tränen nahe. »Es ist bloß, daß ich – ich glaube, ich habe eine ziemlich gute Idee, wo Doydoy sein könnte!«

Er festigte seinen Griff an ihrem Arm. »Was soll das heißen? Du glaubst zu wissen, wo er ist?«

»Zieh mich nicht so herum! Du magst es auch nicht, wenn Prothero es bei dir tut.«

»Das ist was anderes.« Aber er ließ sie los. »Also rede, wenn du was zu sagen hast!«

»Willst du, daß er wieder ins Lager gesteckt wird? Das möchte ich vorher wissen.«

Er lächelte über ihre Leidenschaftlichkeit. »Zieh die Krallen ein, Shandy! Anscheinend weißt du noch nicht, wie die Gewichte hier verteilt sind. Was ich von Doydoy halte, spielt hier keine Rolle. Meine Meinung kümmert keinen. Was ich denke und was ich tue, sind zwei verschiedene Dinge. Wenn du die Wahrheit wissen willst, so bin ich hier eine Art Lehrling, dem durch eine besondere Gabe der Natur leider mehr Bedeutung zukommt, als er eigentlich verdient. Hier herumzuhängen und mal von diesem, mal von jenem Prügel zu beziehen, ist kein sehr angenehmes Leben. Wenn du weißt, wo Doydoy ist, und wir ihn finden, dann wird er dahin kommen, wo Prothero ihn haben will.«

Sie senkte den Kopf, und nach einem Augenblick des Zögerns kehrte sie um und ging die Treppe wieder hinauf.

»Shandy... ist dir überhaupt klar, daß Prothero mich nicht leiden kann?«

Sie machte halt und sagte, ohne sich umzuwenden: »Colin ist einer aus dem Lager, und du nicht. Was für einen Unterschied sollte das machen? Er kann nicht jeden anderen Jungen in der weiten Welt ablehnen, weil sein eigener eingesperrt ist.«

»Es ist nicht bloß das. Ich bin in mancher Hinsicht wie er. Ich gleiche ihm viel mehr als sein eigener Sohn. Und ich bin nichts, jedenfalls nicht für ihn, weil ich nicht aus einer Offiziersfamilie mit langer militärischer Tradition komme. Meine Leute waren Bauern und Mechaniker, und mein Vater ging mit sechzehn von der Schule ab und wurde Dreher in einer Fabrik. Nach Protheros Wertvorstellungen habe ich kein Recht, mich über seinen Sohn zu erheben. Und alles das rumort nicht bloß in seinem Unterbewußtsein; es ist ihm ziemlich klar. Und natürlich weiß er, daß es eine unvernünftige Abneigung ist, und er versucht sie zu unterdrücken, was zu seinem erhöhten Blutdruck beigetragen haben mag. Gott mit ihm, ich habe nichts gegen ihn – ich mag ihn sogar. Aber das ändert nichts an der Situation.«

»Was hat alles das mit Doydoy zu tun?«

»Sieh mal, Shandy, ich muß hierbleiben, solange ich die telepathische Fähigkeit habe. Wenn ich versuche...«

»Aber er wird einfach wieder ins Lager geschafft, und die anderen werden es bald merken und sich auf uns stürzen.«

»Das läßt sich nicht ändern.«

»Wenn wir ihn verstecken könnten...«

»Wie lange könnte das gut gehen? Dann müßten wir uns nicht nur mit der ganzen Meute, sondern auch noch mit der MP herumschlagen – und es gibt kein geeignetes Versteck. Ich sagte dir, daß ich nicht von hier fortgehen kann. Und ich habe keine Lust, vor ein Kriegsgericht gestellt zu werden. Ich sage das nicht bloß, weil ich meinen Angehörigen Kummer ersparen möchte – es geht mir auch um meine Freunde und um das Talent selbst. Du weißt nicht, wie es ist, es zu haben. Ich muß lernen, wie ich damit leben kann, und herausbringen, wozu es gut ist, und das geht nur, wenn ich mich aufhalte, wo die anderen Talente sind. Ich kann Sorrel Park nicht verlassen und irgendwohin ziehen, wo...«

Wo es so einsam ist.

Er hob die Schultern. »Es klingt verrückt, aber... es ist mein Lebenswerk.«

»Wenigstens weißt du, was es ist«, sagte sie nicht ohne Neid.

»Ja. Es ist ein schwacher Trost. Aber jetzt laß uns essen gehen, sonst verpassen wir noch die Tischzeit. Wir können uns später über diese Sache klarwerden.«

»Wir könnten den Umkreis von Pringles Kiosk in zwei Minuten mit Nervengas eindecken«, sagte Prothero.

»Und bei der ersten Detonation würde die Bande das Weite suchen«, sagte Marczinek.

»Die sind ohnedies viel zu nervös, um länger an einem Ort zu bleiben«, meinte Urquhart.

Damit artikulierte er die allgemeine Befürchtung. Die Ausbrecher mußten bald etwas unternehmen, und da sie ohne Doydoys unangefochtene Intelligenz zu desorganisiert waren, um sich auf ein planmäßiges Vorgehen zu einigen, würden sie wahllos mit irrationaler Wildheit zuschlagen – und nicht nur innerhalb des kleinen Sektors, der seit dreißig Jahren von der Außenwelt abgetrennt war.

Urquhart seufzte. »Es ist schwer vorstellbar, daß Doydoy imstande sein sollte, sich vor ihnen zu verbergen. Wir könnten den Jungen auf unserer Seite gut gebrauchen.«

Prothero schnaubte. Seine Augen waren noch immer gerötet, und sein Gesicht war erfüllt von unterdrückter Wut über die blamable Rolle, die die Ausbrecher ihm und seinen Soldaten bei der letzten Konfrontation aufgezwungen hatten. »Ich sage Ihnen, wenn wir diese Teufel jemals wieder unter Kontrolle bringen, werde ich der erste sein, der sich gegen die Aufhebung des Sperrgebiets wendet.«

»Du hast das Lager nie von innen gesehen«, sagte Jason.

»Ich hatte auch nie ein Verlangen danach.«

»Nun, jetzt wirst du es zu sehen bekommen. Dort können wir reden, ohne abgehört zu werden.«

»Die Wachen werden wissen wollen, warum ich mit hineingehe.«

»Sie werden dich nicht sehen.«

Sie hatte das unheimliche Gefühl, unsichtbar, sogar nichtexistent zu sein, als die Posten das Tor in der Betonmauer öffneten.

Im Inneren des mit Stacheldrahtrollen bekrönten Mauerrings wuchs kein Grashalm. Die festgetretene Erde zeigte Rußspuren, und die grau verwitterten Wände der aus Fertigteilen errichteten Baracken waren schmutzig und bekritzelt und wiesen gleichfalls Brandspuren auf. Shandy hatte sich einen mit Unrat und Abfällen übersäten Platz vorgestellt, aber man sah kein Papierschnitzel; der glühende Besen der Wut hatte das Lager gereinigt.

»Sie verbrennen, was sie nicht wollen«, sagte Jason. »Ich nehme an, Feuer ist ein guter Ausdruck von Haß. Nun, Doydoy scheint nicht hier zu sein.«

Sie wanderten um die Baracken und gingen hinein, aber außer schmutzigen, ungemachten Betten, verkrustetem Eßgeschirr und verschrammtem Mobiliar gab es nichts zu sehen. Als sie wieder ins Freie kamen, blieb Shandy unschlüssig stehen und bohrte die Spitze ihres Turnschuhs in den festgetretenen Erdboden.

»Jason, diese Idee von mir könnte ganz falsch sein.«

»Vielleicht, aber wenn du recht hast...«

»Wird es Quimper und den anderen nicht verborgen bleiben.«

»Ja – und Prothero wird Doydoy hier im Lager verfaulen lassen, solange Colin gefährlich ist. Sein Lebenswerk!« Seine Handbewegung schloß den kahlen Erdboden, die geschwärzten Wände und den Himmel über ihnen ein, dessen fleckiges Grau die öde Trostlosigkeit widerzuspiegeln schien.

»Angenommen, es ginge um Lavonne oder Quimper, statt um Doydoy? Würdest du genauso empfinden?«

»Ich bin selbst halb wie sie. Ich finde es schlimm, daß überhaupt jemand hier festgehalten wird.«

»Aber Doydoy ist so anders...«

»Niemand wird ihm den Hals umdrehen. Darum brauchst du dich nicht zu sorgen. Aber wenn du recht hast und es mir erzählst, werde ich der erste sein, über den die Meute herfällt.«

»Ich will das nicht...«

»Ich weiß. Ich beklage mich auch nicht. Aber du bist wirklich eine komische Type. Zuerst rettest du mich vor einer Tracht Prügel und nun...«

»Du bist mir nichts schuldig«, unterbrach sie ihn beinahe heftig. »Ich kann auch nach Sorrel Park zurück. Dort werde ich untertauchen, und du brauchst mich nicht mehr zu sehen. Dann kannst du vergessen, was ich sagte.«

»Nein, kann ich nicht. Wir haben es mit einem Problem des wirklichen Lebens zu tun, nicht bloß mit irgendwelchem Unsinn, den man von der Wandtafel abwischen kann, und es muß bis zum Ende durchgestanden werden.«

»Dann laß ich dich vielleicht selbst ausknobeln, wo Doydoy ist!« Sie war wütend genug, um hinzuzufügen: »Es ist überhaupt noch nicht ausgemacht, auf welche Seite ich mich schlagen werde.«

Er grinste nur. »Nicht mal, als du mit dem Gewehr auf Lavonne und den Eisvogel losgingst?«

»Wenn du auf einem von ihnen gesessen hättest«, sagte sie beißend, »wäre ich vielleicht auf dich losgegangen!«

»Ich wette, das wäre sehenswert gewesen. Aber ich würde nicht auf dir herumsitzen, damit du mir sagst, wo deiner Meinung nach Doydoy sein könnte. Ich habe für solche Spielchen weder Zeit noch Lust. Die Entscheidung liegt bei dir. Aber wenn wir Doydoy finden, wird er Prothero ausgeliefert, und der wird entscheiden, was geschehen soll... Nun, was soll's sein, Shandy?«

»Ich...« Sie brach ab. Sie konnte Doydoy nicht verhungern lassen. »Ich hätte allein gehen sollen. Ich hätte es geschafft.«

»Nicht ungesehen. Hier im Kasernenbereich bist du nicht unauffällig.«

»Ich weiß. Also komm!«

In den Kellern der Kasernengebäude gab es nichts als weitläufige Leere, in der die Schritte hallten. Die Decke war ein Gewirr von Kabeln und Rohrleitungen, aus denen in weiten Abständen Glühbirnen hingen und Lichtkreise auf den grauen Betonboden malten. Die Tore zu den Rampen waren verschlossen, und nur Ölflecken und die Spuren von Reifen und Panzerketten verrieten, daß dies die Abstellhallen für den Fahrzeugpark der Garnison waren.

»Dort drüben«, flüsterte Jason. Er zeigte zu einem dunklen Winkel gegenüber von den Rampen, und als sie die Augen anstrengte, begann auch sie es zu sehen. Da stand er mit seinen Knöpfen, Antennen und Verkabelungen. Der Käfig.

»Er ist eingeschaltet, nicht?« sagte sie. »Sonst hättest du Doydoy orten können.«

Er nickte. »Er muß ihn selbst eingeschaltet haben. Als Energiequelle genügt eine gewöhnliche Steckdose.«

Sie gingen leise näher. Shandy klopfte das Herz in der Kehle. Als sie auf fünf oder sechs Schritte herangekommen waren, blieb Jason stehen und hielt sie zurück. Am Käfigboden war ein dunkler Umriß erkennbar geworden. Eine ungegliederte Masse, die nur durch den sich langsam hebenden und senkenden Buckel kenntlich war. Doydoy schlief.

»Du hattest recht«, flüsterte Jason. »Ich wünschte, es wäre anders. Aber es gab keinen anderen Ort.« Sie starrten auf den Käfig in seiner dunklen Ecke.

»Ich frage mich, ob er wirklich so klug ist«, meinte Jason nach einer Weile. »Wenn das Schloß einrastet und der Stromkreis geschlossen wird, kann man das Ding von innen nicht mehr öffnen.«

»Wahrscheinlich war er nur müde und verzweifelt.«

»Ja.« Er steckte die Hände in die Taschen und murmelte: »Ich werde Prothero Bescheid sagen.«

Doch statt dessen ging er leise näher, kniete neben dem Käfig nieder und spähte durch den Maschendraht.

Doydoy schlief auf dem Bauch, den Kopf auf beide Unterarme gelegt. Seine verkümmerten, kraftlosen Beine lagen ausgestreckt wie die einer Puppe, und Shandy sah im schwachen Licht, daß die Sohlen seiner Kleinkinderschuhe nicht abgenützt waren. Sein Gesicht war blaß und die Nickelbrille von seiner Nase gerutscht; ein schmutzigweißer Fleck in seinem Nacken erwies sich bei näherem Hinsehen als der Verband, den Dr. Halsey ihm bei ihrem letzten Besuch im Lager angelegt hatte.

Hinter ihm lag ein kleiner Lebensmittelvorrat auf einem Bogen Einwickelpapier ausgebreitet: eine Salami, drei Tomaten und eine gewachste Kartonpackung Milch.

»Mein Gott, ich kann es nicht! Ich kann es nicht machen!« murmelte Jason in das Drahtgeflecht.

Sie kauerte neben ihm nieder. »Es tut mir leid, Jason.«

»Es tut dir leid! Was hättest du sonst tun sollen? Die Meute hätte ihn gefunden, oder er wäre hier verhungert, ehe jemand daran gedacht hätte, in diesen Winkel zu schauen.«

»Was sollen wir tun?«

»Ich weiß nicht... Ich sollte das dem Oberst überlassen, aber ich kann nicht mit ansehen, wie er ins Lager zurückgeschafft wird – und ebenso kann ich nicht zulassen, daß er den anderen in die Hände fällt. Wenn ich nur Kräfte hätte, die ins Gewicht fielen! Oder etwas zu sagen...« Er versank in dumpfes Schweigen.

Das halblaute Gespräch in seiner Nähe hatte Doydoy unruhig gemacht. Er begann sich zu regen und streckte einen Arm von sich. Seine Gesichtsmuskeln zuckten. »Er wacht auf«, flüsterte Shandy und blickte ängstlich umher, als ob der Keller ringsum voll von Ausbrechern wäre, im Begriff, sich auf sie zu stürzen. »Haben sie noch nichts gemerkt?«

»Nein, aber wie ich sagte, es wird ihnen nicht verborgen bleiben.« Er stand auf.

»Wenn er dich als erstes sieht, Jason«, wisperte sie, »könnte er in Panik geraten. Vielleicht sollte ich ein paar Minuten mit ihm sprechen. Kannst du abschirmen?«

Er nickte ihr dankbar zu. Sie gab ihm Zeit, und die Konsequenzen seiner Entscheidung konnten weit über Sorrel Park hinausreichen. »Ich sagte dir, daß meine Grenze bei fünf Minuten liegt. Vielleicht schaffe ich sieben oder acht, aber mehr auf keinen Fall.« Er zog sich zurück.

Shandy beobachtete Doydoy und wartete geduldig, während er sich herumwälzte, soweit sein Buckel es zuließ. Er hob die Hände zum Gesicht, rückte an der Brille, fuhr mit dicken Fingern darunter und rieb sich die geschlossenen Augen. Dann öffnete er sie und zwinkerte, als hätte er Mühe, sich zu orientieren. Seine Augen waren von einem wäßrigen, sehr blassen Blau, in dem sich das spärliche Licht beängstigend zu sammeln schien. »Donatus?«

Sofort war er hellwach, griff mit beiden Händen in den Maschendraht und blickte wild umher. »W-wer b-bist du?«

Seine Stimme schlug um, und er zitterte so heftig, daß der Maschendraht gegen die Käfigstangen schlug.

»Ich bin Shandy Johnson.«

Er starrte sie argwöhnisch an. Seine Handflächen waren dick und schwielig. »Ich – ich glaube, ich habe ein b-bißchen von dir g-gehört. W-was bist du?«

»Du meinst, in dieser Situation?« sagte sie. »Ich weiß es noch nicht. Aber ich will dir helfen.«

»Warum?«

»Weil du es nötig hast. Ohne Hilfe kommst du da nicht heraus.«

»Aber warum?«

Sie seufzte. Nach acht Jahren im Lager war es ein Wunder, daß er überhaupt verständlich sprechen konnte. Aber er war kein Kleinkind mehr, und sie konnte die kostbare Zeit nicht mit Besänftigungen vergeuden. »Weil Jason Hemmer und ich verhindern wollen, daß du weitere acht Jahre mit deinem alten Haufen im Lager verbringst.«

»Ja-Jason?«

»Wir sind Freunde. Er wollte dir immer helfen, und jetzt riskiert er alles, um dich aus dem Lager herauszuholen. Willst du uns vertrauen?«

Er gaffte sie an wie ein Schwachsinniger, und sie hätte vor Ungeduld aus der Haut fahren können. Aber er war kein Idiot; er hatte sechsundvierzig Lagerinsassen zum Ausbruch verholfen, und das hätte ihm kein anderer nachmachen können. »Mensch, komm zu dir!« zischte sie. »Jason wartet da drüben und schirmt uns ab, damit deine alten Freunde nichts merken. Er hat mir sieben Minuten gegeben, und drei sind schon um! Willst du mir glauben?«

Er begann wieder zu zwinkern und rückte seine Brille zurecht. »Es-es gibt k-kein anderes V-Versteck.«

Er hatte den Verstand also noch nicht verloren. »Hier ist es auch nicht sicher. Wir haben das Versteck gefunden, und wenn wir nicht gekommen wären, hättest du hier verhungern müssen. Jason wird einen Weg finden, um dich in Sicherheit zu bringen. Aber ich kann dich erst herauslassen, wenn ich weiß, daß du mit uns kommen willst. Willst du? Bitte!«

Er schloß die Augen, und sie sah mit Bestürzung Tränen unter den Lidern hervorquellen und über seine schmutzigen Wangen rinnen.

»Doydoy! Donatus!«

Er blickte sie an. Das blasse Blau seiner Augen war das einzige an ihm, was von der allgemeinen Unsauberkeit seiner Erscheinung unberührt geblieben war. »D-du kannst D-Doydoy zu mir sagen.«

»Nein, das ist jetzt unwichtig! Du brauchst nicht so herumzustottern, und du brauchst auch nicht in diesem Käfig zu sitzen!« Sie schlug mit der flachen Hand gegen den Maschendraht.

»Ich b-bin g-gefährlich.«

Schmutzig, zerlumpt und niedergeschlagen wie er aussah, wirkte er alles andere als gefährlich. Aber seine Kräfte waren größer als alles, was Menschen bisher gekannt hatten. »Ich vertraue dir«, sagte sie in beschwörendem Ton, »und du mußt mir vertrauen.«

Bevor er antworten konnte, wurde hinter ihr ein heiserer Ausruf laut.

»Shandy! Paß auf!«

Sie fuhr herum.

Der Keller war voll von rennenden, hinkenden Gestalten in Sträflingskleidung.

Sie hatte bis dahin nichts gehört, doch nun wurde ihr bewußt, daß die kahlen Wände hohle Echos von rennenden Schritten, Keuchen und Husten zurückwarfen. Manche der Ausbrecher blieben in den Schatten entlang den Wänden, aber andere liefen im Licht des Eingangs und der Deckenbeleuchtung auf sie zu. Sie schoß Jason einen Blick zu. Er stand still, die Hände in den Taschen und versuchte sich nichts anmerken zu lassen. Etwas anderes konnte er nicht tun. Er stand da und erwartete sie.

Das jüngste Mitglied der Meute war fünfzehn, Curtis Quimper, der älteste sechsundzwanzig. Die Mädchen, formlos in den abgetragenen grauen Overalls, sahen so schmutzig, mager und mürrisch aus wie die Jungen. Musikautomaten und Eisdielen gab es für sie nicht. Es war unmöglich, sie sich lachend vorzustellen.

Curtis Quimper blieb drei Schritte vor Jason stehen. »Du wußtest nicht, wo er war?«

»Zu der Zeit nicht.«

»Ist das so?«

»Ja, das ist so.«

In einer anderen Situation hätte sie diesen Wortwechsel lächerlich gefunden, aber nicht hier. Sie heimste viele mißtrauische Blicke ein, und es war klar, daß sie ihr ein enormes Potential zugestanden, das sie nicht hatte. Sie vermied es, sich nach Doydoy umzusehen. Nichts konnte ihn daran hindern, den anderen zu erzählen, daß sie über keinerlei besondere Kräfte verfügte. Wenn sie Jason geglaubt hätten, brauchten sie sich jetzt nicht zu sorgen.

Der Eisvogel schob sich an Quimper vorbei und nahm vor dem Käfig Aufstellung; sein Ausdruck war höhnisch und grausam.

»He, Doydoy, was ist los mit dir? Bist mit uns nicht glücklich gewesen, Junge?« Die anderen lachten. Das vielfach gebrochene Geräusch hallte bedrohlich durch die weitläufigen Kellerräume.

Shandy riskierte einen Blick über die Schulter und sah Doydoy im Käfig kauern, die Finger durch den Maschendraht gesteckt. Haß und Sehnsucht mischten sich in seinen Zügen. In den acht Jahren gemeinsamen Lebens mußte es selbst für ihn Augenblicke einer so tiefen und starken emotionalen Einheit gegeben haben, daß keine Trennung möglich war, ohne etwas von ihm selbst zurückzulassen. Nur seine Schicksalsgenossen hatten ihn gebraucht und respektiert.

Dennoch hatte er sie verlassen.

Shandy faßte sich ein Herz und sagte: »Du siehst, wie glücklich er war.«

»Du mußt es ja wissen«, murmelte Quimper.

»Ich sehe, daß er in einem Käfig steckt. Ich sehe, daß er so scharf darauf war wegzukommen, daß es ihm nichts ausmachte, sich selbst einzusperren, auch wenn er nicht mehr hinauskonnte.« Die Situation war so hoffnungslos, daß sie sogar ein tollkühnes Lächeln zustande brachte. »Für einen, der so glücklich war, ist es eine irgendwie komische Entscheidung.«

Quimper musterte sie abschätzend. Der Eisvogel sah ihn an und knurrte: »Worauf warten wir noch?«

Quimper hob die Hand. »Augenblick, das ist interessant.« Er wandte sich zu Shandy: »Du siehst gar nicht besorgt aus, Kleine. Weißt du vielleicht etwas, was wir nicht wissen?«

Sie lächelte wieder. »Klar weiß ich was, was ihr nicht wißt – und vielleicht sollte ich mir Sorgen machen. Ich bin bloß undurchdringlich. Ihr könnt meine Gedanken nicht lesen, aber ich habe überhaupt keine besonderen Kräfte. Keine Spur.«

Das brachte Bewegung in den Kreis der Umstehenden, und Jason seufzte mißbilligend. Sie ließ beide Reaktionen unbeachtet. Dieses As war eine Karte, die sie ohnehin nicht lange in der Hand behalten und schon gar nicht ausspielen konnte. Was immer sie für Doydoy tun konnte, durfte nicht von imaginären Kräften abhängig gemacht werden.

»Wozu erzählst du mir das?« fragte Quimper.

Shandy begann ihn beinahe zu mögen. Nach einem weiteren tiefen Atemzug sagte sie: »Wenn ich so täte, als wäre ich irgendwas Großes, könntet ihr zuerst beeindruckt sein, aber dann würdet ihr herausbringen, daß ich ein Nichts bin, und euren Spaß daran haben. Das würde ich nicht mögen. Also sage ich euch die Wahrheit, nämlich, daß ich ein Nichts bin, und ihr respektiert mich, weil ich nicht herumwinsle. Bis auf Stärke ist es das einzige, was ihr respektiert. Vielleicht nicht sehr, aber ihr lacht wenigstens nicht darüber.«

»Meinst du, wie?« schrie der Eisvogel und brach in meckerndes Gelächter aus, um sie zu widerlegen; aber die anderen fielen nicht ein. Sie regten sich ungeduldig; anscheinend dauerte ihnen der Wortwechsel schon zu lange.

Curtis Quimper fuhr sich mit der Rechten über die Stirn. Die Geste konnte Müdigkeit und Überdruß andeuten, enthielt aber nichts, was Shandy hätte Gewißheit geben können.

Sie deutete auf Doydoy und sagte: »Vielleicht solltet ihr euren Freund hier fragen, ob er mit euch kommen will. Ich kann nicht für ihn sprechen.«

Einer der Jungen aus der Meute schrie: »Er braucht jemanden, der für ihn redet, soviel ist klar!« und das harte Auflachen einiger anderer machte deutlich, daß die Stimmung für Doydoy nicht günstig war.

Curtis Quimper winkte ab, und es wurde vorübergehend still, aber der Eisvogel starrte ihn finster an, und Lavonne sagte herausfordernd: »Wirst wohl alt, was, Quimp?«

»Kein Streit jetzt!« sagte Quimper ärgerlich. »Eine Nervengasgranate hier unten, und wir wachen im Lager wieder auf.« Er wandte sich neuerlich dem Käfig zu. »Nun mach schon, Doydoy! Wir werden auch deinen Freund Hemmer mitnehmen, also brauchen wir uns nicht um Spione zu sorgen.«

Er trat näher, um den Käfig zu öffnen, aber Shandy kam ihm zuvor und setzte alles auf eine Karte.

»Warte!« rief sie, und Quimper hielt verdutzt inne. Sie legte die Hand auf die Verriegelung und sagte, so ruhig sie konnte: »Ich denke, Donatus sollte seine eigene Wahl treffen.« Dann drehte sie den Griff der Verriegelung und zog die schwere Tür auf. »Jetzt liegt alles bei dir«, sagte sie zu Doydoy.

Es war alles, was sie tun konnte: auf Zeitgewinn spielen und Doydoy ein paar Augenblicke geben, um sich zusammenzureißen und seine Entscheidung zu treffen. Wie Doydoy die Handlungsfreiheit nutzte, war seine Sache. Und wie immer seine Entscheidung ausfallen mochte, eine der beiden Seiten würde ihr die Schuld daran geben.

Einige Atemzüge lang, während Doydoy mit steifen Bewegungen im Käfig herumkrabbelte, herrschte eine gespannte, gefährliche Stille. Dann zog er sich durch die enge Öffnung – und schwebte empor.

In der Luft bot er einen zugleich beherrschenden und lächerlichen Anblick. Mit seinem Buckel und den verkrüppelten, schlaff baumelnden Beinen glich er einem Pterodactylus oder einer riesigen Qualle. Als er über ihren gaffenden, aufwärts gerichteten Gesichtern schwebte, kamen durch den Eingang, den die Ausbrecher hinter sich offengelassen hatten, drei fahrerlose, ferngesteuerte Zugmaschinen die Rampe herunter und begannen mit brüllenden Motoren scheinbar ziellos herumzukurven. Der von ihren mächtigen Rädern aufgewirbelte Staub ließ nicht erkennen, ob sie ein Gas versprühten.

Die Ausbrecher warteten nicht ab, bis sie etwas fühlten; sie spritzten schreiend auseinander und suchten das Weite.

Doydoy schwebte eine kleine Weile wie unschlüssig über dem Durcheinander; dann segelte er in einem Bogen herab und landete beinahe anmutig auf Jasons Rücken. Seine Arme umschlossen die Schultern Jasons, dessen Hände griffen zu und zogen die gelähmten Beine um seine Taille; und wie eins erhoben sie sich und verschwanden. Die Zugmaschinen rasten kreuz und quer durch die Abstellhallen und hüllten alles in weißliche, erstickende Wolken. Aber die Jugendlichen hatten sich aus dem Staub gemacht.

Alle bis auf einen.

Shandy hielt sich zitternd und mit tränenden Augen am Käfig fest, das Taschentuch vor Mund und Nase gepreßt. Während das Motorengebrüll sich entfernte, sah sie durch Staub und Schwaden eine zerQuetschte Gestalt in einer Blutlache liegen.

Hustend und schwindlig wankte sie hinüber und beugte sich über den Toten. Es war der Eisvogel. Eine der Zugmaschinen hatte ihn überfahren und zermalmt.

Er wird die Meute nicht mehr führen, dachte sie, ehe ihr schwarz vor den Augen wurde.

Nachdem sie wieder zu sich gekommen war, hatten zwei schweigsame Sanitäter sie in einen kleinen, fast kahlen Raum neben der Krankenstation im Erdgeschoß gebracht, und hier hatte sie nichts weiter zu tun, als auf einem harten Sofa zu liegen und der Dinge zu harren, die da kommen würden. Einmal hatte sie draußen Protheros zornige Stimme vernommen, wie sie zu jemandem gesagt hatte: »Der Teufel soll mich holen, wenn ich das tue! Was habe ich getan, daß ich mit diesem neugierigen Fratz geschlagen bin?«

Als er gegangen war, hatte sie sein wütendes Toben noch lange von fern durch den Korridor gehört.

Sie war weder stolz auf das, was sie getan hatte, noch schämte sie sich dessen, aber sie konnte Protheros Erbitterung verstehen. Jason Hemmer war für ihn wertvoller als jede andere Person in Sorrel Park, Colin mit eingeschlossen. Doydoy bedeutete ihm nichts, und sie hatte ihn um Jason gebracht.

Sie versuchte sich mit dem Gedanken zu trösten, daß Jason und Doydoy wahrscheinlich bei Jasons telepathischen Freunden Unterschlupf gefunden hatten; es war anzunehmen, daß sie sich zu helfen wußten: Shandy würde sie nie wiedersehen und nie erfahren, ob sie ihnen geholfen hatte.

Die Tür wurde aufgesperrt, und Tapley kam herein, ausgeruht, mit rosigen Wangen und einem ironischen Lächeln. Ihr Seesack baumelte von seiner Hand. »Komm mit! Der Oberst hat sich für dich was ausgedacht.«

Sie stand zögernd auf. »Will er mich an die Bullen ausliefern?«

»Willst du mit ihm diskutieren?«

»N-n-nein.«

»Dann komm mit!«

Der Jeep rollte ohne Abschiedszeremoniell aus dem Tor. Es war ihr nur recht so; sie verspürte kein Verlangen, Urquhart und den anderen gegenüberzutreten.

Was sie wollte, war ein ernsthaftes Gespräch mit Tapley, aber der Jeep holperte und sprang so wild die mit Schlaglöchern übersäte Zufahrtsstraße entlang, daß sie meinte, die Zähne müßten ihr aus den Kiefern fallen.

Das Lager war nur fünf Kilometer von der Stadt entfernt. Eine späte Abendsonne gloste über den niedrigen Hügeln und setzte ihre Kämme in Brand. Die Luft war mild und würzig, und ringsum breitete sich einladend das offene Land aus. Es war zu schön, um es gegen eine von Caskers Zellen einzutauschen.

»Nicht so schnell, bitte!« bat sie.

Tapley warf ihr einen Blick zu. Ihre jämmerliche Miene mußte selbst sein steinernes Herz angerührt haben, denn er verringerte den Druck aufs Gaspedal. Sie blickte verzweifelt umher und versuchte die Gewalt des Aufpralls abzuschätzen, mit dem sie landen würde, wenn sie herausspränge.

»Das hat keinen Sinn«, sagte er. »Inzwischen kennen wir deine Tricks. Wenn du den Sonnenuntergang genießen willst, tust du besser daran, Casker um eine Zelle auf der Westseite zu bitten.« Und er beschleunigte wieder.

»Mr. Tapley, können Sie mich nicht laufenlassen? Ich habe Ihnen nie was getan.«

»Nein, und du wirst es auch nicht.« Er achtete auf die Straße. Sie war frei von Verkehr und in schlechtem Zustand. Zu beiden Seiten erstreckte sich menschenleeres Grasland, durchsetzt mit struppigen, unansehnlichen Fichtengehölzen. Von Zeit zu Zeit gaben sie den Blick auf die hohe äußere Stacheldrahteinzäunung des Sperrgebiets frei.

»Sie sind kein sehr mitfühlender Mensch«, brachte sie zwischen zusammengebissenen Zähnen hervor. Der Wagen näherte sich Pringles Kiosk, einem verwitterten Schuppen, wo man einst von Zeitungen und Zigaretten bis hin zu Obst und Süßwaren alles hatte kaufen können. »Ich dachte, die Ausbrecher kampierten hier.«

»Die Beobachter sagen, sie hätten sich verzogen.«

»Ich bin hungrig. Könnten wir nicht irgendwo anhalten und was essen?«

»Nein.«

Niemand hatte ihr ein Abendessen angeboten, und der Anblick des Eisvogels hatte ihr ohnehin den Appetit verdorben. Aber sie war jung und gesund, und ein paar Stunden ohne Nahrung hatten ihn wieder aufleben lassen. Vier Tage war es erst her, daß sie mit Jason in Jakes Schnellimbiß gegessen hatte. Selbst für ihre anspruchslosen Begriffe war es ein erbärmlicher Fraß gewesen, aber sie ahnte bereits, daß er bei weitem jenem vorzuziehen war, den sie im Polizeigewahrsam bekommen würde.

»Ich bin wirklich schrecklich hungrig, Mr. Tapley.«

»Die Polizei wird keinen verhungern lassen. In drei Minuten sind wir da.«

»Drei Minuten!«

Wieder verlangsamte er ein wenig. »Hör zu, Kind! Ich muß eine Empfangsbescheinigung von Casker zurückbringen. Weder Schnee noch Hagel oder Hitze werden mich daran hindern, dich abzuliefern und diese Empfangsbescheinigung mitzunehmen. Ich habe in diesem Höllenloch noch drei Wochen abzudienen. Wenn die um sind, will ich meine Gehirnwäsche und nichts wie weg von hier. Verstehst du?«

»Ja... aber ich habe mein ganzes Leben hier verbracht, und ich will nicht hier und obendrein im Gefängnis sein.«

Er starrte stirnrunzelnd über das Lenkrad hinweg.

»Ich dachte, das Militär liefert den Bullen keine Leute aus.«

»Du bist ein Sonderfall.«

»Die Bullen haben meiner Pflegemutter die Destille zusammengeschlagen; und ihr selbst haben sie dabei den Kiefer gebrochen.«

»Wenn du brav bist, werden sie es bei dir nicht tun... obwohl es auch ein gutes hätte; du würdest nicht mehr so viel quatschen.«

Sie war den Tränen nahe. Schon hatten sie die Schrebergärten am Stadtrand passiert. Noch ein Kilometer, und sie waren am Ziel.

Sie bemerkte plötzlich, daß es für einen Freitagabend sehr ruhig war. Gewöhnlich waren die Kneipen, Bars und Straßen um diese Zeit von singenden und schwankenden Gestalten belebt, die den Feierabend des Zahltags auf ihre Weise begingen. Sie stellte sich ängstliche und eingeschüchterte Bewohner vor, die sich in ihrer Angst vor den Ausbrechern wie Kaninchen verkrochen hatten.

Der Jeep bog in die Hauptstraße ein, und Tapley begann eine Melodie zu pfeifen. Mit den gespitzten Lippen sah sein rosiges Gesicht unschuldig wie das eines Säuglings aus. Sie hatte eine erschreckende Vision von ihm, wie er genauso wie jetzt pfeifend zur Tür hinausging, während Mrs. Baggs, die Polizeimatrone für weibliche Jugendliche, sie am Stoff ihres Trikothemds davonschleppte, fort zu den Spüleimern.

Vor den Gebäuden der Stadtverwaltung gab es eine Menge Platz – private Automobile waren längst ein seltener Luxus geworden –, und Tapley parkte dort. Sie unternahm einen letzten Versuch. »Was würden Sie sagen, Mr. Tapley, wenn das einem Ihrer Kinder geschehen würde?«

Er stieg aus und stand neben dem Jeep. Die Sonne war untergegangen, und zwischen den Gebäuden sammelten sich die Schatten der Dämmerung, aber weder sie noch die Schirmmütze vermochten den dunklen und zornigen Blick seiner Augen zu verbergen. Sie sah, daß sie das Falsche gesagt hatte.

»Nein«, erwiderte er, »das würde meinen Kindern nicht passieren, denn sie sind anständig. Vielleicht nicht so schlau wie du, aber sie sind anständig.« Er starrte sie an, und Shandy fand es unmöglich, der zornigen Intensität seines Blicks standzuhalten. »Meine Kinder hätten niemals schwarzgebrannten Schnaps geschmuggelt oder sich in Protheros Büro versteckt, um seine Akten zu stehlen. Meine Kinder hätten uns nicht um unseren Kontaktmann gebracht. Komm jetzt!«

Sie stieg aus und zog den Seesack nach. Seine Worte hatten weh getan, aber sie glaubte eine Erwiderung darauf zu haben. Sie kam an seine Seite und sagte: »Sie sind selbstgerecht, Mr. Tapley. Ihre Kinder sind nicht in Sorrel Park aufgewachsen.«

»Spielt keine Rolle. Gut ist überall gut.«

»Das ist wahr. Aber Sie wissen, wie die Bullen sind, und wie sie für ihre Art von Ordnung sorgen. Vielleicht habe ich hin und wieder schlecht oder dumm gehandelt, aber ich bedaure nicht, daß ich Jason geholfen habe, Doydoy zu retten – und ich habe nicht verdient, so behandelt zu werden. Sie denken, daß Sie bald Ihre Gehirnwäsche bekommen und nie wieder von dieser Stadt hören werden, und daß Sie sich nie Gedanken darüber machen müssen, was in Sorrel Park wirklich Recht und Unrecht ist. Aber ich sitze hier fest, und ich muß immer daran denken.«

Er preßte die Lippen zusammen und sagte nichts. Sie seufzte und stieg die Treppe hinauf, den Seesack nachschleifend.

Sie stieß mit der Schulter in die schwere Tür, die knarrend nachgab. Die Eingangshalle roch muffig und war noch warm von der Tageshitze. Alles war still. Die Abendbrise wehte hinter ihnen herein und begann mit ein paar Papierfetzen am Boden zu spielen; der Luftzug ließ eine Tür zuschlagen, die Papierschnitzel sanken wieder herab und lagen still. Dann, als Tapley schon die Hand hob, um sie vorwärts zu stoßen, hörten sie ein seltsames Geräusch.

Aus dem Augenwinkel sah sie Tapley in seiner Bewegung innehalten; dann hörte sie ein leises metallisches Schnappen, als seine Finger die Pistolentasche öffneten. Er nahm sie beim Arm und führte sie durch die Halle zu einer Tür. Die Milchglasscheibe darin war zerbrochen und von den goldenen Lettern, die Rang und Namen des Polizeichefs wiedergaben, waren nur noch die von Sprüngen durchzogenen Buchstaben... SKER...POL...KTOR übrig.

»Sieht so aus, als wären die Ausbrecher schon hiergewesen«, sagte Shandy.

Das Geräusch setzte wieder ein. Es kam aus Caskers Büro und hörte sich an, als läge drinnen einer geknebelt und gefesselt. Shandy stellte sich mit Vergnügen vor, daß Casker selbst in seinem Büro läge, zusammengeschnürt zu einem Bündel und einen schmutzigen Knebel im Rachen. Tapley zog mit seiner freien Hand die Pistole aus der Tasche und entsicherte sie.

»Aber sie sind nicht mehr da, sonst hätten Sie die Pistole nicht in die Hand gekriegt.«

»Halt den Mund!« Er drückte auf die Klinke und stieß die Tür auf, Shandy am ausgestreckten Arm nachziehend. Wenigstens benutzte er sie nicht als Schild. Durch die Fenster drang noch genug Licht, um zu sehen, daß der Raum verwüstet worden war. Der Schreibtisch war umgeworfen, die Stühle zerschlagen, der Boden mit zerknüllten und zerrissenen Akten bedeckt. Tapley steckte die Pistole wieder ein und tappte durch das Chaos zum Lichtschalter. Im Schein der Deckenlampe fanden sie nicht Casker, sondern Mrs. Baggs hinter dem Schreibtisch am Boden, einen Papierkorb über den Kopf gestülpt, Hände und Füße wie bei einem Schwein zusammengebunden. Als Tapley ihr den Papierkorb vom Kopf zog, kam ein zornrotes Gesicht mit wirrem Haar und einem Knebel im Mund zum Vorschein.

Shandy lächelte glücklich. »Das sieht nicht so aus, als ob es die Ausbrecher gewesen wären«, sagte sie.

»Was stehst du da rum, Teufel noch mal!« knurrte Tapley. »Binde sie los!«

Shandy zögerte. Es wäre ihr sehr recht gewesen, Mrs. Baggs liegen zu lassen, wie sie dalag, Schwein, das sie war.

Tapley legte die Hand an den Pistolengriff. Shandy ließ den Seesack fallen, kniete neben der hilflosen Frau nieder und begann an den Knoten des Taschentuchs zu zupfen, das den Knebel in Mrs. Baggs Mund festhielt.

»Nun mach schon!«

»Ich kann nicht schneller, ich breche mir die Fingernägel ab!« Der Knoten löste sich, und Mrs. Baggs konnte den eigentlichen Knebel, ein zusammengeknülltes Staubtuch, mit der Zunge herausstoßen. Sie würgte und spuckte und ließ ihren Gefühlen freien Lauf.

»Schon gut, heben Sie sich das für später auf«, sagte Tapley ungeduldig. »Wer hat das angerichtet – die Ausbrecher aus dem Lager?«

»Nein, das waren verdammte Strolche, die alles kurz und klein schlugen, Casker und zwei andere zusammenschlugen... Zum Kuckuck, mach dieses Zeug los!«

»Wo waren alle anderen?«

»Irgendein Kerl kam mit einer Geschichte über einen Aufruhr in der Ticonderoga Street, und Casker war dumm genug, alle bis auf uns vier loszuschicken, und – mach schon, der Strick reibt mir die Haut von den Knöcheln!«

Shandy massierte sich die Finger. »Das sind alles Doppelknoten...«

Es hatte keinen Sinn, das Unausweichliche hinauszuzögern. Sie löste die Knoten.

Mrs. Baggs erhob sich ächzend, reckte die Arme und spannte den Bizeps mit einer Energie, die Rachedurst verkündete. »Es hat keinen Sinn, ans Telefon zu gehen; die Leitungen sind unterbrochen.« Sie drehte einen Knoten im Haar, als wäre es der Hals eines Bösewichts, und steckte ihn mit einer mörderischen Haarnadel fest. »Wer ist der Fratz?«

Tapley musterte die Trümmer des verwüsteten Büros. Shandy hatte sich ein paar Schritte entfernt und starrte auf die Ritzen in den schmutzigen Dielenbrettern. Wartete auf das Herabsausen der Axt. Diesmal würde sie sich lieber die Zunge abbeißen, als um etwas betteln.

»Hah? Ich sagte, wer ist...«

»Oh – ach, bloß eine Sendung, die ich für Prothero irgendwo abzuliefern habe.«

»Hah?« Das Schweinsgesicht öffnete sich in einem Grinsen, das Shandy an Lavonne gemahnte. »Wertvoll?«

»Sie hält sich dafür.«

Shandy stand wie betäubt, bis Tapley ihr die Hand auf die Schulter legte. »Komm mit, ich muß vom Jeep aus eine Durchsage machen.«

Mrs. Baggs rief ihnen nach: »He, wann helft ihr uns mit ein paar Soldaten aus?«

Tapley wandte den Kopf. »Ich dachte, eure Blauen lassen sich lieber von der Menge in Stücke reißen, als uns in der Nähe zu haben.«

»Die? Diese staubigen Brüder, ihre Mütter betreiben Schwarzbrennereien – Gott soll mich strafen, wenn es nicht wahr ist! Passen

Sie auf, ich könnte Ihnen Geschichten erzählen ...« Aber die Türen fielen hinter ihnen zu, und sie traten hinaus in den Abend.

Shandy folgte dem Soldaten sanftmütig und still, besorgt, ein falsches Wort zu sagen und alles zu verderben. Tapley beugte sich in den Jeep und zog das Mikrofon heraus. Er sprach ein paar knappe Worte hinein, steckte es zurück in die Halterung und suchte in seiner Tasche nach einer Zigarettenpackung. Er zündete sich eine an, inhalierte und blies eine Rauchwolke in die Dämmerung. Shandy wartete.

Er blieb eine kleine Weile an den Jeep gelehnt stehen und rauchte. Dann sagte er: »Nun?«

Sie öffnete verlegen den Mund, wußte aber nichts zu sagen.

»Hast du Freunde oder Verwandte hier, die dich aufnehmen können?«

»Ja.«

»In der Stadt ist es gefährlich, und es wird schlimmer statt besser. Ich kann dich nicht zurückbringen, aber ich möchte nicht, daß du durch die Straßen streunst.«

»Sie wohnen hier in der Nähe.« Er ließ den Zigarettenstummel fallen und zertrat ihn. »Nun brauche ich nur noch eine Geschichte für den alten Eisenfresser.«

Vorsichtig und sehr höflich sagte sie: »Sie wollten mich nicht dem alten Drachen überlassen, weil Sie zu anständig sind. Warum sagen Sie ihm nicht einfach die Wahrheit, Mr. Tapley?«

Er warf ihr einen mißmutigen Blick zu, stieg ein und startete den Motor. Der Jeep kurvte mit quietschenden Reifen auf die verlassene Straße. Shandy sah den Heckleuchten nach, bis sie außer Sicht kamen und sie mit der einbrechenden Nacht und der Leere zurückblieb.

Sie nahm den Seesack auf die Schulter und trottete die Hauptstraße entlang bis zur Kreuzung der Siebten Straße. Wenn die Pypers sie nicht aufnehmen wollten, wußte sie nicht, wo sie unterkommen sollte. Die Straßen waren menschenleer, aber es lag etwas in der Luft. Nachdem die Polizei offenbar die Kontrolle zu verlieren begann, würde es bald lebendig werden. Sie wollte niemandem im Wege sein, wenn es losging, vor allem nicht den Strolchen und Schlägern; es machte keinen Spaß, sich mit den Waffen des Geistes gegen die Geistlosen zu wehren. Die Telepathen waren auch nicht sonderlich klug, aber ihre besonderen Kräfte machten sie inter-

essant. Shandy hätte gern Jasons Freunde kennengelernt, wußte aber nicht, wo sie wohnten, und hatte ohnehin kein Recht, sie mit ihren Sorgen zu behelligen. Als sie unter ihrer Last dahinwanderte, wurde ihr mehr und mehr bewußt, wie müde und hungrig sie war. Dennoch war sie mit sich und der letzten Entwicklung so zufrieden, daß sie die äußerlichen Mühseligkeiten willig auf sich nahm. Sie hatte eine Menge gesehen und gehört und einiges gelernt. Sie hatte Bücher gelesen und mit intelligenten Menschen wie Urquhart und Marczinek gesprochen; sie hatte die Lagerinsassen erlebt und sie manipuliert, wenn auch nur für einige Augenblicke. Sie hatte viel neues Material, um damit zu arbeiten, mochte es auch bruchstückhaft sein. Nun brauchte sie Nahrung und Schlaf, um ihr Gehirn zu füttern, und Zeit, um zu denken und ihr Unbewußtes für sie arbeiten zu lassen.

Sie hatte sich unwiderruflich für eine Seite entschieden. Prothero mochte in dieser Sache anderer Meinung sein als sie, und sie mochte weder ihn noch die anderen jemals wiedersehen, aber sie war ihm und seinem Lager verpflichtet. Sie war entschlossen, herauszubringen, wie die Lagerinsassen dachten, was sie wollten und wie man mit ihnen umgehen mußte, was Margaret Mead getan haben würde und mehr. Und danach würde sie besser als jetzt wissen, was sie selbst war.

Geschäfte und Wohnhäuser, die meisten alt, schmalbrüstig und von kleinstädtischen Dimensionen, säumten die Hauptstraße zu beiden Seiten. In den Seitenstraßen sah es schon trüber aus; Sorrel Park bestand zum größten Teil aus Slums. Sie überquerte die Achte Straße, aus deren dunkler Stille nur das Jaulen und Schreien einiger Katzen drang, die auf und unter einem abgestellten Handkarren ungestört ihre Auseinandersetzungen führten.

Als sie sich der Neunten Straße näherte, begann die Luft von entferntem Lärm zu vibrieren. Er war von genau der unheilvollen Qualität, die sie in der vorausgegangenen Stille gespürt hatte. Die ausgebrochenen Lagerinsassen oder das gewöhnliche Gesindel, das die Straßen nachts unsicher machte und nun sogar den Polizeichef entführt haben sollte, hatten offenbar systematisch alle Straßenlaternen zerschlagen oder zerschossen.

Es war längst finster, aber Shandy sah keine einzige intakte Straßenbeleuchtung. In der Neunten Straße waren neben den mattgelben Rechtecken erhellter Fenster ein paar tanzende Lichtpunkte auszumachen, die Taschenlampen sein mochten. Shandy ahnte mehr, als sie es sah, daß dort unten eine größere Menschenmenge versammelt war.

Diesmal wollte sie nicht blindlings in etwas hineinrennen, was sich nachher als gefährlich erweisen mochte. Sie überquerte die Straße und näherte sich im Schutz der Häuserfassaden vorsichtig dem Schauplatz des Geschehens. Sie erinnerte sich ihres Beschlusses, Menschenmengen und Aufruhr zu meiden, und sie dachte auch daran, daß sie sich, statt vorsichtig weiterzugehen, so schnell wie möglich entfernen sollte, aber die Neugierde siegte. Es gab nichts auf der Welt, was sie nicht interessierte, und Sorrel Park war die Welt.

Die Menge hatte sich vor einem kleinen, niedrigen Gebäude eingefunden, das sie kannte: es war der Gemeindesaal der Evangelisten und der Letzten Tage von Sorrel Park, einer kleinen, verbitterten Sekte, die sich vor fünfundzwanzig Jahren am anderen Ende des Spektrums gebildet hatte, das die Schlägerbanden, Alkoholschmuggler und Schwarzbrenner hervorgebracht hatte. Bislang war es der Sekte nicht gelungen, aus ihrer Mitte einen Evangelisten zu entsenden. Fitch hatte ihr als loyaler Mitläufer angehört. Nun schien die Mitgliederzahl plötzlich angeschwollen zu sein.

Es war offensichtlich, daß auf der Straße nicht viel vor sich ging. Die Menge bestand hauptsächlich aus Neugierigen und verschiedenen Diskussionsgruppen, die sich da und dort gebildet hatten; das eigentliche Geschehen mußte sich im Saal abspielen, wo es offenbar hoch herging. Wortfetzen, hinausgeschleudert von der angestrengten Stimme eines Redners, der immer wieder von aufbrandenden Beifallskundgebungen unterbrochen wurde, wehten aus dem offenen Eingang: »... hier verschwinden! ... ja, werft sie endlich hinaus... noch warten?«

Jemand hatte etwas gegen den Status quo.

Die Atmosphäre war eher bedrohlich als interessant, obwohl die Leute auf der Straße friedlich genug schienen. Die meisten von ihnen waren offensichtlich Unbeteiligte wie sie selbst.

Shandy wanderte weiter, umrundete die nächste Ecke und erreichte wenige Minuten später Pypers Kurzwarengeschäft. Der Laden war dunkel und verlassen, und auch in den beiden Obergeschossen brannte kein Licht. Sie läutete, und während sie wartete, sah sie, daß Gehweg und Straße aussahen, als ob jemand sein Federbett darüber ausgeschüttet hätte. Sie stellte den Seesack in die Ecke neben der Haustür, ging ein paar Schritte hinaus und besah sich das Phänomen aus der Nähe. Bald entdeckte sie zwischen dem vom leichten Nachtwind bewegten Flaum dunkle Flecken und verklebte Schwungfedern. Sie richtete sich auf, ein schmerzhaftes Würgen in der Kehle. Die Ausbrecher mußten hier gewesen sein; sie kannte ihren Stil. Da sie nichts Besseres zu tun wußten, hatten sie, einer momentanen Eingebung folgend, Douggy Pypers Tauben umgebracht.

Sie sah ihn vor sich auf dem Dach stehen, gurrende Tauben auf den Schultern und zu seinen Füßen, und ihr kamen die Tränen; schmerzhafter und intensiver als jeder Telepath fühlte sie Douggys Kummer, seinen ohnmächtigen Zorn. Langsam kehrte sie zum Hauseingang zurück, legte die Fingerkuppe ein zweites Mal an die Klingel und ließ die Hand sinken, ohne zu läuten. Nach dieser Entdeckung mochte sie Douggy nicht gegenübertreten. Zuerst mußte sie sich fassen und die richtigen Worte für ihn finden.

Sie ließ den Seesack an der Haustür stehen und wanderte zurück zum Gemeindesaal.

Der Eingang war umlagert, aber schmächtig und unauffällig, wie sie war, gelang es ihr ohne Mühe, in den Saal zu schlüpfen.

Die Luft war heiß, verräuchert und erfüllt von den Ausdünstungen der Menge. Die unvermeidlichen Faltstühle waren unter den dichtgedrängten Körpern kaum zu sehen. Sie schlängelte sich den schmalen Mittelgang entlang, während eine Rednerstimme von der Plattform unverständliche Worte dröhnte, die in der dicken Luft vibrierten.

Erst als sie vor der Plattform angelangt war, blickte sie zum ersten Mal auf. Drei einfache Holzstühle, in einer Reihe nebeneinandergestellt, zierten die Plattform. Auf ihnen saßen, gebunden und geknebelt, Casker und zwei seiner Beamten. Der Mann am Predigerpult, schwitzend, den Mund geöffnet und die blassen, dicken Hände ausgebreitet, war Fitch.

Shandy gaffte verblüfft, als er Atem holte, umherblickte, sich die Schweißperlen von der Stirn wischte, die Daumen hinter seine Hosenträger hakte und fortfuhr.

»Der Skandal des Ausbruchs und die Gefahr, in der wir alle uns seitdem befinden, hat auch dem Gutmütigsten unserer Mitbürger vor Augen geführt, daß es so nicht weitergehen kann. Wir brauchen hier kein Konzentrationslager! Dieser Schandfleck hätte schon vom Angesicht unserer schönen Stadt getilgt werden sollen, als er erst in den Köpfen der Militärs existierte! Brauchen wir eine Armeegarnison, die uns seit dreißig Jahren im Genick sitzt und von der Außenwelt isoliert? Was hat es uns eingebracht? Nicht einmal anständige Ernährung, keine Arbeitsplätze, Wohlfahrtsunterstützung für Arbeitswillige, eine verkommene Stadt, wo Gesindel mit und ohne Uniform die Straßen unsicher macht und anständige Leute insgeheim in Hinterzimmern zusammenkommen müssen, um ein wenig harmlose Unterhaltung zu finden!«

Die Menge brüllte.

»Brauchen wir diese Gestapo, die wir hier als Polizei haben? Können Sie und ich und alle anderen guten Leute hier nicht Möglichkeiten finden, unsere Stadt anders als durch Unterdrückung und Schikanen zu verwalten?« Fitch konnte den Mund voll nehmen, weil er nichts zu verlieren hatte; die Schließung der Schwarzbrennerei hatte ihn um seine Haupteinnahmequelle gebracht.

Während die Menge jubelte und trampelte, zwinkerte Fitch ungeduldig, stützte die Arme auf das Pult und ließ seinen Blick über die Gesichter zu seinen Füßen gehen.

Plötzlich sah er Shandy und erbleichte. Er schnappte nach Luft, befeuchtete sich die Lippen und wandte sich mit verzweifelter Entschlossenheit wieder seinem Publikum zu.

Aber in der kurzen Pause, die er benötigte, um den Faden wiederzufinden, schrie Shandy: »He, Fitso, du kannst dein Brot nicht auf mehr als zwei Seiten schmieren!«

Sie vergaß Müdigkeit und Hunger und zog sich mit Händen und Knien auf die Plattform. Die Zwanzigdollarnote, noch immer zusammengefaltet in ihrer Tasche, hatte sie auf eine Idee gebracht.

Fitch war ein geistesgegenwärtiger Mann. Er machte eine Bewegung, als wollte er das Publikum auf Shandy aufmerksam machen und rief höhnisch: »Wer hat dich aus dem Lager freigelassen?« Shandy stand auf der Plattform, doch ehe sie etwas erwidern konnte, durchschnitt eine schrille Frauenstimme die geladene Atmosphäre: »He, Fitch, was hat sie damit gemeint? Könntest du uns das erklären?«

Die Stimme gehörte Ma Slippec. Sie stand auf und drängte sich aus ihrer Sitzreihe zum Mittelgang. Ihr Oberkiefer war geschient und steckte in einem Gerüst aus verchromten Stahlstäben, aber sie konnte den Mund schon wieder aufreißen. »Hallo Shandy, ich bin's, deine Ma! Keine Angst, Kind!« Sie arbeitete sich durch das Gedränge im Mittelgang, beide Hände erhoben, und wedelte mit ihrem Schal.

Fitch verlor die Beherrschung und schrie: »In Gottes Namen, Loretta, halt deine eingegipste Klappe!«

»Von dir laß ich mir den Mund nicht verbieten!« kreischte sie zurück. »Acht Jahre hast du mit meinem Korn Geschäfte gemacht, nun laß gefälligst mein Kind in Frieden.« Der Verlust von Frankie, der gebrochene Unterkiefer, die zerschlagene Destille, eine gefährdete Existenz, die bevorstehende Haftstrafe – alles das verdichtete sich in diesem Augenblick zu wütender Energie. In fünf Minuten würde sie wieder in sich zusammensinken, aber solange die Bewegungsphase dauerte, war sie eine Kraft.

Sie kletterte beschwerlich auf die Plattform, stapfte schnaufend herüber und pflanzte sich zwischen Fitch und Shandy auf. »Rede weiter, Kind!«

Fitch hätte ihr mit Vergnügen den Hals umgedreht, aber das vertrug sich schlecht mit seinem Bemühen, dem Publikum eine geglückte Selbstdarstellung zu präsentieren.

Shandy ihrerseits war nicht eben begierig, sich von dieser furienhaften Erscheinung verteidigen zu lassen, aber sie nahm die Gelegenheit wahr und schrie: »Wer schickte dir die Bullen ins Haus, daß sie deine Destille zerschlugen, Ma? Wer setzte mir den Lagerschnüffler ins Genick?«

Zwischenrufer meldeten sich zu Wort. »He, Fitch, was soll das alles? Was hat das zu bedeuten, Fitch?«

»Sie ist selbst eine aus dem Lager!« heulte Fitch wutentbrannt. Er schwitzte stark. »Sie hat...«

Shandy hatte die Banknote aus der Tasche gezogen, entfaltet und wedelte nun damit vor seiner Nase. »Wer kriegte es mit der Angst und steckte mir einen Zwanziger zu, nur um mich aus dem Weg zu haben?«

Die Menge verstummte für eine kleine Weile. In einer Stadt wie Sorrel Park, wo die Mehrzahl der Bevölkerung von der kümmerlichen staatlichen Fürsorgeunterstützung lebte, waren zwanzig Dollar kein Pappenstiel.

Aber Fitch hatte seine Hilfstruppen. Als er sah, daß die lästigen Frauenzimmer ihn aus dem Konzept und in Bedrängnis brachten, sah er sich um und machte ein Handzeichen, worauf zwei stämmige Rausschmeißer von beiden Seiten die Plattform erstiegen.

»Wollt ihr zulassen, daß diese Kerle uns hinauswerfen?« schrillte

Shandy, zum Publikum gewandt, doch dieses schien zwar verunsichert, war aber nicht bereit, sich für sie und Ma Slippec einzusetzen, und die beiden Männer packten sie und Ma Slippec unbeeindruckt bei den Armen, um sie von der Plattform zu schaffen.

»Wagt es nicht!« kreischte Ma Slippec. »Laßt uns los, ihr schmutzigen Strolche!«

Es half nicht. Die zwei stießen sie und Shandy unsanft von der Plattform und trieben sie im Polizeigriff durch die zurückweichende Menge zum Ausgang, während Fitch abermals die Arme erhob und in den Saal rief: »Ich bitte um Ruhe! Wir werden das gleich aufklären!«

Ein Negerjunge in kariertem Hemd und ausgefransten Jeans löste sich aus der Menge und vertrat ihnen den Weg. Er sah durchaus alltäglich und gewöhnlich aus, und niemand hätte ihn eines zweiten Blickes gewürdigt, hätte er nicht die Hand gehoben, worauf die beiden Saalordner ihre Opfer losließen und zu Bildsäulen erstarrten, das Gleichgewicht verloren und steif in die Reihen der Umstehenden kippten.

Dann richtete er den Zeigefinger wie einen Zauberstab auf Casker und seine Männer: die Fesseln fielen von ihnen ab. Er bewegte den Kopf ein wenig zur Seite, und wie aus dem Nichts erschienen drei Dienstpistolen und fielen den Befreiten in den Schoß.

Niemand sonst bewegte sich; die nicht hypnotisierten Polizisten befingerten völlig verblüfft ihre Waffen. Der Negerjunge nickte Ma Slippec zu und nahm Shandy am Arm. »Komm mit! Worauf wartest du noch?«

Gefolgt von Ma Slippec, der der Auftritt die Sprache verschlagen hatte, gingen sie ohne Eile zum Ausgang, durch die Gruppen der lebenden Statuen und die Straße hinunter.

Endlich fand sie ihre Stimme wieder; sie war schwächlich und quietschte. »Mensch, bin ich froh, daß du dazwischengekommen bist! Wer weiß, was die zwei draußen mit uns gemacht hätten. Das hast du wirklich fein gemacht!«

Er zuckte die Achseln, aber in seinen Augen blitzten Stolz und Befriedigung. »Mann, das war was, wovon ich mein ganzes Leben geträumt hatte!«

Die wiedererwachten Geräusche hinter ihnen erstarben zu einem undeutlichen Gemurmel, und die Dunkelheit nahm sie auf. Sie liefen an roten Ziegelfassaden entlang um Ecken und durch stille Straßen, wo Bäume ihre schwarzen Laubmassen über ihnen ausbreiteten. Von dem Jungen war nur das karierte Hemd zu sehen. Schließlich machte Shandy keuchend halt und krümmte sich. »Ich kann nicht mehr laufen. Ich habe Seitenstechen.«

»Horch!« raunte er. »Hörst du das Geräusch?«

In der Ferne war ein undeutliches Rumoren zu vernehmen, anders als das Lärmen der Menge vorhin. »Das Zentrum ist voll von Militärpolizei. Wir dürfen uns nicht auf der Straße erwischen lassen.«

Sie hielt sich die Seite. »Lauf nur zu! Sag mir, wohin ich gehen muß, und ich werde es allein schaffen.«

Er schüttelte den Kopf und grinste verlegen. »Jason sagte, er würde mir die Haut abziehen, wenn ich dich allein ließe. Nun komm!«

Er führte sie durch ein Labyrinth von Seitenstraßen zur Ostgrenze der Stadt. Wäre sie nicht so erschöpft gewesen, hätte sie darüber lachen können. Fitch hatte ihr geraten, im Ostteil Unterschlupf zu suchen.

Schließlich gelangten sie in eine ungepflasterte schmale Straße zwischen zerbrochenen Zäunen und verwahrlosten Grundstücken, wo alte hölzerne Einfamilienhäuser in allen Stadien des Verfalls dahindämmerten. Die meisten waren zugenagelt und standen leer. Der Junge stieß die Gartenpforte eines weißgestrichenen, mit Brettern verschalten Hauses auf. Ein verkrümmter kleiner Apfelbaum erhob sich aus einer ungepflegten Rasenfläche.

Als Shandy ihm vor Müdigkeit wankend die Stufen hinauffolgte, schwang die Haustür mit einem Knarren auf, das sie an ein Spukhaus gemahnte. Sie zögerte an der Schwelle.

»Was ist? Worauf wartest du jetzt?«

Sie faßte sich ein Herz und ging hinein.

Das Haus hatte schwarze Verdunkelungsrollos und war innen hell erleuchtet. In der Diele stand eine breite und seltsam kurzbeinige Gestalt.

»Alles in Ordnung, Shandy?« fragte Jason.

»Nur müde.« Sie konnte sich kaum noch auf den Beinen halten.

»Dieser Nothelfer hier ist Prester Vernon.«

Sie schenkte dem Negerjungen ein erschöpftes Lächeln. »Ich bin dir sehr dankbar, Prester.«

»Deswegen brauchst du dich nicht naßzumachen«, murmelte der Junge forsch.

»Das ist keine Art, einen Dank anzunehmen.« Jason wollte ihm eine Kopfnuß geben, aber der Junge wich ihm geschickt aus.

»Ich kann dein Inneres nach außen kehren, Jason Hemmer!«

Jason steckte die Hände in die Taschen. »Helmi, kannst du rauskommen?«

Eine junge Frau kam aus der Küche in die Diele, und der Junge versteckte sich hinter Jasons Rücken. »Helmi, das ist Shandy Johnson«, sagte Jason. »Shandy, ich mache dich mit Helmi Aaslepp bekannt.«

Helmi war eine sehr schmächtige junge Frau mit scharfgeschnittenen Zügen, die sich in einem Zustand vorgerückter Schwangerschaft befand. Sie hatte blaue Augen und weißblondes Haar, das sie im Nacken zu einem unordentlichen Knoten aufgesteckt hatte. In ihrem Gesicht war eine lebhafte nervöse Intelligenz, die Shandy noch an keinem anderen Menschen gesehen hatte. Während Jason grinsend dabeistand, musterten sie einander eingehend.

»Freut mich, dich kennenzulernen«, sagte Helmi mechanisch. »Ich werde dir was zu essen machen, sobald wir uns dieses Schwerenöters angenommen haben.« Jason wandte sich rasch um, packte Prester um die Mitte, hob ihn empor und hängte ihn mit dem Gürtel an einen Garderobenhaken zwischen einen Schirm und einen Regenmantel. Unfähig, sich psychokinetisch gegen ihre vereinten Kräfte zu befreien, konnte Prester nur mit den Absätzen gegen die Wand schlagen und ein wütendes Gesicht machen.

»Hör zu, du kleiner Supermann! Wir spielen hier nicht mit Murmeln; wir sind alle aufeinander angewiesen, und es ist wichtig, daß wir einander respektieren.«

»Bitte laß ihn runter«, sagte Shandy.

Helmi blickte sie überrascht an. »Warum?«

»Ich möchte unsere Bekanntschaft nicht von Anfang an mit einem Mißklang belasten. Ich bin ihm dankbar, daß er mir geholfen hat. Er braucht nicht dankbar zu sein, daß ich ihm danke.«

Helmi wollte widersprechen, aber Jason nahm den Jungen vom Haken und stellte ihn auf die Füße. Shandy fuhr ihm über den

Krauskopf. »Ich habe dich vom Haken gelassen, aber du brauchst mir nicht zu danken.« Prester versuchte den finsteren Ausdruck seines Gesichts zu erhalten, was ihm jedoch nicht gelang; um sein verstohlenes Grinsen zu verbergen, rannte er in die Küche. Shandy wandte sich schüchtern zu Helmi und sagte: »Ich werde versuchen, Ihnen so wenig Umstände wie möglich zu machen.«

Die Andeutung eines Lächelns zupfte an Helmis Mundwinkeln. »Jason hat mir viel über dich erzählt«, sagte sie vieldeutig. »Du kannst dich hier drinnen waschen.«

»Warte, Jason«, sagte Shandy. »Doydoy ist hier, nicht wahr?«

»Ja. Es geht ihm gut, aber er schläft jetzt.«

»Haben die anderen schon versucht, ihn zu holen?«

Jason schüttelte den Kopf. »Noch nicht.«

Sie blickte ihn aufmerksam an; etwas hatte sich hinter seinen Augen geschlossen, als sei sie zu nahe daran gewesen, seine Gedanken zu lesen. Sie stellte keine weiteren Fragen.

Peter Aaslepp stellte die Kaffeetasse ab und nickte. Er war ein Hüne von der gleichen Haut- und Haarfarbe wie seine Frau. Telepathische Fähigkeiten gingen ihm ab, und sein Verhalten war von der Geduld, dem Humor und der Toleranz geprägt, die das Leben mit einer telepathischen Frau erfordern mußte.

So hungrig sie war, zögerte sie, sich zu setzen. Sie hatte manche emotionale und körperliche Anstrengung auf sich genommen, um Doydoy zu helfen, und nun wollte sie nicht eine Belohnung dafür, doch irgendeine Art von Garantie, daß er lebendig und in Sicherheit war.

»Was gibt es?« fragte Helmi mit einer Spur von Schärfe. Sie war es nicht gewohnt, Fragen zu stellen.

»Ich – ich würde gern Doydoy sehen, nur für einen Augenblick. Wenn es Ihnen nichts ausmacht.«

Helmi zeigte sich unwillig, aber Peter Aaslepp sagte in seinem dröhnenden, nur mühsam gedämpften Bariton: »Laß sie ihn sehen, Helmi. Sie wird ihn nicht wecken.«

»Dann komm mit!« sagte Helmi.

Der weinrote Lampenschirm verlieh Doydoys frischgewaschenem Gesicht ein rosiges Aussehen. Sein mißgestalteter Körper lag unter einer Steppdecke. Shandy sah, daß man ihm das Haar geschnitten hatte, und bis auf die Druckspuren der Brille auf dem Nasenrücken hatte er das Aussehen eines schlafenden Säuglings, dessen Seele in das vor der Geburt bewohnte Land zurückgekehrt war.

Shandy erschrak ein wenig, als sie ihn so liegen sah. Während der grausamen Lagerhaft, die Doydoy mit seinen psychopathischen Schicksalsgenossen geteilt hatte, war er stark gewesen und respektiert worden – wenn auch nur wegen seiner überlegenen psychokinetischen Kräfte. Nun sah er schwach und hilflos aus, und sie fragte sich, ob sie ihn nur in eine falsche Sicherheit gewiegt und in Wirklichkeit den Peinigungen einer grausamen Welt ausgeliefert hatte.

»Zufrieden?« Helmi zog die Steppdecke glatt, eine Geste, die deutlich machte, daß sie die Verantwortung für Doydoy übernommen hatte. »Du siehst, daß es ihm bei uns besser geht als bei der Militärpolizei oder den Lagerinsassen.«

Er hatte keinen Sinn, eifersüchtig zu sein. Sie selbst hatte keine Möglichkeit, Doydoy zu helfen. »Das ist es nicht, weswegen ich mich sorge… es ist der Rest der Welt.«

Während sie aß, beobachtete sie verstohlen ihre Gastgeber; sie saßen mit ihr am Tisch, weil es nichts anderes zu tun gab. Es wurde nicht viel gesprochen, aber ihre Kommunikation war ungezwungen und frei von den Feindseligkeiten und den Rivalitäten der Lagerbewohner. Die Bande zwischen ihnen waren stärker und dauerhafter, denn sie beruhten nicht auf einem Gleichgewicht der Kräfte, sondern auf Zuneigung, Treue und Intelligenz. Shandy war willkommen, weil es eine Verpflichtung gab, sich ihrer anzunehmen, aber sie blieb ausgeschlossen. Vielleicht hing es mit der Kürze der Bekanntschaft zusammen, aber sie fühlte, daß sie nicht in diesen familiären Zirkel paßte, und die anderen fühlten es wahrscheinlich auch.

Als sie gegessen hatte, war es elf, aber niemand machte Anstalten, zu Bett zu gehen. »Wohnst du hier, Prester?« fragte sie den Jungen.

»Ja, aber nicht so, daß es jemand merken würde.«

»Wir bleiben unter uns«, sagte Helmi.

»Das kann ich verstehen«, meinte Shandy. »Aber warum dann hierbleiben?«

Helmi sah sie verwundert an. »Weißt du nicht, daß sie niemanden aus Sorrel Park hinauslassen? Außerdem, wo gäbe es einen besseren Ort, um anzufangen?«

Shandy blieb still. Sie wollte wirklich nicht wissen, ob sie vorhatten, die Welt zu retten und dabei mit Sorrel Park anfangen wollten. Nicht jetzt; sie war zu müde. Aber es gab viele unbeantwortete Fragen.

Sie zog sich mit einer Decke zum Wohnzimmersofa zurück, zu schläfrig, um den murmelnden Stimmen aus der Küche zu lauschen. Ihre letzte Empfindung vor dem Einschlafen war die des Ausgeschlossenseins. Sie war wieder allein, wie sie es mit Ausnahme jener wenigen Tage in der Kaserne ihr ganzes Leben lang gewesen war. Dort hatte das Gefühl sie so schmerzlos verlassen, daß sie es nicht bemerkt hatte. Aber seine Rückkehr war um so schmerzlicher, als sie insgeheim auf eine Fortsetzung gehofft hatte.

Sie erwachte mit einem dumpfen Druck im Hinterkopf und einer bleiernen Schläfrigkeit, die ein Überbleibsel ihrer Erschöpfung sein mußte. Aus der Küche drangen Stimmen, und als Shandy sich soweit ermuntert hatte, daß sie sich wieder für ihre Umgebung zu interessieren begann, hörte sie Helmis Stimme sagen: »... kann nicht so weitergehen.«

Wie weitergehen? Shandy setzte sich auf, stieß die Decke zurück und schwang die Beine vom Sofa. Ihre Kleidungsstücke waren schmutzig, aber sie hatte nichts zum Wechseln; der Himmel allein wußte, was aus dem Seesack geworden war. Sie zog die alten Turnschuhe an; die einzigen respektablen Gegenstände in ihrem Besitz waren die Schnürsenkel, die Jason ihr gegeben hatte.

»Und dann das andere Problem«, fuhr Helmis Stimme fort. »Was soll mit ihr werden?«

Shandy spitzte die Ohren, besann sich eines Besseren und gähnte laut. Die Stimmen verstummten.

Sie schleppte sich in die Küche. Die drei saßen wie am Vorabend um den Tisch, und sie wußte nicht, ob sie überhaupt geschlafen hatten. »Wo ist Doydoy?«

»Er schläft noch«, sagte Peter.

Sie blickte von einem zum anderen; sie war zu einer harten Entscheidung gelangt und sonnte sich im Gefühl edler Entsagung. »Ich werde fortgehen, Jason. Ich möchte dir noch für alles danken.«

Jasons Mund klappte auf. »Was bringt dich auf diese Idee?«

»Es ist nicht gut, wenn ich hierbleibe. Vielleicht kann ich eines Tages nützlich sein, aber wenn ich hier herumhinge, müßtest du wahrscheinlich den größten Teil deiner Zeit dafür aufwenden, mich aus allem möglichen Ärger herauszuhalten. Du hast aber eine

Menge zu tun und brauchst mich dabei so wenig wie ein Loch im Kopf.«

Er faßte sich an die Stirn. »Ich weiß nicht, wovon du redest, Shandy. Du kannst nicht auf der Straße leben; diese Stadt ist kein Mädchenpensionat.«

»Ich kenne mich aus«, sagte sie. »Sehen wir die Dinge, wie sie sind, Jason. Hier bin ich nichts.«

Jason sah die anderen an, zu denen sich jetzt auch der Negerjunge gesellt hatte, aber Peter zuckte bloß die Achseln und sagte: »Laß sie gehen, wenn sie nicht bleiben will. Du kannst dich darum kümmern, daß sie sicher nach Hause kommt.«

»Sie hat kein Zuhause«, sagte Jason. »Setz dich, Shandy!«

»Ja«, höhnte Helmi. »Für uns mag sie nicht von Nutzen sein, aber die Ausbrecher könnten einen gefährlichen Gebrauch von ihr machen. Dann habe ich sie schon lieber hier, wo wir sie im Auge behalten können.«

»Laß das, Helmi! Du weißt, daß das nicht der Grund ist, warum ich sie hierbehalten möchte.«

»Danke, Jason«, sagte Shandy verlegen. »Ich... es freut mich, daß du mich magst, oder mich für wertvoll hältst, oder dich für mich verantwortlich fühlst... aber es wäre falsch, wenn ich bliebe.« Sie wandte sich zu Helmi. »Ich habe nicht vor, den Ausbrechern zu helfen. Selbst wenn ich es täte und Sie mich hierbehalten wollten, würden Sie viel zu beschäftigt sein, um mich ständig zu überwachen.«

Helmi stand auf, um das Frühstücksgeschirr abzuräumen. Ihre Augen waren eisig. »Müßten wir das?« sagte sie.

»Du siehst, Jason, daß ich nicht bleiben kann«, sagte Shandy.

»Setz dich!« erwiderte er, aber sie ging zur Tür. Er brüllte: »Setz dich!« und schlug auf den Tisch, daß das Geschirr rasselte. Sie kam zurück und gehorchte.

Er wischte sich das gerötete Gesicht. »Du sagtest mir gerade, du seist froh, daß jemand sich um dich kümmert, nicht wahr? Nun, dann sei nicht so empfindlich und erwarte nicht, daß man dir nach ein paar Stunden Bekanntschaft um den Hals fällt. Wir werden auch dich brauchen, bevor dies alles ausgestanden sein wird. Iß jetzt dein Frühstück.«

»Jason, ich würde nicht... du glaubst doch nicht, daß ich den Ausbrechern helfen würde?«

»Du meine Güte! Natürlich glaube ich es nicht, aber steht es dir vielleicht im Gesicht geschrieben? Erinnere dich, daß du erst vor ein paar Tagen zu mir sagtest, es sei noch nicht ausgemacht, auf welche Seite du dich schlagen würdest.«

Sie war bestürzt. »Ich... aber das war doch nur im Zorn...« Sie verstummte.

Helmi kehrte an den Tisch zurück und wandte sich an Jason, die Stimme bebend vor Erregung. »Dir ist ganz gleich, was aus uns wird! All die Jahre habe ich im verborgenen gelebt, und nun, da das Baby kommt, wirst du leichtsinnig und bringst mich in Gefahr! In einer Zeit, wo alle Welt eine solche Heidenangst vor Telepathen hat, daß kein Mensch einem glauben würde. Du bringst uns Doydoy ins Haus, hinter dem mehr als vierzig Ausbrecher her sind wie der Teufel hinter der armen Seele, so daß es nur eine Frage der Zeit ist, bis sie ihn finden und dieses Haus auseinandernehmen. Und damit nicht genug, überredest du Prester, daß er sich öffentlich zeigt und seine Kunststücke macht und uns in weitere Gefahr bringt, nur ihr zuliebe! Warum? Was geht der Fratz uns an? Soll sie doch zu Ma Slippec zurückgehen, oder wo immer sie hergekommen ist!« Sie machte kehrt und rannte schluchzend ins Schlafzimmer. Peter folgte ihr, um sie zu beruhigen, und Prester verdrückte sich zum Hinterausgang.

Shandy blickte nachdenklich zur geschlossenen Schlafzimmertür.

Jason sammelte Krumen von der Tischdecke. Nach längerem Schweigen hob er den Kopf und sagte: »Du hast wieder den Ausdruck in den Augen.«

»Ich habe kein Wort gesagt.«

»Komm schon, heraus damit! Ich kenne dich.«

»Ach... ich weiß, daß du Helmi und Prester nicht nur dadurch verbunden bist, daß sie Telepathen sind; du liebst sie auch. Ich vertraue deinem Urteil. Wenn du Helmi liebenswert findest, und ich es nicht kann, dann muß es einen guten Grund geben, warum sie sich jetzt so unliebenswürdig verhält.«

Er senkte den Kopf, daß die Augen unter der Linie der wuchernden Augenbrauen verborgen waren, zog die zerknautschte Zigarettenpackung hervor, zündete sich eine an und blies Rauch aus den Nasenlöchern. Dann lehnte er sich zurück, verschränkte die Arme und starrte grübelnd ins Leere. Als er irgend etwas zu seiner Zufriedenheit geregelt hatte, grunzte er und sagte: »Du weißt vielleicht, daß Curtis Quimper der erste war, der seine Talente entdeckte.«

»Ja.«

»Nun, schon aus Altersgründen muß Helmi bald nach ihm gekommen sein. Ich brauche dir nicht die ganze Geschichte zu erzählen – ihre Eltern starben an der Strahlungskrankheit, und ihr Hintergrund hat vieles mit dem deinigen gemeinsam. Aber sie war nicht wie du... sie war ein verschüchtertes, kränkliches Kind, und die Entdeckung ihrer besonderen Kräfte war ein schwerer Schlag für sie. Sie wußte nicht, was sie damit anfangen und wie sie damit leben sollte, und war entsetzt. Und ehe sie Zeit gehabt hatte, sich daran zu gewöhnen, fand Curtis Quimper heraus, wie es sich mit ihr verhielt, und beschloß, sich einen Spaß mit ihr zu machen. Du kannst dir vorstellen...«

»Ja.« Sie erschauerte.

»Er machte ihr das Leben schwer. Sie fürchtete sich zu sehr, um Widerstand zu leisten, und wenn sie jemandem erzählt hätte, wie es war, so hätte man sie für verrückt gehalten. Nach einiger Zeit war sie von Angst so gelähmt, daß sie ihr Zimmer nicht mehr verließ, und niemand konnte sich denken, was ihr fehlte oder was zu tun sei. Die Leute, bei denen sie lebte, dachten schon daran, sie in eine Anstalt zu geben. Zu ihrem Glück erwachten die übrigen Telepathen ungefähr gleichzeitig und fanden zu einer Gruppe zusammen. Quimper vergaß seine Spiele, als er zum Anführer der Meute avancierte. Schließlich, als alle ins Lager gesteckt wurden, gelang es ihr, sich zusammenzureißen und normale Verhaltensweisen anzunehmen. Das geschah aus lauter Angst, daß man ihre Fähigkeiten entdecken und sie mit den anderen – und vor allem mit ihm – einsperren könnte. Aber es ging alles gut, und später lernte sie Prester und auch mich kennen... Ich denke, du wirst jetzt ein wenig besser verstehen.«

Sie nickte. »Ich kann verstehen, warum sie einfach ein gewöhnliches bürgerliches Leben führen möchte und warum der Ausbruch sie in Angst und Schrecken versetzt hat. Und ich verstehe, warum ihr alle hiergeblieben seid. Aber ich finde, ihr habt euch selbst unnötig gelähmt.«

»Das mag dir so scheinen, aber es ist mehr wie die Vorsicht eines sehr kräftigen Menschen im Gebrauch seiner Stärke. Wir müssen die Vergangenheit jetzt vergessen; was zählt, ist die Zukunft.«

Sie blickte ihn forschend an. »Wie viele Talente würdest du den Genies zurechnen?«

Er kratzte sich am Kopf. »Das ist schwer zu sagen... Ich würde

Doydoy in diese Kategorie einstufen; vielleicht auch Lavonne, bloß fehlt es ihr an der nötigen Vernunft. Prester ist ein unverantwortliches Kind, aber ich würde ihn vielleicht zwischen die beiden stellen... Helmi und ich und alle anderen liegen weit unter ihnen; von Genies kann man da nicht mehr sprechen. Worauf willst du hinaus?«

»Die Menschen haben parapsychologische Fähigkeiten immer für etwas Übermenschliches gehalten...«

»Das stimmt. Und?«

»Du sagtest mal, daß die meisten Menschen Spuren davon haben, zumindest von Telepathie, daß diese Fähigkeiten aber in Säuglingen und Kindern stärker seien, weil sie sich verbal nicht gut ausdrücken können. Psychokinese scheint unter natürlichen Bedingungen nicht vorzukommen, wenn es also eine alltägliche Form parapsychologischen Talents gibt, dann ist es Telepathie in Säuglingen und Kindern... vielleicht auch in Herdentieren und Ameisen?«

»Schon möglich.« Er war aufmerksam geworden und beobachtete sie mit dem wachsamen Blick, den er für sie reservierte. »Und weiter?«

»Psychopathen haben Gehirnwellen wie Kinder... In einem Buch über Jugendkriminalität las ich einen Satz, der mir im Gedächtnis haften blieb: ›Ihr Verstand scheint primitiver organisiert. Nun, das haben sie mit allen anderen Geschöpfen gemeinsam, die telepathische Fähigkeiten haben. Mit anderen Worten, wir haben es womöglich mit nichts als einer Fähigkeit zu tun, die Tieren eigen ist... für zivilisierte Menschen zwar interessant, aber Merkmal eines Entwicklungsrückstands...‹ Ich hoffe, du nimmst mir das nicht übel, Jason? Du bist ein bescheidener, uneitler Mensch.«

Er starrte sie an, und seine anfängliche Entrüstung machte einem Schmunzeln Platz. »Selbst wenn deine abenteuerliche Logik sich als stichhaltig erweisen sollte, was ich bezweifle«, erwiderte er, wieder ernst werdend, »ist es eine gefährliche und abwegige Theorie, weil sie darauf hinausläuft, daß die Lagerinsassen als Tiere betrachtet werden.«

Shandy schüttelte ungeduldig den Kopf. »Ich versuche zu sagen, daß der Psychopath schon durch die Chromosomen seiner Eltern zu dem programmiert wird, der er ist. Die Mitmenschen sehen einen gesund aussehenden Jugendlichen von durchschnittlicher Intelligenz und gesundem Verstand vor sich, dem nichts als ein Gewissen zu fehlen scheint, also folgern sie, daß er falsch erzogen wurde. Aber ich glaube das nicht. Ich glaube, daß der Defekt schon vor der Geburt in ihm angelegt ist, wie etwas bei einem mongoloiden Kind, sei es durch ein geschädigtes oder ein zusätzliches Chromosom... Und vielleicht ist dieser Defekt nichts anderes als eine genetische Rückartung, ein Zurückfallen auf eine entwicklungsgeschichtlich primitivere Ebene wie etwa diejenige des Neandertalers.«

Helmi Aaslepp und Prester Vernon, obschon bei diesem Gespräch nicht anwesend, waren gleichwohl seine Zeugen geworden, und da beide sich betroffen fühlten, kam es über dem Mittagessen zu einer Fortsetzung der Diskussion im erweiterten Kreis. Prester Vernon gab den Anstoß dazu, indem er Shandy geringschätzig fragte: »Hast du dir diesen Käse mit den Neandertalern selbst ausgedacht?«

»Nun, natürlich habe ich mir was dabei gedacht«, gab sie zu, »aber die Einzelteile der Idee lagen schon herum und brauchten nur zusammengesetzt zu werden.«

»Ob sie auch zusammenhalten werden, ist eine andere Sache«, sagte Jason. »Diese Neandertalergeschichte wird dich bei den Eltern dieser Kinder nicht beliebt machen.«

»Viele dieser Eltern sind selbst nicht anders als ihre Kinder – und die übrigen machen sich Vorwürfe, weil sie glauben, sie hätten alle möglichen Erziehungsfehler begangen. Würde dies nicht leichter hinzunehmen sein?«

»Es wird oft gesagt«, meinte Helmi nachdenklich, »daß amoralische Menschen Tiere seien.«

»Ja, aber meistens ist es nicht wörtlich gemeint. Prothero sagte es zu Colin: ›Du bist in einem Käfig, weil du ein Tier bist‹, aber er meinte damit, daß Colin sich wie ein Tier verhielte, nicht wirklich eins sei. Ich sage ja nicht, daß sie zu den Affen auf die Bäume gehören.«

»Selbst wenn sich die Theorie beweisen ließe«, sagte Jason, »wäre es sehr schwierig, diese Typen vom normalen Durchschnitt zu unterscheiden. Wie willst du das Tier definieren, wenn es so viele Grenzfälle gibt?«

»Die Telepathie hat bei den Lagerinsassen das Unterscheidungsmerkmal geliefert, aber natürlich würde es schwierig sein, sie überall zu ermitteln. Die prognostische Meßzahl könnte helfen, aber kleinere Kinder kann man nicht testen.«

»Nein, du müßtest warten, bis sie anfangen, Scheiben einzuschlagen und Automaten zu knacken«, sagte Jason.

»Die Bandenbildung ist vielleicht ein Merkmal für entwicklungsgeschichtlich primitives Verhalten«, sagte Helmi.

»O ja … Ich habe mal über das Leben einer Pavianherde in freier Wildbahn gelesen. Der Verhaltensforscher schilderte, wie die halbwüchsigen Pavianmännchen, die in der Herde nichts zu bestellen haben, sich zu Banden zusammenschließen, allerlei Unruhe stiften und an den Territorialgrenzen mit ähnlichen Banden benachbarter Herden in Streit geraten, und das hörte sich alles sehr vertraut an. Die Eltern sagen immer: ›Mein Joey war so ein guter Junge, bis er anfing, mit dieser Bande herumzulaufen.‹ Sie kommen nie auf den Gedanken, daß es genau das war, worauf ihr Joey die ganze Zeit gewartet hatte – Umgang mit seinesgleichen und einen Anführer anstelle eines versoffenen alten Vaters. Und etwas zum Zerschlagen. Mit gewöhnlichen Leuten kommen sie nicht zurecht. Die zivilisierte Gesellschaft ist für sie der Zoo, gegen dessen Gitterstäbe sie sich werfen müssen.«

»Ja, wahrscheinlich gibt es auf der Welt keinen Platz für sie, wo sie sich frei und ungestraft ausleben könnten. Aber wie bringst du alles das mit der Telepathie zusammen?«

»Das kann ich nicht im einzelnen beweisen. Aber die meisten von denen, die hier im Lager saßen, kommen aus Familien wie den Slippecs, sozial benachteiligt, von niedrigem Bildungsniveau und in schlechten Wohnverhältnissen, deren Kinder oft in die Jugendkriminalität hineinwachsen. Und in den meisten Fällen waren die Eltern strahlenkrank und bekamen das betreffende Kind erst spät, mit ungefähr vierzig. Mongoloide Kinder und solche wie Lavonne und Doydoy gehören zu dieser Gruppe, deren Eltern einfach zu alt wurden, um noch gesunde Sprößlinge zur Welt zu bringen – und die strahlungsbedingten Erbkrankheiten waren ein weiterer Nachteil. So kamen sie zu ihren besonderen Talenten.«

»Dann meinst du also, weil das telepathische Talent eine animalische Funktion sei, müßten die übertriebenen telepathischen und psychokinetischen Fähigkeiten, die hier in Sorrel Park aufgetreten sind, das Ergebnis strahlungsbedingter Mutationen sein, wobei am Ende etwas herauskommt, was du ein menschliches Tier nennst?«

»Ja, richtig, Helmi. Genau das wollte ich sagen.«

»Du hältst nicht viel von diesen Fähigkeiten«, sagte Jason.

»Nun, sie sind eine Mutation, und nach allem, was ich gelesen habe, sind die meisten Mutationen schädlich; von einer gelungenen Mutation kann man nur sprechen, wenn sie die Überlebenschancen einer Art verbessert oder ihr zumindest nicht schadet. Beides ist hier nicht der Fall; die Menschheit kann gut ohne solche Talente auskommen. Es mag sein, daß Wissenschaftler und Chirurgen die Psychokinese gebrauchen könnten – aber sie haben sie nicht. Erb- und strahlungsgeschädigte Psychopathen dagegen haben sie. Außerdem kostet es eine Menge Energie. Doydoys gestriger Kraftakt scheint ihn sehr erschöpft zu haben.«

»Nun«, sagte Jason, »möchte ich gern wissen, welchen Platz wir in deiner netten Theorie einnehmen.«

»Du weißt recht gut, daß ich für euch keine Erklärung habe«, erwiderte sie unwillig. »Jedenfalls kann ich euch nicht in der Theorie unterbringen, indem ich euch mit den Lagerinsassen in einen Topf werfe.«

»Nicht ungestraft.«

»Aber wenn du eine Theorie ausarbeiten kannst, die fünfundvierzig von fünfzig Fällen erklärt, dann sollte sie nicht auf den Müll geworfen werden. Ich kann es nicht eine Theorie nennen, es ist bloß eine Idee – eine Art, die Dinge aus veränderter Perspektive zu sehen. Ich würde gern einmal mit Urquhart darüber sprechen.«

»Gut, lassen wir es damit sein Bewenden haben. Aber nachdem du so schmeichelhafte Ideen über uns entwickelt hast, kannst du uns vielleicht sagen, was dir zu dir selbst eingefallen ist.«

»Ich glaube, das fällt in Urquharts Zuständigkeit, Jason... vielleicht auch in deine. Aber ich muß sagen, daß ich nicht scharf darauf bin...«

»Das kann ich mir denken!«

»Ich weiß, wie dir zumute ist, Jason. Ich weiß auch, daß ich es früher oder später erforschen muß. Wenn du etwas weißt, was mir weh tut – vielleicht möchtest du mir jetzt weh tun. Ich weiß, ich bin manchmal ungeschickt und aufreizend, aber... aber ich habe euch alle gern und wollte euch nicht verletzen.«

Sie sahen einander an und seufzten. Prester Vernon kicherte. »Kannst von Glück sagen, Shandy, daß noch niemand auf den Gedanken gekommen ist, dir für all deine Klugscheißerei einen über die Nuß zu geben.«

»Vielleicht sollte ich in meinem Alter ein wenig Takt lernen«, sagte Shandy lachend. Sie berührte ihren Scheitel. »Es ist wirklich ein Glück, daß niemand es versucht hat, denn meine Fontanelle schloß sich erst, als ich sieben war, und ich wette, der Knochen da oben ist immer noch ein bißchen dünn.«

Die anderen starrten sie an. »Warum hast du Dr. Halsey und Urquhart nichts davon gesagt?« sagte Jason.

»Ich dachte, es sei bloß eine Abnormität, ein strahlungsbedingter genetischer Schaden. Hat es was zu bedeuten?«

Jason rieb sich den Kopf. »Ich frage mich... es gibt da einen Begriff...«

»Verlängerte Fötalisation«, sagte Helmi.

»Richtig!« sagte Jason. »Eine Ausdehnung der infantilen Phase. Nun, wahrscheinlich ist sie inzwischen abgeschlossen, zumindest körperlich.« Er unterdrückte ein Auflachen und fügte ernst hinzu: »Grace Halsey meint jedenfalls, daß du bald anfangen wirst, dich für Jungen zu interessieren.«

»Still! Jason!« Helmi sprang auf und schien zu lauschen. »Da stimmt was nicht!«

Es wurde still um den Tisch. Nur das gleichmäßige blecherne Ticken des Küchenweckers zerteilte die Zeit.

»Mein Gott!« Jason legte die Hände auf den Tisch und stemmte sich langsam empor. »Ich bin ein Trottel. Albere herum und...«

Shandy und Peter blickten ihn groß an.

»Was ist passiert?«

»Die Ausbrecher. Sie kampierten draußen im Gehölz und hatten sich abgeschirmt. Jetzt empfange ich nichts mehr. Kein Störgeräusch, überhaupt nichts. Sie sind fort!«

»Aus Sorrel Park abgehauen?«

Jason nickte dumpf. »Ich muß sofort Prothero verständigen«, sagte er. »Junge, wird der mich zur Sau machen! Es hat keinen Zweck, Helmi, du kannst nicht mitkommen.«

»Nein, sie kann nicht«, sagte Peter Aaslepp.

»Ich... ich...« Helmi rang die Hände und blickte den Jungen an. »Jason, er ist noch so klein...«

Prester schnitt eine erboste Grimasse.

»Vielleicht werden wir ihn nicht brauchen«, sagte Jason. »Ich werde jedenfalls zuerst gehen. Und halte du dich da heraus, jetzt!« Er warf Shandy einen scharfen, warnenden Blick zu und eilte hinaus.

Helmi sank auf ihren Stuhl zurück. Prester starrte verdrießlich aus dem Fenster. »Ist Doydoy...«, begann Shandy.

»Es hat keinen Sinn, länger ein Geheimnis daraus zu machen«, sagte Helmi. »Doydoy ist auch verloren.«

»Nicht tot?« flüsterte Shandy.

»Nein, nicht tot. Aber es läuft auf das gleiche hinaus. Er sendet und empfängt nicht und will sich weder bewegen noch sprechen. Er ist so undurchdringlich wie... wie du.«

»Aber warum?«

»Er sagt, er habe den Eisvogel umgebracht und werde dafür in der Hölle schmoren.«

»Aber er kann doch nichts dafür!«

»Natürlich nicht. Aber er gibt sich die Schuld daran, und wir können ihn nicht davon abbringen.«

Helmi hatte gesagt, daß es nicht so weitergehen könne. Nun wußte Shandy, was sie damit gemeint hatte und was die geheimnisvollen Blicke und das Stillschweigen bedeutet hatten. »Deshalb griffen die Ausbrecher euch hier nicht an, nicht wahr? Doydoy war ihnen nichts mehr wert.«

»Ja«, sagte Helmi mit tonloser Stimme. »Dem Umstand verdanken wir unser Leben.«

Shandy sah von der Tür aus zu, wie Helmi den schweren dunklen Vorhang zurückzog, sich über das Bett beugte und die bewegungslose Gestalt behutsam schüttelte. Doydoy zuckte zusammen und vergrub sich tiefer ins Kissen.

Helmi richtete sich auf, zuckte die Achseln und öffnete das Fenster. Es war ein grauer Tag mit diffusem, kaltem Licht. Als der eindringende kühle Luftschwall seine Haut berührte, zog Doydoy sich die Decke über den Kopf. Shandy kniete neben dem Bett nieder und zog die Decke behutsam wieder fort. Seine Augen blinzelten durch die fast geschlossenen Lider, schienen sich bei ihrem Anblick ein klein wenig zu weiten und schlossen sich wieder. Seine Hand schob sich unter der Decke hervor und bedeckte das Gesicht. Shandy zog ihm die Hand vorsichtig fort, nahm sie zwischen ihre Hände und strich mit den Fingern über seine schwielige Handfläche. »Warum fliegt er nicht, statt auf den Händen zu kriechen?«

»Er ist gelähmt, hat keine natürliche Kontrolle über den Schließmuskel. Er braucht den größten Teil seiner Kraft, um sich sauberzuhalten.«

»Donatus...« Die Augen öffneten sich wieder einen Spalt. Shandy blickte zu Helmi auf und fragte furchtsam: »Darf ich zu ihm sprechen?«

»Du kannst es versuchen«, sagte Helmi. »Ein paar – vielleicht fünf Minuten.«

»Donatus!« Sie faßte seine Hand fester. »Es ist nicht deine Schuld, daß der Eisvogel tot ist!«

»L-laß mich in Ruhe«, murmelte er.

»Ich kann dich nicht in Ruhe lassen. Wir brauchen dich.«

Er versuchte ihr die Hand zu entziehen. Er hatte die Augen wieder fest geschlossen.

»Niemand macht dich verantwortlich für das, was geschehen ist.«

Doydoy ließ etwas wie ein trockenes Schluchzen hören. »Verdammt, laß mich in Ruhe!«

»Marczinek!« wisperte Helmi. »Shandy, Jason sagt mir eben, daß sie Marczinek mitgenommen haben!«

Shandy zog verzweifelt an Doydoys Handgelenk. Er hatte muskulöse und gut geformte Arme, deren überraschende Kraft von den abfallenden Schultern unter dem Buckel getarnt wurde. »Hast du gehört? Sie haben Marczinek! Er ist ein freundlicher alter Mann, und sie werden ihn umbringen!«

Ein Schaudern durchlief Doydoy, und er drückte die Lider noch fester zu. Shandy sagte leise, aber sehr eindringlich: »Es ist keine Schande, vor ihnen Angst zu haben.«

Er reagierte nicht.

»Du hast sie acht Jahre lang gehaßt...«

Er rührte sich nicht.

»Donatus! Fürchtest du, daß es kein Unfall war?«

Seine Schultern zuckten. »Geh weg! Laß mich!«

Sie ließ von ihm ab und blickte zu der schweigsamen Frau am Fenster auf. Helmis Blick verriet, daß sie ihr keine Chance gab.

Shandy nahm sich kostbare fünfzehn Sekunden, um nachzudenken, dann sagte sie ruhig: »Nach acht Jahren müssen sie dich ziemlich gut kennen – als du im Keller aus dem Käfig krochst, werden sie dir bis auf den Grund der Seele geschaut und erkannt haben, wie sehr du sie haßt. Aber sie konnten nicht gewußt haben, was als nächstes geschehen würde, denn das wußtest auch du nicht. Wenn sie auch nur den geringsten Grund zu der Vermutung gehabt hätten, daß du irgendeinem von ihnen Schaden zufügen wolltest, dann hätten sie dich geröstet, ehe du einen Meter weit gekrochen wärst.«

Sie wartete angespannt. Doydoys Schultern begannen leise zu zucken; er schluchzte. »Sie w-wissen, d-daß ich ein verdammter Feigling b-bin!«

»Nein, du bist kein Feigling. Ich sage nicht, daß es eine gute Idee sei, jemanden zu töten, nicht mal einen Typ wie den Eisvogel. Aber es war wirklich ein Unfall, und niemand denkt daran, dich dafür verantwortlich zu machen. Wirst du uns jetzt helfen?«

Doydoy befeuchtete sich die Lippen. »Sie w-werden mich wieder ins L-Lager stecken!«

»Das werden sie nicht tun«, sagte Shandy. »Ich schwöre es. Das ist vorbei.«

Jason lehnte mit verschränkten Armen an der Schreibtischkante, als hätte er alle Zeit der Welt. »Es hat keinen Zweck, glauben Sie mir. Ohne Doydoy ist so etwas nicht zu machen.«

Prothero schwoll die Zornesader. »Wozu reden wir dann überhaupt? Er ist einer von ihnen.«

»Nicht uneingeschränkt. Psychologisch vielleicht, aber physisch ist er unter unserer Kontrolle, seit er aus dem Käfig kam. Darum bin ich von hier verschwunden, ohne mich abzumelden, wie ich Ihnen schon sagte. Um Doydoy von den anderen zu trennen – nicht um mich ihnen anzuschließen.«

»Das sagte schon dieses Johnson-Mädchen.«

»Und Sie glaubten ihr nicht.«

»Meine Erfahrungen mit ihr waren nicht die besten«, brummte Prothero.

»Sie hätten ihr glauben können. Ich kann Shandys Gedanken nicht lesen, aber ich habe nie erlebt, daß sie gelogen hätte.«

»In fünf ganzen Tagen.« Prothero schnaubte ungeduldig. »Lassen wir das. Was ist mit Doydoy?«

»Er bildet sich ein, er hätte den Eisvogel auf dem Gewissen. Er hat sich ganz auf sich selbst zurückgezogen, ist unansprechbar und hat alle Kommunikation eingestellt.« Bitter fügte er hinzu: »Er ist völlig harmlos.«

»Eben sagtest du, er gehöre psychologisch zu den anderen. Was soll das heißen?«

»Sie können ihm nicht zum Vorwurf machen, daß einige seiner Sympathien bei seinen einstigen Schicksalsgenossen sind. Wer sonst hat ihn je gebraucht? Aber wenn wir ihm einen guten Grund geben können, uns zu helfen, mag er bereit sein, den Fährtensucher für uns zu spielen.«

»Was für einen Grund soll man nach acht Jahren ausgraben?«

»Er ist der einzige, der einem sagen kann, was in einem Ding oder einer Person vorgeht... Ich war oft genug im Lager und weiß es. Alle Informationen über Knochenbrüche und innere Erkrankungen der Lagerinsassen kamen von ihm. Er hätte seine Gedanken abschirmen können, aber er ließ sein Bewußtsein offen, weil er mir vertraute.« Er blickte auf und hielt Protheros zornigen Augen stand. »Aber ich sage Ihnen ganz offen, daß ich nicht daran denke, ihn um Hilfe zu bitten, wenn er am Ende doch nur wieder ins Lager gesteckt wird.«

Protheros Gesicht überzog sich mit erneuter Zornesröte. »Willst du einen Handel mit mir abschließen, Junge? Wofür hältst du dich eigentlich, achtzehn Jahre alt und mir Bedingungen stellen?«

Jason errötete. Er öffnete den Mund und setzte zu einer Erwiderung an, besann sich eines Besseren und schwieg still.

Prothero stieß seinen Zigarrenstummel in den Aschenbecher, daß die Funken flogen. »Die Sache wird so gehandhabt, wie ich es für richtig halte, oder überhaupt nicht. Wenn du nicht machen kannst oder willst, was ich dir sage, kannst du gehen; dann brauche ich dich nicht mehr. Also entscheide dich. Wenn du Doydoy hierherbringen kannst, dann tu es!«

Jason schloß die Augen. Prothero zog sein Taschentuch hervor und betupfte Stirn und Nacken. Dann nahm er eine frische Zigarre aus der Kiste, biß das Ende ab, spuckte es aus und ließ sein Feuerzeug aufflammen.

Sekunden vergingen; ein schwaches, feines Vibrieren schien die Luft zu erfüllen; es nahm zu, wirbelte um sie, flimmerte und schien sich zusammenzuziehen.

Doydoy landete zerknittert auf dem Teppich, fröstelnd und keuchend.

Jason kniete neben ihm. »Alles in Ordnung?«

Doydoy nickte matt.

»In einem Schlafanzug kommt er daher, Gott ist mein Zeuge! Tapley, besorgen Sie diesem Burschen sauberes Drillichzeug!«

Shandy berührte das leere Bett, noch warm von seinem Körper, und ließ sich dagegensinken, den Kopf auf die Arme gelegt, erschöpft von der Anstrengung.

»Was geschieht jetzt?« fragte Shandy.

Helmi starrte zur verlassenen Straße hinaus. »Ich weiß es nicht. Vermutlich sind sie im Lager. Ich empfange nicht mal ein Störgeräusch.« Sie wandte sich vom Fenster ab. »Komm, ich mache uns Kaffee, und wir werden es gemeinsam ausschwitzen.«

Wie sich herausstellte, brauchten sie nicht lange zu warten. Als Helmi die Kaffeekanne auf den Tisch stellte, wurde am Himmel ein Geräusch hörbar, das sich rasch näherte und zu ohrenzerreißendem Lärm anschwoll. Peter Aaslepp sprang vom Tisch auf und spähte aus dem Fenster. Er wollte zur Tür, aber Helmi hielt ihn zurück. »Laß, Peter!«

»Was ist los?«

»Es geht Shandy an.«

»Mich?« fragte Shandy. »Wer ist es?«

»Geh nur«, sagte Helmi.

»Sie sollte lieber nicht...«

»Es ist schon in Ordnung. Laß sie gehen!«

Shandy ging zögernd hinaus und öffnete. Vor der Haustür stand jemand, den sie kannte. Es war Davey, ein alter Feind, die Faust in einfältiger Geste zum Anklopfen erhoben.

»Sie!« sagte sie verdutzt.

»Ja, ich.« Er musterte sie verdrießlich. Hinter ihm sah sie einen Hubschrauber auf dem unbebauten Platz jenseits der Straße. Er wartete mit laufendem Rotor.

»Was wollen Sie?«

»Was ich will? Nichts mit dir zu tun haben! Aber ich habe Befehl, dich abzuholen.«

Sie blickte hilflos zu Helmi, die zurücknickte. »Dann wirst du wohl gehen müssen, Shandy.«

»Ich – also gut. Auf Wiedersehen.« Sie trat hinaus, und die Tür schloß sich hinter ihr. Sie blickte mißtrauisch zum Hubschrauber. »Was will Prothero von mir?«

»Für dich immer noch Oberst Prothero«, versetzte er unfreundlich. »Vielleicht will er dir einen Orden verleihen!« Er ging vor ihr die Stufen hinunter und zur Straße. Bei der Gartenpforte angelangt, blickte er über die Schulter und fügte hinzu: »Er sagte, er brauche dich.«

Sie folgte ihm zögernd. Sie traute der Sache noch nicht recht, doch deutete manches darauf hin, daß eines ihrer Lebensziele im Begriff war, verwirklicht zu werden: sie erhielt Gelegenheit, sich nützlich zu machen.

Der Hubschrauber stieg schräg auf, die Erde kippte unheimlich unter ihr weg und blieb zurück, und sie sah Sorrel Park als das kleine Städtchen, das es war, grau, zusammengeschrumpft, umgeben und durchsetzt von den leeren Schalen verlassener Häuser: kein Teil der Welt, auf den man stolz sein konnte. Sie drückte sich mit abgewandtem Kopf ans Fenster, damit die anderen die Angst in ihrem Gesicht nicht sähen. Es war nicht die Angst vor dem Tod oder den Ausbrechern; diesen hatte sie gegenübergestanden. Es war die Angst vor der unbekannten Welt, vor dem unwiderruflichen Schritt in eine ungewisse Zukunft, vor der sie zurückschreckte, ohne zu wissen, warum.

Aus der Höhe sah sie den weiten grünen Saum, der Sorrel Park umgab: die Außenwelt. Sie war unermeßlich und beängstigend. Sie hatte nicht um Sorrel Park gefürchtet, als die Ausbrecher dort gehaust hatten – doch nun fürchtete sie um die Welt.

Der Hubschrauber landete auf dem Kasernenhof. Als die Besatzung hinaussprang, sagte Davey: »Du nicht. Du wartest hier.«

Sie umfaßte die Knie mit schwitzenden Händen und wartete. Die Maschine brummte im Leerlauf, und die herabhängenden Rotorblätter zitterten. Nach ungefähr einer Minute kam Urquhart gelaufen, das dünne Haar vom Wind zerzaust. Er kletterte an Bord.

»Shandy? Wie geht es dir, Kind; fürchtest du dich?«

Nicht so, wie er meinte. »Noch nicht.«

»Gutes Mädchen.« Er setzte sich neben sie und tätschelte ihr den Arm. Seine Handfläche war so naß wie die ihrige. »Du mußt jetzt sehr gut achtgeben, denn ich habe eine Menge zu sagen und nicht viel Zeit dafür. Wir haben hier eine Anzahl von Alternativplänen ausgearbeitet, deren Erfolg weitgehend von dir abhängen wird. Verstehst du?«

»Ja.«

»Wir werden mit aller gebotenen Vorsicht operieren. In ein paar Minuten wird eine dreiköpfige Mannschaft an Bord kommen, und nach ihnen Jason mit Doydoy und Prester, dem Negerjungen. Sie werden dir nicht geheuer vorkommen, weil sie alle unter Hypnose stehen, auch werden sie dich nicht erkennen, und es hat keinen Sinn, mit ihnen zu sprechen. Ich habe ihre Telepathie blockiert, soweit sie nicht zum Aufspüren und Verfolgen der Fährte benötigt wird. Die Ausbrecher sollen nicht beunruhigt oder abgelenkt werden, bis wir sie stellen. Das verstehst du, nicht wahr?«

Sie lächelte ein wenig. »Ich werde sie nicht belästigen.«

»Ich weiß, daß du es richtig machen wirst, Shandy. Aber ihr werdet allein sein, und solange die drei unter Hypnose stehen, wirst du ganz auf dich gestellt sein. Natürlich werden wir euch mit einer größeren Streitmacht folgen, aber in dieser Gruppe wirst du allein sein. Der Pilot wird über Funk Flugdaten und Kursänderungen durchgeben, aber er weiß nicht, worum es bei dem Unternehmen geht.

Wenn ihr sie innerhalb von sechs Stunden findet, und sie sind alle beisammen, wie es wahrscheinlich der Fall sein wird, müßt ihr so nahe wie möglich herankommen, ohne daß sie Verdacht schöpfen. Dann wirst du entscheiden müssen, ob genug von ihnen beisammen sind, daß die Ausführung des Plans lohnend erscheint.«

»Könnten wir die Information nicht über Funk durchgeben und Sie entscheiden lassen?«

»Das könnte ihre telepathische Aufmerksamkeit auf uns lenken. Wir wissen nicht, ob sie die Frequenzen des Funkverkehrs telepathisch erreichen, aber vorsichtshalber werden wir bis auf unverdächtige Kursangaben und dergleichen Funkstille bewahren. Natürlich werden sie den Hubschrauber hören, aber ihr solltet imstande sein, bis auf eineinhalb oder zwei Kilometer heranzukommen. Außerdem wird es genug ablenkenden Lärm von anderem Luftverkehr geben.

Seid ihr nahe genug herangekommen, müßt ihr aussteigen und zu Fuß weitergehen. Bleibt beisammen, bis ihr in Sichtweite der Ausbrecher seid. Wenn ihr geschickt vorgeht, werden sie euch nicht entdecken, und wir können sie überraschen. Wenn es soweit ist, sagst du die Losung, die deine Gruppe aus der Hypnose entlassen wird. Von da an wird Jason wissen, was zu tun ist.«

»Werden die Ausbrecher es nicht auch wissen?«

»Jason kann unter verschiedenen Plänen wählen, die den vermutlichen Bedingungen angemessen sind. Im Notfall kann der Pilot über Funk Änderungen besprechen. Gegenwärtig weiß keiner, was er an Ort und Stelle tun wird. Das ist die einzige Methode, mit der wir verhindern können, daß die Ausbrecher unseren Schachzügen zuvorkommen.«

»Was geschieht, wenn wir sie innerhalb von sechs Stunden nicht finden, oder wenn sie hoffnungslos verstreut sind?« fragte Shandy.

»Wenn das der Fall ist, verwendest du die Losung, damit wir Jason einschalten können. Darauf werden wir uns umgruppieren und mit dem nächsten Plan weitermachen. Hast du alles verstanden?«

»Ja.«

»Sehr schön, Shandy. Nun die Losung – und ich wiederhole, daß es von deinem Urteil abhängen wird, ob und wann du von ihr Gebrauch machst – die Losung also lautet: ›Neue Einsicht bringt neue Freude.‹ Etwas, was einem im alltäglichen Sprachgebrauch nicht so leicht über die Lippen kommt.«

»Neue Einsicht bringt neue Freude... haben Sie das ausgewählt?«

Er blickte auf. »Nein, Jason. Warum?«

»Es ist von Margaret Mead. Aus einer Passage, die mir sehr gut gefallen hat. Er weiß, daß ich ihre Bücher lese, aber diesen Satz hatte ich ihm gegenüber nie erwähnt.«

»Nun, er kann deine Gedanken nicht lesen«, sagte Urquhart, »aber vermutlich hat er ein Gespür für deinen Stil.«

Er blickte sie forschend an, dann legte er ihr zum Abschied die Hand auf die Schulter und lächelte. »Du hast gar nicht gefragt, was nach alledem mit dir geschehen wird.«

Sie zuckte die Achseln und schlug den Blick nieder. »Ich traute mich nicht. Aber Sie können unbesorgt sein. Ich habe meine Entscheidung getroffen und werde nicht fortlaufen.«

»Das habe ich auch nicht gedacht«, sagte er ernst. »Du weißt hoffentlich, daß wir unser Möglichstes für dich tun werden. Und noch etwas, Kind: Nachdem du die Losung gegeben hast, läufst du wie der Teufel zur nächsten Polizeiwache und bleibst dort, bis wir dich holen kommen. Versprichst du das?«

»Ich verspreche es.«

»Wir werden uns um dich kümmern, Shandy, verlaß dich darauf. Und nun alles Gute.« Er stieß die Tür auf, sprang hinaus und lief über den Hof zum Gebäude.

Sie lehnte sich zurück. Bisher hatte ihr niemand Glück gewünscht. Vielleicht war es so, weil sie sich auf ihren Verstand verließen und wollten, daß auch sie sich darauf verließ.

Ein Pilot und zwei Besatzungsmitglieder kamen über den Hof, kletterten an Bord und nahmen wortlos ihre Plätze ein. Shandy sagte nichts. Eine kleine Weile später sah sie Jason mit Doydoy auf dem Rücken herüberkommen, gefolgt von Prester.

Sie stiegen ein und sahen Shandy, aber in ihren Augen war kein Wiedererkennen; sie hätte genausogut ein unbelebter Gegenstand sein können. Sie machten es Doydoy mit drei mitgebrachten Kissen bequem, und als sie ihre Plätze eingenommen hatten, stieg der Hubschrauber auf.

Shandy musterte die drei verstohlen von der Seite. Doydoy saß mit geschlossenen Augen, seine Brille war auf die Nase gerutscht, und die Hände lagen neben ihm, als wären sie so tot wie seine Füße. Prester saß mit offenhängendem Mund und stierem Blick wie ein idiotisches Kind. Urquhart hatte recht; sie kamen ihr unheimlich vor.

Jason am meisten von allen. Er saß zurückgelehnt und mit verschränkten Armen, wie er es häufig zu tun pflegte, aber seine Augen schienen keinen Halt zu finden und glitten ziellos in ihren Höhlen umher; dabei zuckte er unaufhörlich mit den Brauen.

Sie flogen in geringer Höhe; sobald Sorrel Park hinter ihnen lag, änderte der Pilot den Kurs, und es schien, als wollte er umkehren; aber dann sah Shandy, daß sie eine weiter werdende Spirale beschrieben, bis sie eine erste Spur der Ausbrecher aufnehmen konnten.

Die Stadt zeigte sich nacheinander vom Osten, Süden, Westen und Norden, aber das Bild blieb dasselbe: eine zufällig anmutende Anhäufung von schmutzigem Grau und Ziegelbraun, vom Stacheldraht bis zur Leblosigkeit stranguliert, mit stillgelegten Fabriken entlang dem schmalen Fluß, leeren Ausfallstraßen und dem Kohlenrauch des städtischen Heizkraftwerks im blassen Himmel. Die langsame Spirale öffnete sich weiter und weiter, bis die Stadt in blauem Dunst verschwamm und beinahe hübsch wurde.

Die Stille in der Kabine hing wie ein Gewicht unter den lärmenden Rotorblättern. Keiner der hypnotisierten Passagiere bewegte sich, und die Unwirklichkeit der Situation begann ihr wie der Alptraum einer Reise zu erscheinen, umgeben von unheimlichen, belebten Puppen und unterwegs zu einem unbekannten Ziel.

»Gehen Sie hier herunter!«

Die Stimme erschreckte sie. Sie war metallisch, tonlos und dabei vollkommen artikuliert – und sie kam von Doydoy.

»Jetzt?« Die Stimme des Piloten war ebenso tonlos.

»Ja. Ein paar Minuten, bitte.«

Shandy starrte Doydoy an, außerstande, ihren Ohren zu trauen. Verspätet begriff sie, was geschehen war. Doydoy, dessen Verstand unter der Hypnose von allen emotionalen Einflüssen abgeschnitten war, war von seinem Stottern befreit.

Der Hubschrauber ging inmitten eines Felds nieder, und sie warteten. Niemand regte sich. Schließlich schlug Doydoy die Augen auf und blickte umher.

»Waren sie da?« fragte der Pilot über die Schulter.

»Ja. Fliegen Sie weiter.«

Der Pilot gab eine Positionsmeldung durch, und die Maschine stieg auf und zog eine neue Spirale um das Feld als Mittelpunkt.

Noch ehe sie die zweite Runde geflogen waren, wurde Doydoy unruhig. »Er ist aufgeregt.« Die metallische Stimme erschreckte sie wieder, weil darin eine Belustigung spürbar war, die er nicht bewußt empfunden haben konnte.

»Wer?«

»Der Bauer. Er hörte ein Geräusch im Hühnerstall, und als er hinausging, um nachzusehen, waren nur noch Federn, Knochen und Köpfe da. Es schafft ihn, sagt er.«

»Wo ist er?«

»Drei Kilometer nordwestlich von hier auf der Landstraße. Er fährt mit dem Polizeijeep in nördlicher Richtung.« Der Hubschrauber änderte den Kurs, und der Pilot begann wieder in sein Kehlkopfmikrofon zu murmeln.

»Er erzählt seine Geschichte immer wieder. Was ihn am meisten geschafft hat, sagt er, war der Geruch von Gebratenem in der Luft.«

Die Ausbrecher waren noch immer zu zivilisiert, um rohes Fleisch zu essen, aber wie es schien, hatten sie ihre eigene Grillmethode. Fünf Minuten später überflog der Hubschrauber den Polizeijeep, und Shandy konnte den gestikulierenden Bauern auf dem Beifahrersitz sehen; dann schwang die Maschine nach Norden, fand das Gehöft und umkreiste es. Die zweite Positionsmeldung zog eine unsichtbare Linie zwischen Feld und Bauernhof, einen Pfeil, der hinaus in die Welt zeigte, zu den Ausbrechern.

»Die Tiere sind unruhig«, sagte Doydoy.

Der Hubschrauber begann einen fächerförmigen Suchkurs in der Pfeilrichtung zu fliegen, dessen Pendelausschläge stetig zunahmen. Zeit verstrich, und obwohl sie nicht schläfrig war, wurde Shandy vom Motorenlärm und Vibrationen allmählich eingelullt.

Es wurde Mittag, ein phantastischer, unwirklicher Höhepunkt des Tages. Der Himmel war leer.

»Gehen Sie hier herunter!« Diesmal war es eine Weide; eine Schafherde floh vor dem niedergehenden Himmelsungetüm. Vielleicht waren sie nur um Haaresbreite dem Schicksal entgangen, zum Vergnügen abgeschlachtet zu werden. »Jetzt nach Nordwesten.« Eine neue Linie wurde zwischen Gehöft und Schafweide gezogen, und wieder stieg die Maschine auf und begann einen Suchfächer abzufliegen.

Beim dritten Pendelausschlag stieß Doydoy einen Schrei aus. Der Pilot fuhr auf seinem Sitz herum. »Was ist?«

»Der Schmerz... Eine Frau, für tot am Straßenrand liegengelassen. Fünf Kilometer nördlich Pineville, Bundesstraße Achtzehn.«

Shandy drückte ihr Gesicht an die Fensterscheibe. Halb verborgen zwischen Buschwerk lag etwas neben der Straße, aber die Maschine flog weiter. Sie begann zu zittern. Sie wollte dem Piloten zurufen, er solle landen. Dort unten war ein Leben am Versiegen. Sie fühlte die Schmerzen und die warme Nässe des Blutes, das in der steinigen Erde versickerte, und genug Erinnerungen, um einen in den Wahnsinn zu treiben. Neue Einsicht bringt neue Freude. Sie zwängte die Knöchel ihrer rechten Hand in den Mund und biß darauf. Sie war allein.

Sie flogen jetzt auf geradem Kurs nach Norden, und nach einiger Zeit erschien eine blaue Linie am Horizont. Sie weitete sich zu einem scheinbar grenzenlosen Meer, aber Shandy wußte, daß es der Michigansee war, und das in rauchigen Dunst gehüllte Gebiet davor mußte Chicago sein.

Häuser und Straßen wurden häufiger und wuchsen nach und nach zu einem Siedlungsbrei zusammen. Die graugelbe Dunstglocke über der Stadt schien sich bei der Annäherung aufzulösen, und die Türme von Wolkenkratzern erhoben sich wie geheimnisvolle Schemen aus dem labyrinthischen grauen Gewirr. Blasses Sonnenlicht blitzte auf tausend Fenstern. Beinahe genauso hatte sie es sich vorgestellt, aber weil sie nie erwartet hatte, etwas anderes als Sorrel Park kennenzulernen, überließ sie sich selbstvergessen dem Zauber des Anblicks. Die Meute war los, eine Frau verblutete im Straßengraben, und sie war nur glücklich, am Leben zu sein.

Dann waren sie über der riesigen Stadt, und Shandy konnte sich nicht satt sehen, an den Vierecken, Segmenten, Dreiecken, Rhomben und Parallelogrammen der Häuserblocks, den von Menschen wimmelnden schmalen und breiten Straßen, den Wasserwegen und Schienensträngen, die den Organismus der Stadt wie Adern eines verwirrenden Blutkreislaufs durchzogen. Der diesige Himmel und eine wäßrige Sonne ließen alles in zarten Abstufungen von Grau erscheinen, und als sie über der Stadt ihre Bahn zogen, blinkte das Sonnenlicht in immer neuen tausendfachen Spiegelungen zu ihnen herauf.

»Ein wenig mehr nach Süden«, sagte Doydoy. »Das Oberkommando.«

Der Pilot nickte und legte die Maschine in eine lange, abwärts gerichtete Rechtskurve. Eine seltsame Unruhe begann von Doydoy Besitz zu ergreifen. Er zuckte und wand sich wie in einem Angsttraum, und so unvermittelt brach ihm der Schweiß aus, daß die Flecken wie Regentropfen auf seinem Hemd erschienen. Shandy beobachtete ihn hilflos. Jason und Prester saßen unbeteiligt glotzend neben ihm, während er mit den Händen fuchtelte und stotterte: »S-strategisches Oberk-kommando N-nord...«

»Richtig!« sagte der Pilot. »Das Chicagoer Pentagon.«

Shandy spähte zum abwärtsgeneigten Fenster hinaus und sah ein bemerkenswert unauffälliges Bürohaus, umgeben von Rasenflächen und Blumenrabatten. Keine Menschenseele war dort unten zu sehen.

Doydoy begann laut zu winseln. Das Geräusch entnervte Shandy; seine Furcht vor den einstigen Lagergenossen war so groß, daß keine Hypnose sie unterdrücken konnte. Die Leere dort unten machte Shandy Angst, und sie zog an Jasons Arm. »Schnell! Sind sie da unten? Sind sie alle da?«

Jason zwinkerte. »Ja, ich...«

Über ihnen brach eines der Rotorblätter mit metallischem Kreischen ab und segelte davon; der Hubschrauber sackte plötzlich mehrere Meter ab, aber die drei verbliebenen Rotorblätter verhinderten den Absturz. Shandy, verzweifelt bemüht, die Losung über ihre Lippen zu bringen, kreischte in Todesangst auf.

13

»... BRINGT NEUE FREUDE! O mein Gott, neue Einsicht bringt neue ...«

Sie hatte das Bewußtsein nicht verloren, aber die erneuerten Geräusche berstenden Metalls, das jähe Gefühl des freien Falls und der betäubende, krachende Aufschlag hatten die gleiche Wirkung. Sie kauerte zusammengestaucht auf ihrem Sitz, festgehalten vom Gurt, die Hände in instinktiver Abwehrhaltung über den Kopf gehoben.

»Glück gehabt; es ist halb so schlimm.« Jason beugte sich über sie und hakte die Gurte los, hellwach und geistesgegenwärtig. Prester zog Doydoy in die Höhe, der mit seinen Kissen auf den Boden geschleudert worden war und seine Brille aufzusetzen versuchte. Eines der Gläser war gesprungen.

Sie richtete sich auf. Der Pilot lag bewußtlos in seinem Sitz, Blut rann ihm übers Gesicht, und die beiden anderen Besatzungsmitglieder zählten stöhnend und fluchend ihre Knochen. Aber die Hypnose war gebrochen. Entweder die Losung oder der Absturz hatte sie zur Besinnung gebracht. Der Hubschrauber hatte sich in eine Rasenfläche gebohrt und lag etwas zur Seite geneigt, ein geborstenes Wrack ohne Rotorblätter.

»Er ist nur bewußtlos«, sagte Jason zu den Männern der Besatzung. »Faßt beide mit an und schafft ihn hinaus. Bringt ihn in ein Krankenhaus. Klar?«

Einer von ihnen nickte benommen. Der andere stieß die Tür auf, und gemeinsam mühten sie sich mit dem Piloten aus dem Wrack. Als sie draußen waren, nickte Jason dem Negerjungen zu. »Hilf ein bißchen nach, damit sie schnell aus der Gefahrenzone kommen.«

Prester schnippte mit den Fingern, und die drei Männer verschwanden.

»Er!« schnaubte Jason. »Muß für alles eine Geste haben. Shandy, spring raus und lauf, was du kannst!«

Er hielt ihr die Tür, und sie sprang, aber die Beine knickten unter ihr ein, als sie am Boden landete. Jason sprang hinter ihr aus der Maschine und zog sie hoch. »Nun mach schon, Shandy!« Er gab ihr einen Stoß, daß sie vornüber schoß, aber sie kam nach einem unfreiwilligen Purzelbaum mit einer Leichtigkeit wieder auf die Beine, die sie überraschte. Als sie zur Straße rannte und zurückblickte, sah sie den Hubschrauber lichterloh brennen und Jason mit Doydoy auf dem Rücken und Prester im Gefolge über die Rasenfläche laufen.

Unweit der Straße trafen sie wieder zusammen und warfen sich hinter einem Rosenbeet ins Gras. Doydoy zeigte zum Gebäude und stotterte: »Jocko d-da d-drinnen!«

»Ja, der Ausguck«, schnaufte Jason. »Die anderen werden unter der Erde sein.«

»Das Gebäude ist nicht alles?« fragte Shandy.

»Bloß Verwaltung. Die Spitze eines Eisbergs. Alles übrige ist atombombensicher unter der Erde – alle Kommandoleitstellen, Fernmeldeeinrichtungen und Rechenanlagen – ein riesiger Komplex. Wenn sie unten sind, wissen sie nicht, was an der Erdoberfläche vorgeht; darum brauchen sie Jocko als Beobachter.«

»Er hat die Leute oben alle schlafengelegt«, sagte Prester. »Zwei sind tot.« Nach einer Pause fügte er hinzu: »Den Jungen möchte ich gern herausschießen.«

»Das werden wir tun«, versprach Jason. »Aber wir sitzen hier nicht günstig.« Das Blumenbeet bot eine gewisse Deckung, aber zwischen ihnen und dem Gebäude im Norden lag eine weite Rasenfläche ohne Deckungsmöglichkeiten. »Wir müssen es von der Seite versuchen. Vielleicht gibt es dort einen zweiten Eingang. Halten wir uns am Rand der Anlagen. Los, Shandy, lauf!«

Sie sprang auf und rannte los. Der Rasen war weich und federnd, und Nässe von den jüngsten Regenfällen durchdrang ihre Turnschuhe. Einmal blickte sie zurück und sah Jason und Prester nachkommen. Ohne Zwischenfall erreichte sie die Seitenfront mit einem offenbar unbewachten Eingang, machte schnaufend und mit schmerzenden Beinen halt und sah sich nach den anderen um. In diesem Augenblick wurde sie an beiden Armen gepackt und durch die Türöffnung ins Gebäude gezerrt. Sie zappelte instinktiv, aber ihr schwächlicher Widerstand blieb ohne Wirkung. Als sie den ersten Schreck überwunden hatte, sah sie, daß einer der beiden Frankie Slippec war, doch zeigte sein Blick kein Wiedererkennen.

Sie waren schnell und nahmen keine Rücksicht. Im Laufschritt ging es Stufen hinauf, durch eine Eingangshalle und einen Korridor, wo bewußtlose Körper zuhauf lagen, dann in halsbrecherischem Tempo eine Treppe hinab, weil die Aufzüge ihnen zu langsam waren. Zweimal brach Shandy zwischen ihnen zusammen, aber die beiden brachten sie mit Tritten und Schlägen wieder auf die Beine und zogen sie weiter. Zuletzt stießen sie die halb Ohnmächtige in einen Aufzug, und Shandy fühlte undeutlich, wie sie abwärts sanken, tief unter die Erde.

Um sich im unterirdischen Labyrinth zurechtzufinden, hatten sie die wichtigsten Verbindungswege mit Rußspuren markiert. Diesen folgten sie in einen großen, hell beleuchteten Raum, wo sie endlich stehenblieben und Shandy losließen.

Zitternd und kaum fähig, sich auf den Beinen zu halten, blinzelte sie in die jähe Helligkeit.

Die hohen Wände waren mit Leuchtkarten und Radarschirmen bedeckt, auf denen geheimnisvolle Lichtpunkte, Leuchtsignale und Symbole in verschiedenen Farben glommen. Ihnen gegenüber standen sechs breite Bedienungskonsolen mit Steuerungsknöpfen, Übertragungs- und Kommunikationsgeräten sowie Datenanschlüssen. Das diensttuende Personal war des Bewußtseins beraubt und in eine Ecke auf einen Haufen geworfen worden. Shandy sah Marczinek zurückgelehnt in einem der Drehsessel hängen; der Kopf hing ihm auf die Seite, die Arme baumelten schlaff, und sein grellbuntes Hemd war blutig. Anscheinend hatte er sich durch sein Unvermögen, die komplizierten Anlagen zu bedienen, den Zorn seiner Peiniger zugezogen.

Einen Augenblick später wurden Jason und Prester hereingeführt. Ihre Kleider waren in Unordnung, ihre Gesichter blutig geschlagen. Aber Doydoy fehlte.

Shandy wollte sich um Marczinek kümmern, aber Curtis Quimper sagte: »Bleib, wo du bist! Er lebt, und du willst sicher, daß es dabei bleibt.«

»Aber...«

Jason nickte ihr matt zu. »Halte du dich da raus! Wir können nichts für ihn tun.«

Sie blieb bei der Wand stehen. »Wo ist Doydoy?«

Curtis Quimper zuckte die Achseln. »Sieht so aus, als wäre er entwischt.«

»Das ist gut.«

»Den kriegen wir schon, keine Bange.«

»Ich dachte, er wäre euch gleichgültig.«

Jason sagte: »Sie denken, sie könnten ihn dazu bringen, diese Anlage zu bedienen.«

»Wozu?«

»Macht natürlich, was sonst?« sagte Jason. »Weißt du, was von hier aus überwacht und gesteuert wird? Alle militärischen Warnsysteme, Interkontinentalraketen, Unterseeboote, Bomber und was weiß ich noch. Vielleicht die halbe Welt.«

»Dafür braucht ihr Doydoy nicht. Ihr hättet euch in den Köpfen dieser Leute hier umsehen können.« Sie nickte zu den kreuz und quer übereinanderliegenden Gestalten in der Ecke.

»Die machten Ärger... wir konnten nicht sicher sein, daß sie unseren Befehlen gehorchen.«

»Doydoy könnte euch hier auch nicht weiterhelfen«, sagte Jason. »Er versteht von diesem Zeug noch weniger als Marczinek.«

»Dachtest, du hättest dieses Ding besonders schlau eingefädelt, wie?« sagte Curtis Quimper. »Aber du hast nicht einkalkuliert, daß wir diese dumme Ziege einfangen und eure Pläne durchkreuzen würden.«

»Sie hat nichts damit zu tun«, sagte Jason.

»Wir glauben, sie hat eine Menge damit zu tun. Niemand weiß, was in ihrem Kopf vorgeht? Nun, wir werden es herausbringen.«

Jason war mit ein paar schnellen Schritten bei ihr und stellte sich vor sie. »Versucht es nicht!«

Lavonne lachte. »Seht den großen Beschützer. Den kleinen Kavalier!« Sie stemmte die Hände in die Hüften und faßte ihn ins Auge. Jason griff sich mit beiden Händen an den Kopf, krümmte sich und schrie vor Schmerz.

»Kleiner Mann«, sagte Lavonne kichernd, »du hast wirklich komische Ideen. Sei lieber artig, das tut nicht so weh.« Ihr Ton wurde kalt und drohend. »Glaubst du vielleicht, wir würden euch nicht fertigmachen, um Doydoy zu kriegen?«

Shandy glaubte ihr aufs Wort. Sie würden viel riskieren, um Doydoy zu bekommen, denn sie brauchten ihn nötiger, als sie zugeben würden. Nicht nur seiner Kräfte wegen. Er war auch ihr Gedächtnis und ihre Denkfähigkeit. Erinnerungsvermögen und Aufmerksamkeitsspanne der anderen waren so begrenzt, daß sie ohne ihn nicht nur vergaßen, was sie in seinem Geist gelesen hatten, sondern auch das meiste von dem, was sie selbst durch Erfahrung gelernt hatten.

Sie faßte sich ein Herz und trat vor. »Ich glaube euch – aber ihr braucht nichts zu tun. Ich weiß nicht, wo Doydoy ist.«

»Das nehme ich dir nicht ab!« versetzte Lavonne. »Aber es wird nicht lange dauern, um dich kleinzukriegen.«

Shandy hielt ihrem herausfordernden Blick stand. Das schlimmste an Lavonne war, daß sie sich unentwirrbar in das Böse verstrickt hatte. Es gab keine Möglichkeit, an das Gute in ihr zu appellieren, und nichts war an ihr, das zu retten sich lohnte.

Festino-80-

Ohne den Blick von ihr abzuwenden, sagte Shandy: »Ich wußte nicht, daß du dich aufs Altenteil zurückgezogen hast, Curtis.«

»Wieso das?«

»Wieso? Es sieht so aus, als hättest du Lavonne die Führung überlassen.«

»Führung überlassen!« höhnte Curtis Quimper. »Hast wohl einen an der Knolle, wie? Wer sagte was von...«

»Jedenfalls besorgt sie hier das Reden, oder vielleicht nicht? Weißt du, Lavonne ist so stark und schlau, daß sie an Gedanken vor dir verbergen kann, was sie will... Sie könnte es sogar fertigbringen, daß ihre linke Hand nicht weiß, was die rechte tut, und sie ist deine rechte Hand, Curtis.«

»Die haben sie wirklich zu heiß gebadet!«

»Vielleicht, aber ich bin nicht blöd.«

»Du denkst bloß, daß du schlau bist«, sagte Lavonne.

Shandy beachtete sie nicht. »Curtis, ich bin nicht telepathisch begabt, aber ich wette, daß du von alledem im Grunde längst die Schnauze voll hast. Du bist es längst müde, dich wegen jeder Kleinigkeit mit Jocko oder Colin oder sonstwem auseinanderzusetzen, der sich irgendwas in den Kopf gesetzt hat – selbst wenn Lavonne dir hilft. Ich habe nichts von deinen Kräften, aber ich habe viel getan, um Doydoy aus dem Lager herauszuholen, und er wird nicht wieder dort landen, egal was geschieht, weil er uns geholfen hat. Du wirst es nicht mehr lange machen, Curtis. Du brennst aus, wirst diesem Haufen bald nicht mehr nützlich sein können und als toter Mann enden... Aber uns könntest du noch viele Jahre nützlich sein. Hilf uns jetzt – und vielleicht ist auch für dich noch etwas drin.«

Ihr Blick schoß zu Jason, der unter Schmutz und verschmiertem Blut eine skeptische und besorgte Miene machte. Curtis Quimper schnaubte. »Ein feines Angebot, was du dir da in deinem Köpfchen ausgeheckt hast! Du bietest mir an, daß ich euch helfen darf.«

Immerhin hatte sie seine Aufmerksamkeit und die der anderen von sich selbst und Doydoy abgelenkt. »Ich biete nichts«, sagte sie, »Ich bitte dich nur, uns zu helfen und dich selbst zu retten, ehe Prothero kommt und es zu spät ist.«

»Sag uns, wo Doydoy ist, bevor Prothero kommt«, sagte Lavonne, »und wir lassen dich vielleicht am Leben – vielleicht.«

»Ich weiß nicht, wo er ist – aber ich wette, er ist nicht weit. Ich wette, er weiß, was hier unten vorgeht. Und wenn ich Doydoy wäre, dann hätte ich mir Jocko vorgeknöpft, während du große Töne darüber spucktest, was du tun würdest.«

Lavonnes Gesicht verzerrte sich. »Wofür hältst du dich...« Sie brach ab und runzelte die Stirn. Es schien, als horche sie, dann flüsterte sie: »Jocko?«

Die anderen merkten nun auch auf und starrten einander an.

Curtis trat auf Shandy zu, wickelte sich eine Handvoll ihrer dünnen Haarsträhnen um die Faust und zog ihren Kopf mit einem schmerzhaften Ruck zur Seite und abwärts, wo er ihn festhielt. »Was geht hier vor?«

Sie keuchte vor Schmerzen. »Ich schwöre...«

»Lies meine Gedanken!« sagte Jason. »Sie ist nicht telepathisch. Sie hat keine Ahnung, was oben los ist...«

Aber Curtis Quimper hatte keine Zeit mehr für sie. »Jemand muß sofort rauf und nachsehen! Schnell!«

Einer rannte zur Tür hinaus, nur um Sekunden später wieder aufzutauchen. »Die Markierungen sind weg!«

»Weg?« Er ließ Shandy los. »Wer war das?«

»Keiner von uns, Quimp, ehrlich!«

Curtis atmete schwer. »Nick, du kennst dich hier aus. Du gehst jetzt rauf und siehst nach dem Rechten! Wir müssen wissen, was draußen vorgeht und was mit Jocko ist. Hast du verstanden?«

»Ich? In Ordnung, bin schon unterwegs.« Er eilte hinaus.

Kaum waren seine Schritte im Korridor verhallt, als Curtis alarmiert umherblickte. »Er sendet nicht mehr. Nick?«

»Nick! Wo steckt er? Was zum Teufel geht hier vor?«

»Ich hab' ihn! Er... nein, er bleibt weg! Er...«

»Verloren! Verdammt, er war kaum zur Tür hinaus! Wie...« Curtis Quimper fuhr herum und packte Jason vor der Brust. »Jemand treibt hier ein Spielchen, wie?«

»Wir nicht, Quimp.« Jasons Mund verzog sich zu einem gepreßten Lächeln. »Das ist jemand mit wirklicher Kraft.«

»Doydoy, meinst du, wie?«

»Wer sonst?« sagte Jason. »Aber ihr könnt ihn nicht lesen, weil hier unten alles mit Blei und Stahl abgeschirmt ist. Zu dumm, daß wir das nicht mit dem Lager machen konnten.«

»Der redet zuviel«, sagte Lavonne drohend, und Jason brach zusammen. Shandy schrie auf und warf sich neben ihm auf die Knie.

»Laß ihn!« sagte Prester. »Es ist eine abgedrückte Halsschlagader. Er wird nur ein paar Minuten weg sein.«

Erst Marczinek, nun Jason. Shandys Blick ging von einem zum anderen. Jeder Atemzug vergrößerte den Blutfleck auf Marczineks Hemd; Jasons Gesicht war weiß und leblos. Wenn sie nur etwas tun könnte. Wenn Doydoy wirklich in der Nähe wäre…

Sie schob sich näher an Prester heran und flüsterte: »Abschirmen!«

Er nickte unmerklich.

Jemand schrie: »Was machen wir jetzt? Ihr habt uns in diese Scheiße gebracht!«

»Ja! Jocko ist weg, und nun Nick…«

Lavonne stemmte die Hände in die Hüften und ließ sie ihre Verachtung fühlen. »Habt ihr Schiß, ihr Säuglinge? Wollt ihr die Windeln gewechselt haben?«

Curtis schob sie zur Seite und trat mit finsterem Blick vor die Meute. »Bleiben wir beisammen und lassen sie zittern. Oder wollt ihr lieber ausbrechen? Dann riskieren wir es, in eine Bombe zu laufen. Wollt ihr das? In Ordnung!«

Shandy hatte die Gelegenheit benutzt, sich neben Prester hinter eine Konsole zu kauern. Während er seine Gedanken gegen die Meute abschirmte, wisperte sie: »Kann Doydoy abschirmen und dich trotzdem lesen?«

Er nickte wieder. »Kannst du ihm deine Gedanken öffnen, ohne daß die anderen es merken?«

Nicken.

»Hör zu: Ihr werdet hier nicht mehr gebraucht. Ich werde die Meute ablenken, und Doydoy soll die Gelegenheit wahrnehmen und dich und Jason und Marczinek herausholen.«

Ehe er Einwände machen konnte, kroch sie um die Konsole und an ihrer Rückseite entlang zur nächsten, als gäbe es eine reelle Chance für sie, unbemerkt zum Ausgang zu gelangen. Der Kunststoffbelag war glatt und kühl unter ihren Händen. Nun zur nächsten Konsole…

»Seht mal, was wir hier haben!«

Schritte näherten sich, und zwei Füße pflanzten sich vor ihr auf, die Stiefelspitzen fast in Berührung mit ihren Fingernägeln. Sie sah langsam auf. Curtis Quimper blickte belustigt auf sie herab. Sie dachte an Helmi und an die Frau neben der Straße bei Pineville, und ihr Mund wurde trocken.

Er zog sie zum Gelächter seiner Horde an den Haaren hoch, bis sie auf den Zehenspitzen stand. Jenseits des von den Wänden wi-

Festino -80-

derhallenden Gelächters, jenseits der hilflosen Angst sah sie, daß sein Haar so dunkel, seine Augen so blau wie ihre eigenen waren.

»Abhauen, was?« Er stieß sie gegen einen Metallschrank und hielt sie dort mit ausgestrecktem Arm. Sie stieß, krallte und zappelte. Jetzt, Prester, bat sie stillschweigend.

Curtis lachte. »Seht mal die aufgespießte Heuschrecke«, sagte er. »Dachtest du wirklich, du könntest uns entwischen?«

Hinter ihnen wurde ein platzendes Geräusch vernehmbar, ähnlich dem Entkorken einer Sektflasche. Sie fuhren herum. Marczineks Stuhl war leer, Jason und Prester waren verschwunden. Auch die bewußtlosen Körper des Personals lagen nicht mehr in der Ecke. Die Meute gaffte. Shandy stellte ihren Widerstand ein. »Das war alles, was ich dachte«, sagte sie und schloß die Augen.

Ein Wutgebrüll war die Antwort. Hände rissen sie in die Mitte des wütenden Haufens, und ein Hagel von Faustschlägen und Tritten ging auf sie nieder, trieb ihr den Atem aus der Lunge und das Blut aus Nase und Mund, drosch sie zu Boden, wo sie sich unter den trampelnden, tretenden Füßen krümmte...

»AUFHÖREN!« Es war Curtis Quimper. Aus Gewohnheit hielten sie inne. Shandy lag halbtot zu ihren Füßen, die geschwollenen Augen geschlossen, kaum bei Besinnung. »Ihr Schwachköpfe, wir haben keine Geiseln mehr!«

Lavonne lachte, ein heiseres, häßliches Bellen. »Du hast keine Geisel mehr!« Und wie durch ein Wunder schwebte Curtis zappelnd empor, beschrieb einen engen Bogen, stürzte ab und landete mit einem Geräusch von brechenden Knochen auf der Schulter. Er rollte stöhnend auf den Rücken und rührte sich nicht mehr.

Lavonne schrie: »Jetzt hört ihr auf mich!«

Aber Frankie Slippec widersetzte sich. »Du mit deiner Schnauze«, sagte er. »Fällt mir nicht ein. Von dir laß ich mir nichts sagen.« Er wandte sich um und ging zur Tür.

Sie blickte ihm nach. Er erstarrte mitten im Schritt, wurde von einem Zittern überlaufen und brach zusammen.

»Tot...« Keiner wagte ein Wort zu sagen. Sie hatten Scheußlichkeiten verübt, sie hatten getötet, aber immer nach ihrem eigenen, verzerrten Ehrenkodex, nach bestimmten Regeln, die faire Bedingungen vorschrieben. Dies war etwas anderes.

»Jetzt werdet ihr auf mich hören!«

Sie warteten. Lavonne hob den Kopf und rief zur Decke hinauf: »Doydoy! Hörst du mich, Doydoy, es ist deine letzte Chance! Du kommst hier runter und holst uns raus, oder wir lassen ein paar hundert Raketen auf die Welt los! Weißt du, was das bedeutet, Doydoy? Also komm her!«

Stille. Dann wisperte der Flügelschlag einer unsichtbaren Gegenwart über ihnen. Selbst Shandy fühlte es in ihrem Zustand. Eine Kraft von solcher Ausstrahlung, daß sie selbst in ihrem dumpfen Geist einen schwachen Widerhall fand. Doydoy?

»Da ist er!« Eine Gruppe lief zur anderen Seite des Raums hinüber. »Kommt!«

Lavonne glotzte zu ihnen hinüber. »Was redet ihr da?«

»Er ist im Korridor!«

»Nein, ist er nicht, er ist...«

»Da ist er, ich sehe ihn! Doydoy!« Zehn Jungen rannten hinaus.

»Idioten!« kreischte Lavonne ihnen nach, »er legt euch rein, er ist...«

Die anderen wurden plötzlich still, wandten die Köpfe und lauschten. »Er ist oben«, flüsterte einer. Drei andere gesellten sich zu ihm, die Gesichter aufwärts gewandt.

Und plötzlich erschien Doydoy, schwebte unter der Decke, stieß herab und segelte zur Tür hinaus. Die Gruppe folgte ihm mit Geschrei.

»Das ist er nicht!« zischte Lavonne. »Es ist bloß eine Vorspiegelung, er will uns täuschen...«

»Ich bin es wirklich.« Alle wandten sich um. Doydoy kauerte wie ein unförmiger Frosch auf einer der Konsolen. Er fürchtete sie nicht mehr. Er lächelte ihnen zu, erhob sich in die Luft und verschwand durch die Tür zum Nebenraum.

Bevor jemand folgen konnte, rief Lavonne: »Wartet, Idioten!« Sie lief zu Shandy, die noch immer am Boden lag, halb gelähmt und benommen von den Schmerzen, und versuchte sie hochzuziehen. »Sie ist unsere Geisel. Los, helft mir!« Colin Prothero packte mit an, und gemeinsam brachten sie Shandy auf die Beine und zerrten und schleiften sie mit sich. Durch den Nebenraum, der mit Schreibtischen, Telefonen und zugedeckten Fernschreibern angefüllt war.

Doydoy war nicht zu sehen. Selbst das Gefühl seiner Anwesenheit war erloschen.

»Er ist fort.« Sie drängten weiter, schnaufend vor Anstrengung, der Panik nahe, in Räumen, wo Ersatzteile gelagert waren, in Archive mit Aktenregalen und Lesegeräten für Mikrofilme, durch verlassene Konferenzzimmer, Aufenthaltsräume und sanitäre Anlagen. Bis es nicht mehr weiterging. Nackte Wände aus Stahl, mit Blei ummantelt, dahinter gewachsener Fels.

»Da ist nichts! Wo sind die anderen?«

»Keine Ahnung – wir müssen zurück.«

»Ich sage, er ist hier! Er muß hier sein!« Sie starrten Lavonne an und begannen zurückzuweichen. »Ich sage euch, er...« Aber es gab nichts, was sie ihnen sagen konnte. Sie rannten zurück, nur noch von dem Gedanken beseelt, aus diesem höllischen Labyrinth herauszukommen.

Lavonne, die Shandy während der ganzen Zeit nicht losgelassen hatte und es auch jetzt nicht tat, begann vor Wut und Enttäuschung zu weinen. Colin war als einziger bei ihr geblieben. Er hatte nicht den Mut aufgebracht, mit den anderen wegzulaufen.

»Doydoy hat das getan...«, schluchzte sie. »Dieser kleine Bastard, dieser Teufel...«

Er hatte sie nicht zur Oberfläche gelockt, wo sie Unheil anrichten oder auseinanderlaufen mochten, bevor sie eingefangen werden konnten. Er hatte sie im Labyrinth ausschwärmen lassen, ohne Orientierung und Verbindung mit der Außenwelt, bis sie in Angst und Panik gerieten und in hilfloser Wut gegen Wände aus Stahl und Blei anrannten und zerstörten, was ihnen in den Weg kam.

Und während sie sich so ihrer Wut und Verzweiflung hingaben, überwältigte er sie einzeln, einen nach dem anderen. Doydoy, der zugleich Weichherzigste und Mächtigste und auch derjenige, der die Macht am meisten haßte, erteilte ihnen die einzige Lektion, die sie lernen konnten.

»Ich bin noch lange nicht am Ende«, brüllte Lavonne. »Ich kann auch was! Der soll sich wundern!«

»Laß sein!« murmelte Colin unbehaglich. »Tu's nicht!«

»Du willst, was Frankie gekriegt hat, wie? Nun, wenn es das ist, was du...«

»Nein, nein, Lavonne, laß das!«

»Dann mach voran!«

»Lassen wir wenigstens sie hier. Dann brauchen wir uns nicht mit ihr abzuschleppen.«

»Wir werden sie in der Mitte von allem lassen. Jetzt komm!«

Shandys schwächliche Gegenwehr vermochte gegen die Kraft der Wut und der Verzweiflung nichts auszurichten. Unter Keuchen, Fluchen und Schluchzen stießen und zerrten sie sie zurück in die Befehlszentrale. Der hohe, weite Raum war menschenleer. Nur Curtis lag bewußtlos vor den stummen grüngrauen Konsolen.

Lavonne wandte ihr Medusenhaupt. »Jetzt!«

»Nein, nein!« rief Colin. »Mach keinen Unsinn, Lavonne!«

Sie lächelte verkniffen. »Ich brauche dich nicht.« Er stürzte.

Shandy, nicht mehr von ihm gestützt, konnte sich nicht länger auf den Beinen halten und brach neben ihm zusammen.

Am Boden liegend, mehr tot als lebendig, und nicht mehr fähig, Schrecken zu empfinden, sah sie durch die roten Schleier vor ihren Augen, wie Lavonne von Konsole zu Konsole eilte und wahllos Knöpfe und Tasten zu drücken begann. Auf den Leuchtkarten und Kontrollschirmen blitzten Lichtpunkte auf und erloschen wieder. Eine Ausdruckstation begann zu rattern und einen Endlosstreifen auszuspucken. Aber schon bald war Lavonne der Spielerei überdrüssig; die Lichtsignale blieben stumm und rätselhaft und ließen nicht erkennen, ob die gewünschte zerstörerische Wirkung eingetreten war. Lavonne trat zurück, hob die geballten Fäuste und drehte sich um ihre Achse. Die Luft erzitterte wie unter den Druckwellen von Explosionen, die Leuchtkarten und Schirme der Radarüberwachung barsten, Konsolen brachen auseinander und sanken schmelzend in sich zusammen. Shandy spürte die sengende Hitze durch die dünne Kleidung, versuchte sich aufzurichten und fiel zurück. Schränke platzten auf und entblößten ihre qualmenden, schmelzenden Eingeweide aus gebündelten Kabeln und Schaltkreisen, Wandverkleidungen wellten sich und rannen in zähflüssigen Streifen herab.

Lavonne heulte triumphierend, eine Hohepriesterin der Zerstörung. Ihr unstet schweifender Blick fiel auf Shandy und blieb an ihr haften.

»Du«, flüsterte sie, »du hast auch mitgeholfen. Nun zu dir.« Sie wankte wie eine Schlafwandlerin näher und beugte sich über sie.

Shandy fühlte die Hände nach ihrem Hals tasten und bewegte sich schwächlich, ohne Hoffnung. Mit einem Gefühl tiefer Verlassenheit und Resignation dachte sie: Nun werde ich es nie erfahren.

Hinter Lavonne bewegte sich etwas. Curtis Quimper streckte stöhnend seinen gesunden Arm aus und zog sie am Fuß. Sie richtete sich auf, um ihn wegzustoßen.

Etwas flog in den Raum, fiel mit metallischem Geklapper auf den Boden und blieb zischend liegen. Sie blickte auf. Es war ein Metallzylinder, aus dem dünner, weißlicher Rauch schoß, der sich unsichtbar mit der Luft vermischte. Sie zwinkerte wie benommen, tat zwei schwankende Schritte auf den Zylinder zu und fiel.

Nichts regte sich mehr. Nur das gleichmäßig zischende Ausströmen des Gases aus der Bombe.

Ehe Shandy in Schwärze unterging, gelang ihr eine letzte Wahrnehmung. Eine ragende, massige Gestalt in einem Schutzanzug mit Gasmaske kam in den Raum gewatet und begann zwischen den Trümmern zu suchen. An den Bewegungen und den Augen hinter dem Visier der Gasmaske erkannte sie Prothero. Unweit von ihr fand er, was er suchte, und beugte sich über den Leichnam seines Sohnes, das Gesicht gezeichnet von den Narben seiner bitteren, hilflosen Liebe.

14

Einmal erwachte sie in der Finsternis.

Durch die Schlitze der Lider sah sie Lampenschein und die Bewegungen von Gestalten davor. Ihr Mund und ihre Kehle waren ausgetrocknet, und sie bewegte den Kopf gequält von einer Seite zur anderen, unfähig zu sprechen.

Eine Hand hielt ihren Kopf, eine Glasröhre wurde ihr zwischen die Lippen geschoben; sie trank.

Eine tiefe Stimme polterte: »Wie geht es ihr?«

Eine andere Stimme antwortete: »Schon besser. Aber ich möchte nicht, daß wir sie unnötig aufregen oder ermüden.«

Der andere, es war Prothero, grollte: »Ich bin mehr besorgt und vorsichtig als Sie, Doktor.«

Shandy befeuchtete sich die Lippen und murmelte: »Marczinek?«

»Er ist schwer verletzt, aber am Leben«, sagte Grace Halsey. »Schlaf jetzt, Kind.«

Aber sie krächzte: »Die Maschinen... Lavonne...«

»Die Maschinen sind ruiniert, aber es gibt drei andere, gleichartige Anlagen, die ihre Funktionen übernehmen können. Und Lavonne haben wir in den Käfig gesteckt. Die Welt dreht sich weiter, und du kannst ruhig schlafen.«

»Jason...«

»Alle sind gesund und in Sicherheit«, sagte Dr. Halsey. »Aber nun haben wir für diesmal genug geredet.«

Eine Nadel stach ihren Arm, und sie glitt in eine Dunkelheit, wo sie mit kreischenden Nachtmahren kämpfte und tagelang hilflos in Ozeanen des Schreckens dahintrieb, bis sie zuletzt auf eine Sandbank von Stille gespült wurde.

Urquhart: Shandy. Kannst du mich hören?
Shandy: Ja. Träume ich?
Urquhart: Nein. Öffne die Augen! Kannst du mich sehen?
Shandy: Ja.
Urquhart: Gut. Wie fühlst du dich?
Shandy: Mir tut alles weh. Was wollen Sie?
Urquhart: Ich möchte mich ein wenig mit dir unterhalten.
Shandy: Sie – haben Sie mich hypnotisiert? Ich fühle mich so komisch.

Urquhart: Nein, ich habe dich nicht hypnotisiert. Aber es gibt Verschiedenes, was ich wissen möchte. Ich werde keine Tiefenanalyse versuchen, aber du weißt, ich wollte gern erfahren, was in dir vorgeht und wie du denkst... Ich habe dir bloß Drogen gegeben, damit du dich entspannen kannst und einige deiner Hemmungen verlierst.

Jason: Hemmungen! Hatte sie jemals welche?

Shandy: Wenn ich keine Hemmungen habe, kann ich dir sagen, was ich von dir halte, du Gorilla!

Jason: Sie scheint wieder ganz die alte.

Urquhart: Jason, vielleicht hast du ein Recht, hier zu sein, aber wenn du das Gespräch störst, muß ich dich hinausschicken.

Jason: Schon gut, schon gut.

Urquhart: Shandy, Jason hat mir von deiner Theorie über die Ursachen telepathischer Fähigheiten und genetische Defekte bei Delinquenten erzählt.

Shandy: Das war keine Theorie, nichts Definitives. Es war nur eine Idee, ein Erklärungsversuch.

Urquhart: Ich verstehe. Ob dieser Erklärungsversuch stichhaltig ist, wollen wir einstweilen dahingestellt sein lassen, aber ich würde gern ein wenig mehr über die Sache hören.

Shandy: Ich glaube nicht, daß es darüber viel zu sagen gibt. Aber wenn Sie sich jugendliche Kriminelle im allgemeinen und unsere Ausbrecher im besonderen ansehen, so scheinen sie alle einem bestimmten körperlichen und emotionalen Typ zu entsprechen. Ich spreche dabei von Weißen; wie es sich mit Angehörigen anderer Rassen verhält, kann ich nicht sagen.

Urquhart: Gut, lassen wir diese einstweilen aus dem Spiel. Worauf gründen sich deine Vermutungen?

Shandy: Also, zunächst zeigen sie schon in der frühen Kindheit bestimmte Verhaltensmuster. Sie sind aktiv und ruhelos, und viele bleiben bis über das zehnte Jahr hinaus Bettnässer. Im Alter von vierzehn Jahren sind die meisten von ihnen schon mehrmals mit der Polizei in Konflikt geraten, und statt Schuldgefühle zu entwickeln, glauben sie einfach, alle Welt sei gegen sie. Im allgemeinen gehören sie zum mesomorphen Typ und bleiben bis zur Pubertät im Wachstum eher zurück; dann aber schießen sie plötzlich empor. Ihr Verhalten gegenüber Außenstehenden ist feindselig, argwöhnisch und trotzig, und sie sind unfähig, sich irgend etwas, wonach es sie momentan verlangt, zu versagen, oder Pläne für die Zukunft zu machen...

Urquhart: Und sie haben häufig die Gehirnwellen von Kindern – und auch unreife, schwach ausgeprägte Kapillarschleifen in den Fingerspitzen.

Shandy: Wirklich? Das wußte ich nicht.

Urquhart: Aber das alles berechtigt nicht dazu, sie Tiere zu nennen.

Shandy: Vielleicht nicht, aber was sie von anderen Leuten unterscheidet, sind physische Merkmale. Ich habe gelesen, daß es viele Psychopathen gibt, deren Gehirnströme normale Muster aufweisen, also ist das vielleicht kein sicheres Unterscheidungsmerkmal. Ich glaube, das Primitivste oder am meisten Tierische an ihnen ist, daß sie nur für die Gegenwart leben können und alles sofort haben zu müssen meinen. Und die grundsätzliche Feindseligkeit.

Urquhart: Viele von ihnen kommen in den Dreißigern zur Ruhe.

Shandy: Das gilt auch für die Löwen im Zoo, wenn sie ihre Zähne verlieren – und für diese Leute ist die Welt wie ein Zoo. Ich weiß, es würde schwierig sein, sie unter den gewöhnlichen Kriminellen zu erkennen, bevor sie sich selbst und alle anderen Beteiligten so sehr ins Elend gestürzt haben, daß ihnen nicht mehr zu helfen ist. Ich würde es sogar bedauern, wenn jemand eine absolut sichere Methode zu ihrer Identifizierung entdeckte, denn dann würden bestimmt welche kommen und schreien, daß sie sterilisiert werden müßten, und das wäre schlimm. Ich weiß nicht, was für sie getan werden sollte, aber ich denke, es sollten Methoden entwickelt werden, um sie auszusondern und zu lenken, solange sie jung und gefährlich sind – ohne dabei entweder zu grausam oder zu nachlässig zu verfahren –, bis sie geeignet sind, in einer Gesellschaft zu leben. Ich denke, diese Idee könnte den Leuten helfen, solche Jugendlichen mit mehr Gelassenheit zu betrachten.

Urquhart: Hm. Gut. Nun zu dem anderen Punkt. Die meisten Menschen hatten immer ziemlich romantische Vorstellungen von Telepathie und dergleichen. Ich gebe zu, daß unsere Schützlinge nicht recht dem naiven Traum vom fleischgewordenen Übermenschen entsprechen. Aber du scheinst sie als eine Art menschlichen Abfall anzusehen.

Shandy: Das ist sicherlich überspitzt, aber diejenigen, welche diese Fähigkeiten besitzen, sind überwiegend primitiv. Psychokinese ist nichts weiter als zusätzliche physikalische Kraft, und Telepathie ist eine Methode der Kommunikation, wenn einem keine Sprache zu Gebote steht. Bei Tieren ist Telepathie wahrscheinlich sehr einfach organisiert und beschränkt sich auf wichtige Signale. Bei Herdentieren, die beisammenbleiben müssen, ist sie sicherlich nützlich, aber ein Mensch, der damit geboren wird, könnte sein persönliches Bewußtsein niemals lange genug von fremden Gedanken freihalten, um die Fähigkeit zu logischem Denken zu entwickeln.

Urquhart: Jason, Prester, Helmi und Doydoy fügen sich nicht in deine Theorie von den primitiven menschlichen Tieren, und doch haben sie parapsychologische Fähigkeiten.

Shandy: Ich kann sie nicht erklären. Ich bin nur froh, daß sie da sind.

Urquhart: Und du sagst, die Insassen unseres Lagers seien Telepathen geworden, weil radioaktive Strahlung die Keimzellen von Eltern, die ohnedies erbgeschädigte Kinder haben würden, zusätzlich schädige und die Mutationsrate erhöhe?

Shandy: Ja.

Urquhart: Nach alledem wären parapsychologische Fähigkeiten also keine Eigenschaften des Übermenschen?

Shandy: Das hört sich so an, als wären Sie enttäuscht! Vielleicht eines Tages... Aber ich glaube, es wäre kein Segen für die Menschheit. Wer könnte es schon ertragen, seine geheimsten Gedanken mit anderen teilen zu müssen? Und was sollten Wissenschaftler und Künstler tun, wenn sie nicht ungestört denken könnten?

Urquhart: Wie würdest du dir, ausgehend vom Homo sapiens, einen wirklichen Übermenschen vorstellen?

Shandy: Darüber habe ich nie nachgedacht. Muß ich das beantworten? Ich bin müde...

Urquhart: Du könntest einen Versuch machen. Du brauchst dich dabei nicht zu überanstrengen.

Shandy: Ich... ich weiß nicht... Ich denke, es würde mit dem Gehirn zusammenhängen. Aber was sollte die Menschheit, wie sie ist, mit einem solchen Übermenschen anfangen – und er mit ihr? Es hat viele Genies gegeben, und ich glaube, die meisten von ihnen waren unglücklich – und manche waren schlecht.

Urquhart: Unser Übermensch muß edel sein.

Shandy: Mindestens muß er moralisch sein, oder er richtet nur Schaden an. Selbst die klügsten Kinder werden gelegentlich durch schlechte Behandlung, mangelnde Fürsorge, fehlende Zuwendung und soziale Benachteiligung auf die schiefe Bahn geführt. Man kann nicht immer mit Gewißheit voraussagen, daß einer sich als Erwachsener von ethisch-moralischen Grundsätzen leiten lassen wird.

Urquhart: Dann braucht man also einen Menschen, der gegen schädliche Einflüsse seiner Umgebung unempfindlich ist?

Shandy: Ja. Jemanden, der sich moralisch verhält, gleichgültig, was ihm zustößt.

Urquhart: Er brauchte also ein stabiles moralisches Gleichgewicht.

Shandy: Mit viel persönlichem Entfaltungsspielraum. Andernfalls würde ein solcher Übermensch beschränkt und langweilig sein und sich auf lange Sicht nicht behaupten können. Angenommen, so einer bekäme alles Baumaterial, was er wollte, und könnte es nach seinem Belieben einsetzen und arrangieren. Aber was er auch anfangen würde, für welche von den hunderttausend Möglichkeiten er sich auch entscheiden würde, am Ende käme etwas Ausgeglichenes dabei heraus. Selbst wenn es sich nicht überwältigend ausnehmen würde, selbst wenn es einem von außen vielleicht verrückt vorkäme.

Urquhart: Wenn es allzu verrückt aussähe, würde man ihn nicht respektieren...

Shandy: Einige würden untergehen, aber das ist das Risiko, das sie im evolutionären Kampf eingehen müßten, wie alle anderen auch.

Urquhart: Dein Übermensch ist vage.

Shandy: Wenn er zu schön oder edel oder exzentrisch – kurz, wenn er zu auffällig wäre, würden die anderen ihn aussondern und beiseiteschieben. Er müßte ein organischer Teil der Gesellschaft sein, um seine Qualitäten weitervererben zu können. Ich kann mir einen solchen Übermenschen nicht als Untergebenen vorstellen, also vermute ich, daß er sich abseits halten und unauffällig bleiben würde, bis er sein Baumaterial beisammen hätte und unabhängig wäre. Und er würde beobachten und lernen und warten.

Urquhart: Worauf warten?

Shandy: Um zu entdecken, wer er ist.

Urquhart: Warum würde er das entdecken?

Shandy: Weil ein intelligenter Mensch, der nicht wißbegierig ist, nutzlos ist. Es gibt viele anständige Leute, die aber keine neuen Ideen ertragen können, und solche sind dann mehr Hindernis als Hilfe. Ein Übermensch würde um Selbsterkenntnis bemüht sein, weil er gar nicht anders könnte, als alles in seiner Möglichkeit Stehende in Erfahrung zu bringen.

Urquhart: Und sobald er sich über sich selbst Klarheit verschafft hätte?

Shandy: Würde er versuchen, einen ihm gemäßen Platz in der Gesellschaft zu finden und vielleicht heiraten und Kinder haben.

Urquhart: Das wäre ein bescheidener Übermensch.

Shandy: Er wäre von einer Art, mit der auch gewöhnliche Leute auskommen könnten, selbst wenn sie gelegentlich das Gefühl hätten, er sei ein wenig exzentrisch. Er würde die gleichen Empfindungen und Hoffnungen haben, und darum glaube ich, würde er auch eine Chance haben. Man kann von der Evolution nicht erwarten, daß sie mit einem gewaltigen Sprung zur Vollkommenheit führt. Ein Schritt würde genug sein.

Urquhart: Würde er glücklich sein?

Shandy: Möglich, daß er ein schweres und einsames Leben haben würde und den Wunsch hätte, überhaupt nicht anders zu sein – aber ich sehe nicht, warum er wirklich unglücklich sein sollte, hätte er doch das ganze Universum, um es zu studieren und verstehen zu lernen.

Urquhart: Ich sehe. Noch etwas, Shandy. Was für ein Kind würde unser Übermensch nach deiner Meinung gewesen sein?

Shandy: Kind? Keine Ahnung... Besonders kluge Kinder sind immer Außenseiter, und sie fallen den anderen auf die Nerven, also würde er das gewesen sein... und er würde lange brauchen, um erwachsen zu werden, weil die Entwicklung seines Gehirns viel Zeit in Anspruch nehmen würde.

Urquhart: Ja, das mag sein. Kennst du jemanden, auf den diese Beschreibung zutreffen könnte?

Shandy: Ich... ich weiß nicht... ich – oh...

Dr. Halsey: Sie ist ganz aufgeregt. Nun sehen Sie, was Sie angerichtet haben!

Urquhart: Halb so schlimm. Helmi, Prester und Jason sind mit der Telepathie zurechtgekommen. Warum sollte sie damit nicht zurechtkommen? Nun laß gut sein, Shandy, beruhige dich. Du wirst dich daran gewöhnen.

Sie erwachte zum Licht der Nachmittagssonne in ihrem alten Zimmer, und das erste, was sie bemerkte, war, daß die zerbrochenen Fensterscheiben ersetzt worden waren. Als nächstes sah sie, daß ihr Bett Gitterstäbe hatte.

Sie kletterte unbeholfen darüber, hielt in der Bewegung inne, bis der leichte Anflug von Schwindelgefühl abgeklungen war, und sah, daß sie ein weißes, baumwollenes Krankenhausnachthemd trug. Sie tappte zum Fenster, öffnete es und beugte sich hinaus, die Unterarme auf dem sonnenwarmen Sims. Jason arbeitete unten in Marczineks Blumenbeeten, hatte sie umgegraben und schaufelte aus einem Schubkarren Lehm darauf. Dazu sang und summte er vor sich hin.

»Was willst du so spät im Jahr noch aussäen?«

Er blickte überrascht auf und lächelte. »Ach, Stockrosen und Phlox, und Astern; übrigens kommt Urquhart durch den Korridor.«

Sie zog sich hastig zurück und sprang wieder ins Bett. Jason summte und schaufelte weiter.

Urquhart öffnete die Tür, spähte herein und sah, daß sie wach war. »Hallo, Shandy, du siehst mitgenommen aus, aber ich hörte, es ginge dir gut. Hunger?«

»Noch nicht. Was für einen Tag haben wir heute?«

»Mittwoch.«

»Was habe ich verpaßt?«

Er lächelte. »Nichts, ohne das du nicht auskommen könntest.«

»Ich habe Angst, zu fragen... wie es Marczinek geht.«

Er hob die Schultern. »Er ist ein alter Mann... und sie waren nicht sanft mit ihm.«

»Ich weiß, daß Frankie Slippec tot ist, und Colin... Lavonne versuchte zuletzt, alles zu zerstören.«

»Sie hat auch allerhand angerichtet. Mehrere von den Ausbrechern sind tot, viele verletzt.«

»Ich kann noch immer nicht verstehen, daß es so endete. Zuerst dachte ich, sie könnten unmöglich verlieren.«

Er schüttelte den Kopf. »Nein, Shandy. Sie konnten nicht gewinnen, weil sie sich selbst im Wege waren. Es ist wahr, sie richteten ein großes Durcheinander und viel Schaden an, aber gemessen an ihren potentiellen Möglichkeiten war es ziemlich kümmerlich. Zuerst nahmen sie Marczinek mit, nur weil er wußte, daß in Chicago das Strategische Oberkommando Nord ist, mit allen Einrichtungen zur Aktivierung der atomaren Abschreckungsstreitmacht im nördlichen Kontinentalbereich. Der arme Marczinek konnte keinen Computer bedienen, geschweige denn programmieren. Er hatte keine telepathische Begabung und wußte auch nicht, daß in den vergangenen fünf oder sechs Jahren ähnliche Befehlszentralen in San Francisco, Edmonton und Boston eingerichtet worden waren. Sobald die Gefahr erkannt wurde, wurden die Einrichtungen in Chicago einfach aus dem Befehlsnetz herausgenommen und ihre Funktionen auf die anderen Stationen verteilt. Es wäre möglich gewesen, die gesamte Anlage stillzulegen, aber die Führung vertrat die Meinung, daß wir die Ausbrecher nicht argwöhnisch machen, sondern ruhig in die Falle tappen lassen sollten.

Der zweite Punkt ist, daß sie ohne Doydoy ausgekommen wären – bloß hätten sie dann ihre Gehirne anstrengen müssen. Das Ergebnis war, daß sie blindwütig auf jeden einschlugen, der ihnen hätte helfen können. Um sich schlagen war ja auch das einzige, was sie in ihrem bisherigen Leben gelernt hatten. Sie hätten all die Jahre hindurch von Doydoys Verstand profitieren können, wenn sie irgend etwas außer seiner bloßen Kraft respektiert hätten. Aber sie wollten sich von einem Krüppel nicht belehren lassen.

Sie verpaßten ihre Chance mit Lavonne, weil sie ein Mädchen ist, und noch dazu verwachsen. Mit Prester war es ähnlich; hätten sie es versucht, wäre es ihnen vielleicht gelungen, ihn für ihre Seite zu gewinnen, aber er ist ein Neger – der einzige. Jemand, der anders als sie und darum ein Außenseiter war, konnte ihnen nicht ebenbürtig oder gar ihr Anführer sein. Danken wir unserem guten Stern, daß sie so dumm waren. Stell dir vor, was sie hätten bewerkstelligen können, wenn sie fähig gewesen wären, auf einer höheren Ebene zu operieren.«

Sie schauderte. »Das stelle ich mir lieber nicht vor. Wo sind sie jetzt?«

»Im Lager. Der einzige Ort, den wir für sie hatten.«

»Ist es dort noch sicher?«

Er lächelte. »Weißt du, wie sie hinausgekommen sind?«

Festino-80-

Sie schüttelte den Kopf.

»Doydoy brachte sie dazu, Metallabfälle zu sammeln, zu einem Klumpen zu verschmelzen und diesen weiter zu verdichten, bis er sehr klein, aber schwerer als Blei war. Dann schleuderten sie ihn psychokinetisch gegen einen der Antennenmasten, der getroffen und in so starke Schwingungen versetzt wurde, daß das Feld vorübergehend zusammenbrach. Die wenigen Sekunden reichten ihnen, um durch das Loch im Feld zu entkommen.«

»Das war klug ausgedacht.«

»Das sagte ich Doydoy auch, und er antwortete darauf nur: ›Es kostete mich acht Jahre.‹« Er schüttelte den Kopf. »Ein zweites Mal wird es ihnen nicht gelingen. Wir haben ein zweites Feld um das innere gelegt, und gegen zwei voneinander unabhängig arbeitende Felder können sie nichts ausrichten.«

»Ist Prester hier?«

»Wir wollten, daß er bei uns bliebe, aber er sagte, er werde uns nur helfen, wenn er bei den Aaslepps bleiben dürfe.«

Urquhart nahm eine Zigarre aus der Hosentasche. Sie sah die Banderole und war fasziniert. »Die haben Sie nicht aus der Zuteilung, Mr. Urquhart, stimmt's? Die Slippecs hatten einen Tabakwarenladen, und mit den Marken kenne ich mich aus.«

»Nein, die ist nicht aus der Zuteilung, Gott sei Dank.« Er betrachtete und beschnüffelte sie bewundernd. »Sorrel Park wird geöffnet, und zwar am vierten Juni.« Er lächelte schief zu ihr herüber. »Um das Ende der Unabhängigkeit zu feiern.«

»Warum?«

Er zuckte die Achseln. »Nach diesem Theater in Chicago ließ es sich nicht mehr gut geheimhalten... Ich denke, die Leute hier werden glücklich darüber sein. Schon jetzt kommen viele Waren herein – alles auf Abzahlung, versteht sich... so bin ich zu den Zigarren gekommen. Die Leute, die sich jetzt auf all das Zeug stürzen, werden sich noch wundern, wenn es ans Zahlen geht. Wie sich denken läßt, steht inzwischen das ganze Land Kopf. Die Regierung schiebt alle Schuld kaltblütig auf diejenigen, die vor dreißig Jahren in der Verantwortung standen.«

»Ich weiß nicht, ob mir der ganze Rummel gefallen wird«, sagte sie zweifelnd. »Aber das Militär wird sicherlich niemanden an das Lager heranlassen.«

»Nein.« Grimmig fügte er hinzu: »Und das wird vielleicht das schwierigste von allem sein.«

»Nun, damit werden Sie sich nicht mehr herumschlagen müssen«, meinte sie. »Sie haben Ihre Arbeit hier getan und werden Sorrel Park verlassen.«

Er blickte zum Fenster hinaus und paffte schweigend. Dann sagte er: »In meinem Schrank hängt eine hübsche neue Uniform. Vielleicht bringe ich es über mich, sie morgen anzuziehen, oder übermorgen...« Er seufzte. »Natürlich steht es mir frei, fortzugehen, aber ich kann nicht... nicht, weil ich mit der Arbeit nicht fertiggeworden wäre, sondern weil ich nie richtig damit angefangen habe. Man hat mir zusätzliche Mittel und Hilfspersonal versprochen, und vielleicht werden sich dann auch neue Ideen einstellen. Außerdem werde ich morgen heiraten.«

»Nein! Wirklich?«

»Es ist hübsch, einen Lichtschimmer in deinem Gesicht zu sehen! Ja, und die Auserwählte ist Wilma French, von der Leihbücherei, du siehst also, ich sitze hier fest.«

Ich auch, dachte sie bei sich. Aber während er hoffnungsvoll in die Zukunft blicken kann, gibt es bei mir nur gemischte Gefühle...

»Was ist los mit dir, Shandy? Billigst du meine Wahl nicht?«

»Dr. Urquhart, war das alles wahr – über mich?«

»Es mag nicht alles buchstäblich wahr sein«, erwiderte er leichthin, »aber es dürfte der Wahrheit so nahe kommen, daß es keinen Unterschied macht.«

»Es gefällt mir nicht.«

»Warum nicht?«

»Es macht mir Angst.«

»Es ist nicht so schlimm wie Telepathie zu haben.«

»Aber es gefällt mir nicht. Was wird aus mir?«

»Shandy, es ist nicht mal eine Theorie – es ist ein Glaube. Niemand kann es so oder so beweisen, und infolgedessen wird man dich deswegen nicht allzuviel belästigen oder ein solches Aufhebens davon machen, wie es gegenwärtig bei den parapsychologischen Kräften der Fall ist. Wir kennen dich ganz gut, aber wir wissen noch nicht, wofür du gut bist. Vielleicht werden wir dich für einige Zeit fortschicken, um Tests zu machen und dir eine gewisse formale Bildung angedeihen zu lassen, und bis dahin wird sich bestimmt herausstellen, wo deine besonderen Begabungen und Interessen liegen... Nun, warum machst du ein so bekümmertes Gesicht? Dafür gibt es keinen vernünftigen Anlaß!«

»Es tut mir leid. Ich möchte Ihnen nichts verderben.«

»Bevor du hierher kamst, hattest du jahrelang gesucht, aber nachdem du eine Weile hier warst, gewann ich den Eindruck, daß du aufgehört hattest. Vielleicht kann ich den Grund erraten. Aber Shandy, du mußtest Klarheit über dich gewinnen.«

»Nur dafür«, sagte sie bitter.

»Du könntest dir nichts Besseres wünschen. Das sagtest du selbst. Und es beeindruckt mich mehr als alle Telepathie.« Er stand auf. »Nun zieh dich an und setz dich ein paar Minuten in den Sonnenschein!« An der Tür machte er noch einmal halt. »Du kannst auch Marczinek besuchen. Er hat sich nach dir erkundigt.«

Sie betrachtete ihr Gesicht im Spiegel. Es war bleich, und um ihre Augen waren dunkle Verfärbungen – Reste der sich allmählich auflösenden Blutergüsse. Ihr Ebenbild sah weder schöner noch edler oder weiser aus. »He, Bohnenstange«, höhnte sie, »wo ist deine fohlenhafte Anmut geblieben?«

Ihre alten Kleider waren aus dem Schrank verschwunden. Jemand hatte für sie eingekauft: Sandalen, Unterwäsche, Bänder fürs Haar und ein einfaches weißes Baumwollkleid mit geometrischen Mustern – für Sorrel Park ein Wunder an Geschmack und Eleganz. Sie zog sich gewissenhaft, aber ohne Lebhaftigkeit an und ging hinaus.

Das Gebäude schien still und leer. Erst als sie den Korridor durchwandert hatte, hörte sie Stimmen und erlebte einen Augenblick freudiger Genugtuung. Durch eine offene Tür konnte sie Grace Halsey und Doydoy in Rollstühlen sitzen und miteinander sprechen sehen. Sie beobachtete die beiden eine Weile, ohne sie zu unterbrechen; sie konnte sich niemanden denken, bei dem Doydoy besser aufgehoben wäre.

Marczineks Tür war geschlossen. Das war eine andere Sache. Jason mochte eine Hoffnung ausdrücken, indem er ein Blumenbeet umgrub, doch ihre Gefühle fanden nicht so einfach Erleichterung.

Sie hatte die Geldkassette ihrer Emotionen geöffnet und in die Hände anderer gelegt. Marczinek war einer von diesen anderen. Wenn er jetzt stürbe, da sie gerade erst zu lieben gelernt hatte, auch ihn... Sie wollte ihn nicht einmal sehen.

Jason vermischte den gleichmäßig verteilten Lehm durch Umgraben mit dem Humus. Die schwere Arbeit hatte ihn in Schweiß gebracht, doch schien ihm die Muskelanstrengung Vergnügen zu bereiten.

Als Shandy zu ihm kam, stützte er sich auf den Spaten und fuhr mit dem Handrücken über die Stirn.

»Warum fragst du nicht, warum ich so schufte?«

Sie zuckte die Achseln. »Mesomorphe Typen brauchen Bewegung.«

Er schnalzte mißbilligend. »Dachte mir doch, daß du mit so einer Antwort kommen würdest.«

Sie stand da, starrte mißmutig auf die Erdbrocken zu ihren Füßen und wünschte, sie könnte sich des Sonnenscheins und des neuen Kleids erfreuen, das im Luftzug ihre Beine umspielte. Schließlich sagte sie: »Du hast mich nie gefragt, was Margaret Mead getan haben würde.«

»Das war überflüssig. Du tatest es die ganze Zeit.«

»Was tat ich?«

»Beobachten«, sagte er einfach. »Erinnerst du dich? Neue Einsicht...«

»Laß das!«

»Meinetwegen – aber eine letzte Frage. Warum suchst du Streit? Ich sah es dir schon an, als du aus dem Fenster schautest.«

»Ich suche keinen Streit. Ich – ich bin bloß in Sorge um Marczinek, und... und... Und nun mich selbst.«

»Dann geh und mach deinem Herzen bei Urquhart Luft!«

»Kann ich nicht. Er heiratet morgen, und ich will ihm das nicht verderben. Und du...«

Seine Augen funkelten. »Und mir kann man den Tag nicht verderben? Ich habe keine Gefühle, die man verletzen könnte? Ich bin nicht sensibel, ich singe, weil ich ein Tier bin?«

»Das meinte ich nicht, ich...« Sie begann zu weinen.

»Nun geht das Geheule schon wieder los! Ich wünschte, ich könnte deine Gedanken lesen! Nein. Nein, lieber nicht. Am Ende würde sich zeigen, daß du wie alle anderen bist, und ich dachte, du wärst verschieden.«

»Ich bin verschieden. Ich bin zu verschieden.« Sie brach erneut in Tränen aus. »Ich... ich dachte, ich würde wieder mit allen zusammensein, und nun werde ich ein Stockwerk höher geschubst und hinausgeworfen!«

»Hinausgeworfen! Du meine Güte, da bleibt einem die Luft weg!« Er nahm sie beim Arm und zog sie herum, daß er ihr ins Gesicht sehen konnte. »Ist das alles, was dich bekümmert?«

»Ich will nicht, daß Marczinek stirbt«, sagte sie leise.

»Shandy, er ist ein alter Mann, und er ist verletzt und müde. Er findet, daß er ein gutes Leben hatte, und er ist dir nicht schuldig, daran festzuhalten, nur weil du ihn magst. Du wirst wieder lernen müssen, dich auf dich selbst zu verlassen – aber in einer anderen Art und Weise als früher. Es bedeutet nicht, daß du hinausgeworfen würdest. Du darfst uns nicht enttäuschen. Marczinek sagte, du würdest nicht ablehnen, was gut für dich ist.« Er zog ein sauberes Taschentuch hervor und gab es ihr. Sie benutzte es dankbar. »Urquhart sagte mir schon, daß diese Dinge dich drückten, und ich antwortete ihm, du seist zu klug, um dich davon aus dem Gleichgewicht bringen zu lassen.«

»Du irrtest dich«, schnupfte sie.

»Aber jetzt irre ich mich nicht. Höre auf das, was ich dir sage, denn seit du Urquhart alles so vernünftig erklärtest, scheinst du einiges wieder durcheinandergebracht zu haben. Du sagtest selber, wozu jemand wie du gut ist – um interessante und wertvolle neue Gene in das Erbgut der Menschheit einzubringen. Aber einstweilen weißt du nicht einmal mit Bestimmtheit, ob diese neue Erbanlage übertragbar ist, und kannst nicht einmal mit Gewißheit sagen, wie und woran du einen anderen Übermenschen erkennen kannst. Also hör auf, dich zu sorgen! Sieh mal, angenommen, in sieben oder acht Jahren käme irgendein ehrlicher Typ daher, der es ernst meint, und sagte...« – er legte eine Hand an die linke Brustseite und bot ihr mit der anderen einen imaginären Blumenstrauß – »›Shandy, willst du mir die Ehre erweisen, meine Frau zu werden?‹« Er nahm eine Haltung lächerlicher Hochnäsigkeit ein. »Würdest du dann sagen: ›Nein, mein Freund, ich kann nicht, denn eine höhere Berufung wartet auf mich, und ich muß ihr folgen, wo sie mich hinführt‹?«

Sie lächelte. »Nein, ich würde nur wissen wollen...«

»Wie hoch sein Intelligenzkoeffizient ist!«

»Das wäre auch gut zu wissen, aber ich würde...«

»Einen Blick in seinen Kontoauszug werfen wollen!«

»Ich würde nur genau wissen wollen, ob er mich liebt, du Blödmann!«

Er schaute sie verdutzt an, als sähe er sie auf einmal in einem neuen Licht: eine gereifte Shandy, voll Weisheit und Mitgefühl, vielleicht sogar ausgestattet mit einer bescheidenen Schönheit. Er sagte: »Ich denke, das würde er ohne allzu viel Mühe schaffen«, und zwickte sie in die Nase. »Aber jetzt bitte: Wisch dir die Tränen aus dem Gesicht, sag Marczinek guten Tag und leg dich wieder hin, sonst kriege ich Ärger mit Grace Halsey ... Aber auf dem Rückweg könntest du einen Blick in die Bibliothek werfen. Dort gibt es etwas Lohnendes zu sehen, und ich weiß nicht, für wie lange.«

Sie kehrte ins Haus zurück, und er machte sich pfeifend wieder an die Arbeit.

Das Lager war ein abgeschlossener und befestigter Ort, aber wo es verwaltet wurde, waren alle Türen offen. Sie stand in der Türöffnung der Bibliothek und sah sich Curtis Quimper gegenüber. Sein Oberkörper war mit Bandagen umwickelt, und ein Arm stand waagerecht und ein wenig angewinkelt ab, bis zur Schulter geschient und eingegipst. Er trug ein weites, halb zugeknöpftes Hemd, dem man einen Ärmel abgetrennt hatte.

Er hatte Hilfe erhalten und war belohnt worden. Jemand hatte ihr Versprechen gehalten. Die Belohnung stand vielleicht nicht im rechten Verhältnis zu der Tat, aber schließlich hatte er in seinem Leben nie etwas getan, was einer Belohnung wert gewesen wäre, und so kam der Tat große Bedeutung zu. Er saß auf einem der Stühle und blickte zu ihr auf.

Er hatte nicht gelesen oder sonst etwas getan, außer dazusitzen und vor sich hin zu starren. Seiner Miene war nicht anzumerken, ob er sich belohnt fühlte. Sie sahen einander an: dunkles Haar, gelbliche Haut, spitze Gesichter, blaue, leicht vorquellende Augen – Geschwister, zwischen denen das Spektrum der Menschheit lag.

»Na wie geht's, Curtis?«

Seine Augen blitzten, der Mund öffnete sich zu einer bösen Erwiderung, doch nach einem Augenblick verging der Impuls. Vielleicht, weil er wußte, daß man ihn beobachtete; oder vielleicht, weil er versuchte, sich der Freiheit würdig zu zeigen. Seine eine gedankenlose gute Tat würde ihm noch viel abverlangen.

Er begnügte sich mit einem Achselzucken und sagte: »Einsam.«

Sie schüttelte voll Mitgefühl den Kopf und seufzte. »Mensch, da bist du nicht der einzige!«